一方丛书 郝建国 主编

大地烟雨

刘江滨◎著

河北出版传媒集团
花山文艺出版社
河北·石家庄

图书在版编目（CIP）数据

大地烟雨 / 刘江滨著. -- 石家庄：花山文艺出版社，2022.10
（一方丛书 / 郝建国主编）
ISBN 978-7-5511-6252-4

Ⅰ. ①大… Ⅱ. ①刘… Ⅲ. ①散文集－中国－当代 Ⅳ. ①I267

中国版本图书馆CIP数据核字(2022)第146036号

丛 书 名：一方丛书
主 　 编：郝建国
书 　 名：大地烟雨
　　　　　Dadi Yanyu
著 　 者：刘江滨
责任编辑：郝卫国
责任校对：杨丽英
美术编辑：王爱芹
出版发行：花山文艺出版社（邮政编码：050061）
　　　　　（河北省石家庄市友谊北大街330号）
销售热线：0311-88643221 / 34 / 48
印 　 刷：石家庄燕赵创新印刷有限公司
经 　 销：新华书店
开 　 本：880mm×1230mm　1 / 32
印 　 张：10
字 　 数：208千字
版 　 次：2022年10月第1版
　　　　　2022年10月第1次印刷
书 　 号：ISBN 978-7-5511-6252-4
定 　 价：36.00元

（版权所有　翻印必究·印装有误　负责调换）

总　序

郝建国

　　一方有一方水土，一方水土养一方人。

　　在蜿蜒几千公里境界豁然开朗的古黄河北岸，有孕育古老华夏文明的一片沃土。这片沃土，人杰地灵，上演过无数惊天地泣鬼神的现实大片，也涌现过无数壮怀激烈的仁人志士。

　　时至21世纪20年代，经历过改革开放四十多年、乘历史的列车快速驶入新时代的中国，每天都呈现着崭新的面貌，取得突飞猛进的发展。记录时代的变迁，反映当下普通大众的喜怒哀乐，给历史留下弥足珍贵的信史，是每一名文学工作者的使命和义不容辞的责任。为此，我们组织策划了这套"一方丛书"。

　　人民是历史的创造者，也是时代的创造者。在人民的壮阔奋斗中，随处跃动着创造历史的火热篇章，汇聚起来就是一部人民的史诗。"一方丛书"，选择一方沃土，用心书写一方烟火中的精彩故事，描画平民百姓的生存状态和酸甜苦辣，是我们贯彻落实"以人民为中心"创作导向的具体行动，具有积极的现实意义，更具有深远的历史意义。

"铁肩担道义，妙手著文章。"丛书的五位作者，出生于20世纪六七十年代，均是活跃于中国文坛的河北知名作家。他们或笔力遒劲，或灵光闪耀，把对现实持久洞彻的观察，行诸笔端，冷静铺陈，隐深情于字里行间，传激越于千里之外，抒发了对中国大地，特别是对燕赵热土上芸芸众生的满怀深情。为了避免雷同，也为了覆盖河北全境，我们将五位作者的写作范围做了大致的区域性划分：刘江滨为冀南，关涉整个河北；杨立元为冀东；绿窗为冀北；虽然、孟昭旺为冀中。五位作家作为各自区域的代言人，更能穷形尽相地写出生于斯长于斯的故乡的精气神，也便于读者们从一个个感人的故事中抽绎出各个区域的人文精神和独特气质，进而对河北以及河北人有个总体认知，找到足以涵盖河北的关键词。作家们的写作，选择了特定的场景和人物，故事均来自日常观察和积累，故事的主人公就生活在他们身边，有名有姓，虽文中以化名出现，然本着"不虚美"的原则，尽力写出生活的真实和情感的真实，可以说是小说化的、散文化的客观现实。

宣传河北文化的书籍，过去出过许许多多，彩色的、黑白的，文字的、图画的，开本大的、开本小的，单位组织的、个人著述的，不一而足。许多以河北为背景的小说、散文、戏剧经典，客观上也起到了宣传推介河北的作用。但是，这样系统地以文学的方式通过记述普通百姓来宣传河北，应该还是第一次。宋代孟元老的《东京梦华录》，记录了都城开封的风土人情和各色人等的日常生活，至今仍是研究北宋都市社会生活、经济文化的珍贵资料，具有恒久的价值。"一方丛书"，以此为目标，希望为后人存留记录当下民间最具代表性生活的鲜活资料。

河北乃京畿重地，对时代风云的激荡感受最为敏感，记录河北这一方的时代脉动，其实就是记录中国的发展节律，记录中国发展的时代足音。实现中华民族伟大复兴中国梦的号角已然吹响，日新月异的中国将会提供更多的素材和故事，而我们的记录只是刚刚开始，一切还都在路上。

从我们这"一方"眺望中国的一方又一方，每一方都代表着今日中国的气象和中国的模样，都是历史回望时珍贵的典藏。

目录

第一辑 风

北方的冬天…………………………………………… 3

水上开花……………………………………………… 8

棠棣燕赵……………………………………………… 12

端午乡思……………………………………………… 41

过年…………………………………………………… 45

满窗明月……………………………………………… 57

寻根记………………………………………………… 61

大地的滋味…………………………………………… 66

大地的果实…………………………………………… 72

家乡话………………………………………………… 77

给黄鼠狼拜年………………………………………… 80

青纱帐………………………………………………… 83

烟火人生……………………………………………… 87

青山依旧在 …………………………………… 91

喧闹与幽静 …………………………………… 96

山的怀抱 ……………………………………… 100

第二辑　物

大风吹过石头村 ……………………………… 105

农事情稠 ……………………………………… 108

大陆泽梦寻 …………………………………… 113

筒子楼 ………………………………………… 132

花映大石桥 …………………………………… 136

滏阳河探源 …………………………………… 139

沙丘平台 ……………………………………… 142

响堂山石窟 …………………………………… 152

铜雀春深 ……………………………………… 156

邢台的桥 ……………………………………… 160

日照荒垣 ……………………………………… 164

乡野上的花朵 ………………………………… 173

乡野上的昆虫 ………………………………… 178

梅之韵 ………………………………………… 183

兰之香 ………………………………………… 187

竹之品 ………………………………………… 191

菊之蕴 ………………………………………… 196

第三辑 志

玉兰花香 …………………………………… 203

英雄没有末路 ……………………………… 209

一把土 ……………………………………… 223

遇险记 ……………………………………… 227

一只哲学蝉 ………………………………… 230

语文课 ……………………………………… 233

赵郡苏轼 …………………………………… 237

拾遗麦穗亦清香 …………………………… 251

雪润大地了无痕 …………………………… 256

毛笔西施 …………………………………… 260

乱云飞 ……………………………………… 264

指痕 ………………………………………… 278

母亲的蒲扇 ………………………………… 283

向前,向上 ………………………………… 286

阴云,而后春霖 …………………………… 291

与行公结缘 ………………………………… 297

韩羽的真趣 ………………………………… 305

◎ 第一辑

风

北方的冬天

如果把一年的四季比作大自然的四子，那么，春、夏、秋如一母同胞的嫡子，冬则似庶出，属于另类。春夏秋各呈其美，各领风骚，五色绚烂，风光无限，而属于冬天的则是灰蒙蒙、光秃秃，寒冷、僵滞，一派肃杀。

我说的是北方的冬天。

一入冬，西伯利亚寒流滚滚南下，仿佛一个冷面杀手，在树梢上卷着呼啸而至。于是，"万花纷谢一时稀""六宫粉黛无颜色"，大地的斑斓被涂抹成了单一的灰褐色，大地被灰色笼罩。而灰色常常被人用来形容糟糕的心情。

树木是观察季节变化天然的标志物。春天来临，河边柳树泛起鹅黄的淡雾，生命的嫩芽勃发，杨柳依依，桃李芬芳，春意醉人；夏天的树，葱茏蓊郁，浓荫蔽日，那饱满的绿繁华得烧包，有浓得化不开的奢侈，蝉鸣声声，鸟啼阵阵，一派热闹景象；秋天的树，像个矜持的贵妇，收敛了夏日的喧嚣，不动声色地装扮自己，雍容华贵，一身金黄。而冬天的树，叶子先是蔫了，卷了，干了，最后落光了，唯余枝枝杈杈，即如一个人头发掉光了,或者牙齿都没了,老而丑,毫无景致可言。那些没有叶子的树与枯死的树有何两样?

视域里罕有风景,而最难将息的是天气的寒冷。数九寒天,太阳到南回归线那边徘徊去了,北方是离太阳最远的时候,因此最冷。现在人们室有暖气、出有车,已很难对冬天的寒冷有蚀骨的体会。记得小时候在农村,二十世纪六七十年代,家里还比较穷,最怵的就是过冬。屋里起初没有取暖设备,温度常在零下,以致水瓮里的水每天早晨起来都会结一层薄冰,需要敲碎才能取用。后来条件改善一点儿,盘了一个煤炉子,但晚上睡觉前都会封火,室内温度只有六七摄氏度,厚厚的棉被盖在身上也不觉暖和,睡了一晚上,双腿和脚仍然是凉的。冻手冻脚冻耳朵是常有的事,瘀青红肿,疼且痒,有时会流出黄水,成了冻疮。遇到北风呼啸的天气,走在路上,真是冷风刺骨,臃肿厚实的棉衣被寒风一吹,薄得就像纸片;而最倒霉的是脸,身体所有部位都可以包裹得严严实实,头上还能戴顶帽子,只有脸裸露着,任凭狂风亲吻抚摸,如针刺,如刀割,刺啦啦地疼。这样的日子不是一天两天,而是漫长的几个月,过冬成为熬冬。那时,村里的老人大多都是在冬天死去,就是没有熬过冬天的严寒。《墨子》有云:"是以衣食之财不足,而饥寒冻馁之忧至。"温饱,从来是民生最大的事。

冬天的大地,萧瑟而安静,少了鸟鸣蝉吟,没了雷声阵阵,候鸟南飞,一些动物进入冬眠,蛰伏起来,仿佛一切都睡了。所以,人们称冬天为猫冬、冬藏。

虽然冬天不太为人们喜欢,但它一样是大自然的嫡子,它拥有自身存在的逻辑和魅力。如果说春夏秋是"张",冬即为"弛",春夏秋是生命的舒放,冬则是生命的内敛和蓄力。如同世间万物一样,有昼有夜,有阴有阳,有雄有雌,有醒有眠,有作有息,交换轮替,运行无极,每一个环节每一个链条都是不可或缺的有机构成。故《黄帝内经》云:"夫四时阴阳者,万物之根本也。"北方的树,冬天看似与枯死一般,停止了生长,实际上它由于长得慢,材质更密实更坚硬。冬小麦在冬天的土地上蜷伏着,也像睡着了一样,这样子才好,如果它在温暖的阳光下醒来,跃跃欲试地要生长,那就大事不妙,农人必须拿碌碡来碾轧,强迫它休眠,否则次年的麦收就荒了。寒冷,是对小麦最好的保护。说得再远一点儿,北极熊这个物种就是因冰雪而生,如果气温升高,冰雪融化,那将是北极熊的灭顶之灾。

春节,实际上是冬闲的产物,名为"春节",实则称"冬节"更合适,因为在北方腊月正月都是一年最冷的时候。在农耕时代,天寒地冻,无事可做,身体闲下来了,精神却需要勃旺。于是,将一年的头尾之交做成了盛大隆重的人间典礼、温情热闹的俗世风景。这春节,不只除夕、初一两天,而是从腊月初八开始到次年二月二才真正结束,中间还有一个元宵节异峰突起,再掀高潮。漫长的前奏,冗长的后续,仿佛一首多声部的交响曲,让人沉浸其中,乐此不疲。一年中节日多多,只有春节叫"过年",而且是"过大年"!不是冬天暗淡吗?不是冬天枯寂吗?是人让春节改变了这一切。南宋词人辛弃疾有一首名词《青玉案·元夕》写尽了元宵节的色彩与热闹:"东风夜放花千树,更吹落、星如雨。宝马雕车香满路。凤箫声动,玉壶光转,一夜鱼龙舞。　蛾儿雪柳黄金缕。笑语盈盈暗香去。……"在枯寂、暗淡、寒冷、煎熬中,有期盼,有渴望,有欢乐,有意味,这才是真实的人间生活,严冬便有了春的暖意。

雪,是冬天最美的风景,是大自然对人间最宽厚的赐予,是冬天绽放的圣洁的花——雪花。当大地被纯净、晶莹的白色覆盖的时候,"一白遮百丑",那些裸露的萧瑟残败都被雪遮掩了,雪是冬的衣裳。"梅花欢喜漫天雪""墙角数枝梅,凌寒独自开"。在一片白色的世界,有一树红梅傲然开放,构成一幅瑰丽奇崛的图画,给冬天平添了一抹亮色。"岁寒,然后知松柏之后凋也",在严寒的冬天,野草枯萎,树木凋零,也还有松柏、冬青等植物绿意不衰、叶子不落,挺立在冰天雪地中。其实,即便是冰,也是冬天的一道风景,河结冰了,湖结冰了,凡是天地里的水都冻结成冰,液体变成了固体。人们常常将冰和玉联系在一起,或者说视冰为玉,如"冰清玉洁""玉骨冰姿""一片冰心在玉壶"等。而"澡雪精神""冰雪聪明"是对冰雪的由衷赞美。

人活天地间,或可与一年四季相映照。有春风得意时,有骄阳似火时,也有秋风萧瑟时,还有寒冷灰暗时,一如四季轮换交替，人生也不会总是一种情状。人们可以不喜欢冬天，但冬天有雪，有梅，有松柏，还有温馨团圆的春节，在寒冷枯寂的时节，总有一份希望在，生命的蓬勃在，熬过去了，就有明媚的春光等着你。

水上开花

水上植物里最著名的非荷花莫属。荷花，又名莲花、芙蓉、菡萏、芙蕖等，因它与水汽相濡，故湿润，清洁，无尘，鲜艳，有美人之喻，有君子之譬。好像还没有一种花如此拥有诸多名号，名号的不同，说明人们认知荷花的角度不同，其包含的内在意蕴也有了复调的繁复。

观赏荷花相对杏花、桃花、梨花等较为不易，因为它生长在水里，需要一池湖水，半亩方塘。杏桃李可以长在庭院里，就地可以欣赏，除非你是一阔绰大家子，像《红楼梦》中贾家或巴金小说《家》中高家那样的人家，深宅大院里就可以弄个湖种上荷花，如今我们一普通老百姓只有到一处有湖的公园才能观赏得到。

我第一次见到荷花，是二十世纪七十年代二哥在邢台上师范的时候。十一岁的我和母亲从县里去邢台看望二哥，那是我第一次进城市，第一次见到火车。在人民公园（兼动物园）玩的时候，正是炎夏，看到不大的一个水池子，里边葱茏蓬勃地舒展着碧绿的荷叶、艳红的荷花。那时没过多注意，一个男孩子对花总是不会那么上心的,所以印象也就很模糊。

对荷花留下深刻印象的不是现实的花,倒是书上的描述,一是孙犁的《荷花淀》,二是朱自清的《荷塘月色》。《荷花淀》最传神的描写,是雁翎队埋伏在密密实实的荷叶丛中,每人头顶一个荷叶,荷叶下面只露出一张脸,好像荷叶长出了人身子,这里,人与荷浑然一体,合二为一了。朱自清的《荷塘月色》,尽管我并不认为是一篇多棒的散文,但那么短小的篇幅里工笔画一样地写出荷花的色、香、味,其细腻,其精妙,令人惊叹。

直到多年之后,我走进白洋淀,才真正近距离地欣赏荷花。那是夏日的某一天,知了在树上使劲儿大合唱,太阳热辣辣地烘烤着,水面像被打碎的玻璃闪着支离破碎的光,视野中是一望无际,是透迤蜿蜒,是密密层层,端的是"接天莲叶无穷碧,映日荷花别样红"(杨万里)。荷叶肥厚密实宽大,孙犁用战争年代的描述就像是"铜墙铁壁",高高挺立荷叶之上的荷花像"哨兵",藏在荷叶丛中打敌人的伏击,敌人是绝对发现不了的。也正如王昌龄所述"乱入池中看不见,闻歌始觉有人来"。坐上小船,在荷花荷叶丛中穿过,轻轻用手撩一把水洒在荷叶上,荷叶轻轻一抖,水淌了下来,但还残留着水珠,那样晶莹剔透,像颗颗珍珠在荷叶上滚动。荷花在热辣辣的太阳撩逗下,激情地绽放,与日光缠绵亲吻,愈发娇艳迷人。馥郁清香,心神为之陶然。放眼望去,绿的叶,红的白的粉的花,一层层,一片片,周边有绿云一样的芦苇护卫,空中不时掠过水鸟在啾啾鸣唱。

荷花名为何来？李时珍《本草纲目》释云："莲茎上负荷叶，叶上负荷花，故名。"曹植有文为《芙蓉赋》称其"览百卉之英茂，无斯华之独灵"，喻其为水中灵芝。李渔在他的《闲情偶寄》中对荷花也是别有赞词，"有风既作飘摇之态，无风亦呈袅娜之姿"，花期较长，"自夏徂秋"。即使秋凉花谢，还能"留得残荷听雨声"，给人间平添多少韵致！

宋代理学家周敦颐一篇《爱莲说》，一下子把荷花的一般意义上的世俗之美提升到精神领域。"水陆草木之花，可爱者甚蕃。晋陶渊明独爱菊，自李唐来，世人甚爱牡丹。予独爱莲之出淤泥而不染，濯清涟而不妖，中通外直，不蔓不枝，香远益清，亭亭净植，可远观而不可亵玩焉。予谓菊，花之隐逸者也；牡丹，花之富贵者也；莲，花之君子者也。噫！菊之爱，陶后鲜有闻。莲之爱，同予者何人？牡丹之爱，宜乎众矣。""出淤泥而不染，濯清涟而不妖"，荷花被赋予君子的品格，高洁自守，独立不俗，从此腾博众口，深入人心。

周敦颐把荷花称作莲，在佛教里莲花更是成为统称。我去过许多寺庙，都会看到莲花的香踪。塔的基座，庙宇的墙围，井栏，跪垫，就有莲花的造型和图案。更有大殿的释迦牟尼佛像和观音菩萨像端坐在莲花宝座上。有佛处，处处可见莲花。莲花是佛教的标志之一，象征之一。

佛教为何如此钟爱莲花？从地理上说，佛教的诞生地古代印度，天气较热，有广植莲花的习惯，水中碧绿硕大的莲叶，清香的莲花，漫步其中，让人暑气顿消，有一种清凉的感觉。从佛教教义来说，是慈悲为怀，普渡众生。认为人在现世受苦受难，在尘世中苦挣苦挨，要通过修行到达极乐世界，实现灵魂的飞升。这个过程与莲花非常相似，莲花长在污泥中，经过阳光风雨的洗涤，却开出洁净美丽的花朵。所以，莲花是有禅意的花，是与佛通神会意的花，是有觉悟的花。

荷花既有世俗之美，又有精神之美，还有灵魂之美。不同的人群都可以找到心灵的慰藉，精神的对应，各得其所。在万丈红尘的世间，只要保持灵魂的纯净，精神的高雅，即使你身心处于淤泥之中，也会开出一朵莲花来。

棠棣燕赵

一

公元前312年，北方的燕国已是"破燕"，被强大的齐国一顿暴击，都城沦陷，尸骨盈野，燕王、太子都死于战乱中，真可谓山河破碎，风雨飘摇，已濒临亡国的绝境了。

危难之时，有人慷慨伸出了援手。是西（南）邻赵国。

赵武灵王，对，就是那个几年后"胡服骑射"的赵王，将流亡韩国的燕王哙的庶子公子职，派人护送回到燕国，立为燕王。这个燕王就是后来筑"黄金台"招贤的燕昭王，创造了燕国历史的"爆款"一代。

"齐破燕，赵欲存之。"（《战国策》）燕国罹难，邻邦赵国完全可以趁火打劫、落井下石，像中山国那样乘机攻城略地，分一杯羹，"春秋无义战"嘛，战国更是如此，但赵国没有这样做，而是相反。不仅为燕国立了新君，稳住了局势，而且还付出了具体的行动：赵武灵王听从乐毅的建议，拿自己的河东之地给齐国换回燕国的河北之地。当然，救燕的不只是赵国，"诸侯将谋救燕"（《孟子·梁惠王下》），韩、魏、秦、楚皆有动作。战国争雄时代，保持地缘政治的平衡是很重要的，谁想打破平衡，一家独大，必遭群起而攻之。尤其是赵国，如果燕亡，将面临东齐西秦两强的挤压，处境将十分凶险。因此，救燕，就是救赵自己。

赵武灵王和燕昭王两只巨手隔空握在一起。

赵国史上最杰出的君王赵武灵王这一番操作，成就了燕国史上最杰出的君王燕昭王。

英雄总是心有灵犀，惺惺相惜，互相成就。

战国时期七国争雄，合纵连横，朝秦暮楚，今天的朋友可能就是明天的敌人，反之亦然，一切都要根据现实的形势和国家的利益做出考量。睿智的君王会做出正确的抉择，昏庸的君王会做出错误的抉择，其结果与走向完全两样。战国七雄中燕和赵似乎存在着一种特殊的关系，地缘相近，民风相类，仿佛一对兄弟，如《诗经·棠棣》所云，有时"兄弟既翕，和乐且湛"相亲相善，有时又"兄弟阋于墙""不如友生"相斗相杀，书写了一段云谲波诡、风云激荡的历史篇章。战国时期的燕和赵，最终以一种相融相容的方式在这块古老的土地上，播下了千古不灭的文化一脉。

棠棣之华，鄂不韡韡。

二

燕和赵比起来，可是老牌贵族出身。

燕国的始祖是与周公比肩的召公。

周武王灭商立周，举行祭社大礼，他的两个弟弟周公和召公一人持大钺一人持小钺护卫左右。武王死，年幼的周成王继位，周公召公成为辅政大臣。周公，名姬旦，封地为鲁，"周公吐哺，天下归心"，摄政唯谨，鞠躬尽瘁，名垂青史。召公，名姬奭，封地在燕，名气较周公稍逊，但《诗经》里有一首《甘棠》即为歌颂他的诗篇。司马迁赞曰："召公奭可谓仁矣！甘棠且思之，况其人乎？"

燕国自西周到战国存世八百余年，而赵国如果从周王室正式封侯算起只有一百八十年左右。

燕国地处北寒边远，始终存在感很差。虽然封侯早，春秋几百年诸侯皆有问鼎中原之心，霸主几易其国，翻云覆雨，却从来没有燕国什么事。到了战国时代，总算跻身"七雄"之列，"凡天下之战国七，而燕处弱焉"（《战国策》）。即使随大溜称了王，还是一个弱国。燕王哙在位的时候，国内发生了惊天之乱，齐国趁机大肆入侵，差点儿就亡国了。

燕王哙是一个文弱的书呆子，没有治国的本事，就把一切国事交给相国子之管理。子之是一个有野心的人，这种王弱相强的局面让他生出篡位之心。经过一番苦心经营，党羽心腹遍布朝廷，弄到人人皆知子之不知燕王的地步。见时机成熟了，他的爪牙便忽悠燕王哙效唐尧的高风亮节，行禅让之礼，将王位让给子之。燕王哙这个呆瓜真就同意了，"子之南面行王事，而哙老不听政，顾为臣，国事皆决于子之"（《史记》）。由国王变为大臣，两人互换了位置。乖乖，燕王哙可能天真地以为自己以国家为重，放弃私利，可以与尧比肩了。

其结果,"三年,国大乱"。齐国有田氏代齐的先例,姜齐变成了田齐,国号没变,国君换姓了,但齐国还是那个强大的齐国。子之代燕,却没那个本事啊,搞权谋行,治理国家不行,弄成一锅粥。太子平气不过,外联齐国,内结将军市被,率兵攻打子之。谁知这市被是一墙头草,见势头不对竟临阵倒戈,打不赢子之就反过来率众打太子。一场混战,太子平和市被都被杀死。战乱持续了数月,"死者数万,众人恫恐,百姓离志"(《史记》)。

齐国看到了攻打燕国最好的时机,甚至孟子也对齐王说:"今伐燕,此文、武之时,不可失也。"于是,齐国打着帮助燕国"戡乱"和"解放"民众的旗号,大军浩浩荡荡开进燕地。"士卒不战,城门不闭",燕国民众杀猪宰羊、载歌载舞欢迎齐国的"义军"来救自己于水深火热之中呢。却不料,迎接的是一场血腥的屠戮,都城蓟沦陷,燕王哙被杀,子之被齐人活捉,剁成了肉酱("醢其身也")。

仅仅三十天,燕国几乎被齐国一鼓荡平。

燕国的国王、太子、大臣等一干执政的高层死得死,逃得逃,国家机器陷于瘫痪,离灭亡也就多口气了。

三

为燕续命的是赵。

燕国的公子职,此时还在韩国当人质呢,赵武灵王"召公子职于韩,立以为燕王,使乐池送之"(《史记·赵世家》)。

燕昭王初登王位,主要做了两件事,一是"卑身厚币",广招贤才,二是"吊死问孤"(凭吊死者抚慰孤儿),与百姓同甘共苦。

何谓"卑身厚币"?就是放下身段态度谦恭,以重金礼遇贤才。

燕昭王拜访了国内一位名叫郭隗的贤者,请教如何才能招来贤才,以图强雪耻。郭隗先讲了一番大道理:"欲成帝者以贤者为师,欲成王者以贤者为友,欲成霸者以贤者为臣,欲成亡国之君以贤者为奴仆。如果能卑躬屈节侍奉贤者,以谦恭的态度接受训导,那么就会有比自己强百倍的贤才到来;早学而后休息,先请教而后沉思,那么就会有强自己十倍的贤才到来;别人怎么干自己也怎么干,那么跟自己水平相当的人就会到来;如果靠着案几,拿着手杖,斜眼看人,指手画脚,那么只会当差跑腿的人到来;如果放肆骄横、打骂咆哮,那么到来的人只能是奴隶。这就是自古以来实行王道招贤纳才的方法啊。大王若想广泛选拔国内的贤者,须亲自登门求教,天下的贤者听到大王这一举动,一定会赶着到燕国来。"

郭隗这番话,让我想起孟子说的话,与此有异曲同工之妙。孟子告齐宣王曰:"君之视臣如手足,则臣视君如腹心;君之视臣如犬马,则臣视君如国人;君之视臣如土芥,则臣视君如寇雠。"

郭隗接着又讲了一个千金买千里马的故事。古代有一位国君,以千金求购千里马,三年内一匹也没有买到。他手下一位侍臣对国君说："我来试试吧。"国君就派他去了。三个月后，这名侍臣买了一匹千里马，可是马已经死了，花五百金买了一个马头回来交差。国君很恼火，斥责侍臣说："我让你买的是活马，你怎么用五百金买了死马回来？"侍臣答道："死马都肯以五百金来买，何况活马？天下人都知道大王喜欢骏马，千里马很快就到了。"果然，不到一年，就买到了三匹千里马。古人都特别擅长通过故事来讲道理。郭隗讲完故事，就说，如今大王想招才纳贤，就从我开始，连我这样的人都能得到重视，何况比我更优秀的人才呢？

"于是昭王为隗筑宫而师之"，燕昭王求贤若渴，听从了郭隗的建议，为郭隗盖建了豪宅大屋，把他当老师一样敬奉。后人将"筑宫"演绎成了筑"黄金台"。诗人李白《行路难》中有云："君不见昔时燕家重郭隗，拥篲折节无嫌猜。剧辛乐毅感恩分，输肝剖胆效英才。昭王白骨萦蔓草，谁人更扫黄金台？"柳宗元、李贺、李商隐、温庭筠等人皆留下咏叹。"黄金台"遗址现存于河北省定兴县高里乡北章村台上（旧属易县）。

榜样的力量是无穷的，于是天下一群凤凰争相飞往燕国的梧桐树，"乐毅自魏往，邹衍自齐往，剧辛自赵往，士争凑燕"（《战国策》）。

伟大的燕昭王卧薪尝胆，励精图治，苦心经营二十八年，弱燕终于变成了强燕。

都说"覆巢之下，安有完卵"，却偏偏，是赵使得倾覆的燕窝有完卵存焉，并破壳而出，羽翼渐丰一飞冲天。

四

　　燕昭王种好了梧桐树（"黄金台"），诸多凤凰翩翩飞来，其中真正的金凤凰是乐毅。三国诸葛亮最膜拜的偶像一位是管仲，一位就是乐毅。

　　哈，必须要说的是：乐毅是赵国人。

　　乐毅是魏国名将乐羊的后人。中山国第一次被魏所灭，乐羊即为主将。当时，乐羊儿子乐舒在中山国做官，中山国君见魏攻城甚急，就红了眼，将乐舒杀死煮作肉羹派人送给乐羊。乐羊心如刀绞，却从容淡定将一杯羹一点儿一点儿喝完，下令继续攻城直至城破，世人闻之莫不震骇。乐羊被国君封在灵寿，死后也葬在这里，他的子孙后代都在这里繁衍生息，乐毅自然就成了赵国人。

　　"乐毅贤，好兵，赵人举之。"（《史记·乐毅列传》）喜读兵书，会打仗，在战国时代很重要，但从历史层面看，又不是最重要。战国四大名将有秦国的白起、王翦，赵国的廉颇、李牧，并没有乐毅。与白起这个坑杀赵国降卒四十万、残忍至极、典型的屠夫杀手相比，乐毅除了会打仗，"贤"之一字，才足让他的名字在战国的星空熠熠生辉。

　　乐毅本来在赵国做官，赵武灵王在沙丘宫饿死之后，他就离开赵国，到了魏国。所以，"乐毅自魏往"，从魏国来到燕国。他是以使者的身份来的，燕昭王以宾客的礼节予他以高规格的礼遇，可能是他知道赵国为救燕和齐国换土地的主意就是乐毅出的。乐毅推辞谦让，最终被感动了，放弃了使者的身份，愿意当燕昭王的臣下，燕昭王大喜，拜乐毅为亚卿。这亚卿仅次于上卿，地位尊崇，对于初来乍到、寸功未立的乐毅来说相当了得。

赵国人乐毅在燕国这块舞台上展示了他的绝世才华。

乐毅不愧是一个杰出的政治家和外交家，他对燕昭王说，齐国虽然与秦争霸取消了帝号，四处征战消耗了国力，但地广人众，依然很强大，单靠燕国一国之力不易获胜。大王如想攻打齐国，还是要和赵、魏、楚几个国家联合起来。燕昭王就派乐毅出使游说，最后形成燕、赵、魏、楚、韩五国联盟，一起伐齐。

燕昭王拜乐毅为上将军，赵惠文王拜乐毅为相，统率五国大军饿虎扑食一般杀往齐国。双方在济西展开决战，联军大破齐军主力，齐湣王狼狈逃窜。这时，除燕军外，其他四国见好就收，可能与当初齐国伐燕诸侯不想灭燕一样也不想把齐国灭了，帮人也只能帮到这儿了，都撤兵班师回国了。但满腔怒火、一心雪耻的燕军正打在兴头上，在乐毅率领下，奋勇拼杀，一鼓作气攻陷了齐国首都临淄。齐湣王再次逃亡，跑到莒，闭城死守。乐毅占领都城临淄后，将珠宝财物宗庙祭器全部运回了燕国，燕军上下扬眉吐气，一雪前耻。

燕昭王大喜，亲自到济上劳军，论功行赏，犒劳士兵。封乐毅于齐地的昌国，号为昌国君。

经过半年苦战，乐毅一举占领了齐国七十余城，把它们划作燕国的郡县，只有莒和即墨两座城市苟延残喘，一息尚存。

强大的齐国眼看着就要被燕国灭了。

然而，就在这个时候，燕昭王死了。燕惠王即位，形势陡然发生逆转。这燕惠王做太子的时候与乐毅之间有些不快，齐国大将田单抓住这个天赐良机实施反间计，四处散布流言，说，燕国伐齐这么多年只剩下两座城池没有攻下，为啥呢？乐毅早就跟新燕王有隔阂，因此想带着军队留在齐国称王呢，所以呢，我们齐国担心的是燕王派其他的将领来。

燕惠王本来就对功勋卓著的乐毅不放心，听到这个传言，更是满脑袋问号，就派大将骑劫代替乐毅，将乐毅召回。乐毅忧惧燕王加害自己，就逃离燕国到了赵国。乐毅原本就在赵国做官，史书说他"降赵"，其实更准确地应该说是"归赵"。乐毅此时已是声名煊赫的名将，故赵王对他格外尊宠，封于观津，号"望诸君"。有乐毅这尊战神瘆着，燕和齐都小心翼翼，不敢轻动。

燕惠王派去接替乐毅的骑劫是个草包，哪是田单的对手，被田单连诈带蒙，还上演了一出名垂史册的"火牛阵"，燕军被打得溃不成军，满地找牙，骑劫也在乱战中丢了性命。乐毅攻下的七十余城，悉数又被齐军收复，齐王还都临淄。

燕惠王没有料到革命成果一夜之间付诸东流，悔得肠子都青了。既后悔自己让一个无能之辈替代了乐毅，弄成这般兵败失齐的糟糕局面；又埋怨乐毅跑去了赵国；还担心赵国重用乐毅趁势攻打燕国。心中瞀乱，派人见了乐毅，既有检讨（左右误寡人），又有解释（让骑劫代将军，是想让你休息），还有责备（你弃燕归赵，对得起先王知遇之恩吗）。

乐毅写了一封《报燕惠王书》，一篇千古名文就此诞生。"善作者不必善成，善始者不必善终。""古之君子，交绝不出恶声；忠臣去国，不洁其名。"都是其中的名句。文章不卑不亢，坦荡磊落，又委婉含蓄，绵里藏针，泱泱乎一派君子风范。司马迁称有人读了此信，"废书而泣也"。诸葛亮的《出师表》应该说受此影响还是很明显的。

这封信感动了燕惠王，他封乐毅的儿子乐间为昌国君，从此乐毅也不计前嫌在燕赵之间来回奔走，两国都拜他为"客卿"，给予尊贵的礼遇。最终乐毅在赵国去世。

这一段时期，燕赵两国没有发生战事的记载。

对于乐毅半年攻占齐国七十余城，却五年打不下两座城，我们不免像燕惠王一样有所疑虑。苏轼写过一篇《乐毅论》，这样说："然乐毅以百倍之众，数岁而不能下两城者，非其智力不足，盖欲以仁义服齐之民，故不忍急攻而至于此也。"说得很明白，是"仁义"二字。苏轼虽然并不赞成这种做法，却道出了乐毅与白起这样嗜杀的战将本质的区别。乐毅，贤者矣！君子矣！

燕昭王和乐毅联袂书写了燕国最辉煌的一页历史。

乐毅身兼赵国相国和燕国上将军，书写了燕赵"兄弟既具，和乐且孺"的一页历史。

五

战国七雄中，论血缘关系，赵和秦最近。

《史记·赵世家》开篇就说："赵氏之先，与秦共祖。"从根儿上刨，有一个叫"蜚廉"的人有两个儿子，一个叫恶来，其后为秦；恶来的弟弟叫季胜，其后为赵。

赵氏一脉到了赵朔，为春秋时期晋景公属下将军。大夫屠岸贾以赵朔父亲赵盾"以臣弑君"的罪名，将赵氏一族尽相诛杀。赵朔的妻子是成公的姐姐，怀有身孕，藏到宫里。赵朔门客公孙杵臼和朋友程婴联袂上演了一出惊天动地的"赵氏孤儿"的大戏。这个孤儿名叫赵武，真是命大福大造化大，兜兜转转，命悬一线，极为惊险地为赵氏延续了香火。赵武的孙子及重孙赵简子与赵襄子都是赫赫有名的人中之杰，成为赵国的实际缔造者。

公元前453年，韩、赵、魏三家分晋。公元前403年，周王室正式封韩、赵、魏为诸侯，有史家认为，这是一个划时代的纪元，标志着春秋时代结束，战国时代开始。

赵国建国的时候，燕国作为老牌诸侯国已经存在六百多年了。

在我们大多数人固有的印象里，燕和赵是南北分布，但看一看战国地图可知，两国更多的是东西相向。燕赵就像一只鸟的两翼，呈左右对称的振翅欲飞之势。

燕国的中原邻国只有两个,南边是齐国,西边是赵国,东边和北边是东胡等游牧民族。赵国东边是燕国和齐国,南边是魏国,西边是秦国,北边也是游牧民族林胡和楼烦。

赵国地盘上还有一个游牧民族白狄建立的国家,先叫鲜虞,后叫中山。它的历史比赵国早得多,跟晋国打仗是常有的事。趁三家分晋的混乱,公元前414年中山国越过太行山,向东部平原进军,定都于顾(今定州)。赵国此时国力还不行,眼瞅着自家的院子里还住着一户外人,心里腻歪得要死,要动武还打不赢。诸侯中最先强起来的魏国倒生出灭中山的心,向赵借道,魏军在乐毅的老祖宗乐羊的统率下,苦战三年,公元前406年把中山灭了。不到三十年中山复国,迁都灵寿,比以前更强了,盘踞赵国腹地几乎将其南北隔断。公元前296年,赵国经"胡服骑射"改革变得异常强大,依靠自己的力量,彻底灭了中山国。两灭中山间隔了一百一十年,而赵国距离自己最后的时光只有七十来年了。

赵国的强盛为赵武灵王一手造就,他的法宝就是"胡服骑射"。

中原将北方游牧民族一概称作"胡人",他们的服装自然就是"胡服"。与中原的宽袍大袖、衣裳一体不同,"胡服"衣短袖窄,下穿裤子,脚蹬靴子,生活起居和行军打仗都比较方便。而"骑射"就是一改传统的步兵和军车的作战方式,组建骑兵,以弓弩射杀敌人。

这是一次划时代的变革。

公元前304年正月，天还有点儿冷，春天的气息却不可阻挡地在大地萌发，河边的柳丝已隐隐地吐出了嫩黄。从十五岁开始执掌国柄的赵武灵王赵雍时年三十四岁，十九年的历练和正值青春鼎盛年华，使他意气风发，雄心万丈。

这一天，他在信宫（位于今邢台）召开了盛大的朝会，与大臣肥义等共商国是，会议开了整整五天。一个事关国运的重大改革即将出台。会后，赵武灵王立即到中山、房子、代地、黄河、黄华等北部、西部地区实地考察。回都后马上召大臣楼缓进一步商议，分析赵国面临的形势，已到了生死存亡的紧要关头，然后，他轻轻地又坚定地宣告了自己深思熟虑的决定：

"吾欲胡服！"

楼缓的回答只有一个字：

"善！"

然而，众大臣皆曰不善。什么？让我们堂堂礼仪之邦的华夏人穿边鄙戎狄的衣服，怪模怪样，成何体统？不行，不行。这其中赵武灵王的叔叔赵成带头反对。赵武灵王托人带话不成，只得亲自上门一通耐心细致的思想政治工作，才说服了赵成这个老顽固。赵武灵王赐给他一套胡服，老头第二天上朝就穿上了。但此事还是在赵成心里结了一个梗，十一年后发生了"沙丘宫之变"，赵成率兵围困赵武灵王三个月，竟将其活活饿杀。

攻破了最顽固的堡垒，赵武灵王向全国下达了胡服令。他召集文武大臣，当着众人的面一箭将门楼上的枕木射穿，严厉地说道，谁阻挠变革我就射穿他的胸膛！众人色变，唯唯。

于是，穿胡服，习骑马，练射箭，一支"来如飞鸟、去如绝弦"的骑兵部队横空出世。

"胡服骑射"结出一颗惊世的硕果——赵国一跃成为仅次于秦国的第二强国。几年后，这支所向披靡的赵军便将"心腹之患"中山国彻底消灭。还收服了林胡、楼烦，北部边疆远达今天的内蒙古，这些都是产马的地方，不断地供应马匹，骑兵益壮。以至于人们将好马称作"骥"，这是个会意字，意思是冀地的马，"冀"是河北的古称。这不是我的臆想，《左传》有云："冀之北土，马之所生。"《南齐书·王融传》亦云："秦西冀北，实多骏骥。"

赵武灵王说："先王不同俗，何古之法？帝王不相袭，何礼之循？"又说，"循法之功，不足以高世；法古之学，不足以制今。"（《史记》）啥意思？一句话，因循守旧、墨守成规，死路一条，要想发达强盛就得变！

战国时代是一个充满创造力的变革时代，谁主动求变谁就强大。魏国有李悝变法，秦国有商鞅变法，齐国有邹忌变法，楚国有吴起变法，韩国有申不害变法，等等，风起云涌，波澜壮阔。

"胡服骑射"变革的意义不仅仅在于军事。穿胡服，意味着放下华夏老大的傲慢和身段，向边地民族学习，克己之短，扬人之长；意味着不同族类心理上、文化上的平等和认同，为民族融合扫清障碍；意味着农耕文明融入了草原文明彪悍骁勇的尚武之风。这让我想起了南北朝时期的北魏孝文帝鲜卑人拓跋宏，他推行全面"汉化"，穿汉服，说汉话，改汉姓，迁都洛阳，依汉制定典章制度。唐代有个诗人就是将"拓跋"改为姓"元"，他叫元稹，写出"曾经沧海难为水，除却巫山不是云"和《莺莺传》的那个作家。"胡服"和"汉化"都是中华民族历史上了不起的"敢为天下先"的伟大举措。

王国维《胡服考》中谓："胡服之入中国，始于赵武灵王。"可谓开后来"西服"之先河。

近人梁启超盛赞赵武灵王为"黄帝之后第一伟人"。

今天的邯郸市有几处矗立着赵武灵王的雕像，骏马昂首嘶鸣，前蹄高高跃起，赵武灵王跨在马上弯弓搭箭，威风凛凛，气壮山河，成为城市的标志性符号。

六

燕赵的特殊关系，取决于两国特殊的地理位置和政治军事形势。

还在燕文侯的时候，纵横家苏秦就对他说过，赵国是燕国南部安全的屏障（蔽其南也），且赵与秦打过五次仗，赵胜了三次，秦胜了两次。如果秦国攻打燕国，需要翻山越岭驰骋数千里才行，如果赵国攻打燕国呢，数十万大军只需三五日就能打到国都。所以，"愿大王与赵从亲，天下为一，则燕国必无患矣"。

虽然纵横家都巧舌如簧，咋说都有理，但苏秦这话却是金玉良言。

燕赵亲善，一体相待，这是一种睿智的战略考量，雄才大略的赵武灵王和燕昭王都有这样的智慧和眼光。

然而，兵无常势，水无常形，云谲波诡的战国时代，翻手为云覆手为雨的事情常常发生，战与和的选择源于自家的形势和利益，更源于国王的智力水平和决策能力。在宗法社会，一国的兴衰完全系于国君一人，国君明，则国强，国君昏，则国衰。英明如赵武灵王和燕昭王也有或盛年放弃王位、自当主父（太上皇）或好神仙之道的糊涂荒唐，二人身后则一蟹不如一蟹，燕赵之间的亲密和睦被打破，"兄弟阋于墙"的戏码开始屡屡上演。

大家熟知的寓言"鹬蚌相争"，讲的就是燕赵之争的事。

赵且伐燕，苏代为燕谓惠王曰："今者臣来，过易水，蚌方出曝，而鹬啄其肉，蚌合而箝其喙。鹬曰：'今日不雨，明日不雨，即有死蚌。'蚌亦谓鹬曰：'今日不出，明日不出，即有死鹬。'两者不肯相舍，渔者得而并禽之。今赵且伐燕，燕、赵久相支，以弊大众，臣恐强秦之为渔父也，故愿王熟计之也。"惠王曰："善。"乃止。

苏代，是苏秦的弟弟，他燕赵相善的主张和其兄是一致的，而且口才与其兄不遑多让，故事讲得极妙，显示了高超的智慧和说话艺术，乃至"鹬蚌相争，渔翁得利"作为成语至今还活在我们日常的语言里。赵惠文王，是赵武灵王的儿子，就是他拜乐毅为相率五国联军大破齐军，替燕国报仇雪耻。他还算是一个贤明的君主，故能从善如流，也从战略上考虑，就放弃了对燕国的战争。

然而，"鹬蚌相争，渔翁得利"的道理，不是每一个燕赵君王都懂得的。赵惠文王"乃止"，后来的昏庸颟顸之辈就无论别人怎么劝也不会"乃止"了，由着性子胡来，燕赵之间战事不止。

先挑起事的是燕国。

公元前260年，秦赵发生"长平之战"。由于赵孝成王中了秦国的反间计，撤换了老将廉颇，派只会"纸上谈兵"的赵括接替，结果赵军惨败，四十多万降卒被秦将白起坑杀活埋。赵国由此元气大伤，走向衰弱。燕国对这个强邻历来心存畏惧，此时，不免松了一口气，觉得有机可乘，可以落井下石，开始数次进攻赵国。

公元前251年，燕王喜派相国栗腹去赵国交好（约欢），并送给赵孝成王五百金，宾主在友好的气氛中喝酒欢宴。名为交好，实际上是去侦察人家底细的，回国后，栗腹向燕王喜汇报说："我观察到赵国青壮年大都战死在长平之战了，而今剩下的小孩还没长大，这可是打赵国的绝佳时机。"

燕王喜召来昌国君乐间商议，遭到乐间反对。乐间说：

"赵国乃四战之国,这么多年南征北战、东拼西杀,可谓全民皆兵,人人能战,所以不能打。"乐间与其父乐毅的立场完全一致,燕赵只能亲善,不能打仗。

燕王喜说:"我以众敌寡,两个对一个,如何?"

乐间摇摇头,说:"不行。"

燕王喜有点儿不高兴了,提高了声音道:"那我五个打他一个,如何?"

乐间仍然坚持说:"不行。"

燕王喜大怒,目光扫向群臣,群臣纷纷嚷嚷:"打!打!"

燕国集结了六十万大军,两千兵车,兵分两路,一路由栗腹率领攻打赵国的鄗城(今河北柏乡北),一路由卿秦率领攻打代城(今河北蔚县),燕王喜也亲率一支偏师跟随出征。

大夫将渠拦住了燕王喜,说:"大王,我们刚刚主动与赵国约欢示好,还送了五百金与人家国王喝酒欢宴,马上就翻脸开战,不祥啊,这样是打不赢的。"燕王喜不听,将渠就拼死揪住他的绶带苦苦劝道:"大王即便亲征,也不成啊。"燕王喜厌恶地一脚踢开将渠,上马绝尘而去。将渠大哭。

赵国派廉颇和乐乘(乐毅的本家)分头迎击。

栗腹率领的一支燕军侵入了赵国的宋子城,廉颇率军在此一带与燕军激战。

某年秋天,我爬上了宋子城遗址的老城墙。登高远望,虽然城墙破损严重,大部分已夷为平地,成了阡陌纵横的田野,但断断续续依旧能大致看出一个方形的城市轮廓。天空为幕,白云朵朵，似乎变幻成燕赵两军交战厮杀的场面；还映出了一个义士的面影，荆轲刺秦失败后，他的朋友高渐离曾隐居在此，继而再度出山以他的乐器筑为武器猛击秦王，壮烈殉国。

此一战，燕国严重错判了形势，低估了赵军的实力，其结果燕军大败，栗腹战死，卿秦被俘。廉颇率军长驱五百里，包围了燕都蓟城。燕求和，赵不答应，称只有将渠出面才行。燕王喜从速提拔将渠为相，向赵求和，赵方撤军。此时，乐间也投奔赵国而去。

这以后连续几年，赵国将燕国当成了提款机，动不动就将燕都围上了，拿了重金重礼就撤。

公元前242年，燕国见秦国数次围困赵国，赵国军神廉颇被新王排挤逃到了魏国，庞煖接替了廉颇，以为又有了机会。记吃不记打的燕王喜，召见以前在赵国和庞煖共过事且关系不错的剧辛，问他："庞煖好对付吗？"剧辛回答说："小菜一碟（易与耳）。"燕王喜就让剧辛挂帅攻打赵国，结果，庞煖大破燕军二万，杀掉了剧辛。此战后果很严重，从此燕国一蹶不振，再也无力抵抗任何军队了，面对虎狼之师秦兵的咄咄逼人，只能采取暗杀行刺的办法了。

"鹬蚌相争，渔翁得利。"苏代此言，是真理，也是谶言。燕赵之间的频繁相争相斗，空耗国力，人民疲敝，秦国这个"渔翁"撒开了大网，趁机将赵国西部一块块池塘捞个干净。无可奈何花落去，燕赵两国都朝着灭亡的道路上飞奔。

公元前228年，赵国都城邯郸被秦攻陷，赵王迁被俘，赵公子嘉率领宗室百余人逃到赵国北部的代地，自立为代王。穷途末路之时，"与燕合兵，军上谷"（《资治通鉴》）。燕赵再次携手，共同抵御秦军。"兄弟阋于墙，外御其侮"，燕赵联军在易水之西大战王翦统率的秦兵。但为时已晚，醒悟已迟，赵国已是以局部偏安一隅的代地形式苟延残喘，燕国也是日薄西山气息奄奄了，哪里抵得住秋风扫落叶一般强大的秦军。

燕赵以一种悲壮惨烈的方式完成了最后一次结盟。

七

公元前227年初冬，易水河边，残阳如血，凛冽的西北风吹得落叶哗啦啦满地翻卷，空气中弥漫着一股肃杀的气氛。

义士荆轲要从这里出发到咸阳完成一件刺秦壮举。燕太子丹和知道此事的宾客都穿着白衣戴着白帽来送行。喝下一杯壮行酒，高渐离击筑，荆轲和着拍子放声高歌，声调悲凉凄婉，送行的人莫不流泪哭泣。荆轲边走边唱："风萧萧兮易水寒，壮士一去兮不复还！"声调突然变为慷慨激昂，送者个个怒目圆睁，头发尽竖，顶着帽子。荆轲登上车，绝尘而去，始终没有回一下头。

此情此景，被后人冠之以"慷慨悲歌"。这四字原为"悲歌慷慨"，最早出现在《史记·货殖列传》，是太史公对"中山"一地民风的评点。唐代文宗韩愈有名言"燕赵古称多感慨悲歌之士"，后来人们将"感慨"改为"慷慨"，于是，"慷慨悲歌"成为燕赵文化最鲜亮的一张名片。

二十世纪八十年代初,大陆电视剧刚刚兴起,我正上大四,一度痴迷电视剧研究和写作,写了一个半拉子剧本《风萧萧兮》,写的就是荆轲刺秦的故事。作为一个燕赵青年,对荆轲慷慨悲壮之举充满敬仰钦佩。他虽然失败了,但也是一个失败的英雄。正如司马迁所言:"此其义或成或不成,然其立意较然,不欺其志,名垂后世,岂妄也哉!"

《史记》中的《刺客列传》实际上写了六位义士,其中有三位属于燕赵,除了荆轲,还有豫让和高渐离。豫让行刺赵襄子的故事发生在赵地的邢台,至今,邢台市还有一座桥名叫豫让桥,即为纪念豫让而建。豫让说过一句响当当的话,"士为知己者死,女为悦己者容",以死报恩,魂魄无愧。燕赵三义士都是没有成功的悲情英雄,那种明知不可为而为之的义无反顾、赴汤蹈火,充分显示了任侠尚义、壮怀激烈的英雄主义情怀,足令高山低首,大地变色。在豫让的故事中,赵襄子所为同样令人感动,他虽是被刺杀对象,却对刺客有难得的理解和宽容。第一次抓住了欲行刺的豫让,称其是"义士""贤人",不让手下杀他,放了;第二次豫让行刺未遂再被抓,请求赵襄子脱下衣服让他砍三下,也算报答了主人智伯,虽死无憾了。赵襄子感念其义,就脱下衣服让手下交给豫让,豫让拔剑跃起朝衣服砍了三下,然后伏剑自刎。我们今天读之或许会觉得可笑,这报仇岂不成了假装的行为艺术了吗?可是,读了《史记·刺客列传》的"索隐"方知,豫让砍了赵襄子衣服后,

《战国策》还有几句话:"衣尽出血,襄子回车,车轮未周而亡。"司马迁以为这太怪诞了,就删去了。实际上,古人迷信,砍衣服如同砍人,赵襄子为满足豫让心愿,竟然令其砍衣,委实高义大德的君子风范啊。我们赞美豫让之义,也应该赞美赵襄子之仁。

一地的风气不是偶发的个例,而是普遍性的行为举止蕴积日久而形成。慷慨悲歌固然是燕赵文化的鲜明特点,然而,慷慨的不都是悲歌,也有凯歌。那种不畏强权、不惧刀镬的果敢与英勇,同样令人血脉偾张,豪气顿生。

赵惠文王九年,赵国首都邯郸被秦军包围,派平原君赵胜去楚国求救。赵胜从他的门客中挑选二十名文武兼备者随行,然而他选了十九人,还差一个实在选不出来了。于是有了"毛遂自荐",锥处囊中脱颖而出。到了楚国,傲慢的楚王根本没有出兵相救的意思,毛遂站了出来,按剑上前咄咄逼人,说,十步之内,大王仗着楚国人多势众没半毛钱用,您的命现在就掌握在我的手里!然后一番侃侃而谈,舌灿莲花,把楚王说得唯唯诺诺只有点头的份儿,随后双方歃血为盟,楚国答应出兵。这就是赵人毛遂,能文能武,关键时刻敢以命相拼!

在人们印象中蔺相如和廉颇,是典型的一文一武,蔺相如是文臣,是书生。而书生总是有一股文弱之气,只能运筹于帷幄之中。真实的蔺相如身上却有一股踔厉慷慨的英气,叫人拍案称善。《史记》惟妙惟肖地描写了他两次在强大霸道的秦王面前的血气之勇。一次是"完璧归赵":面对秦王的骄横与无赖，蔺相如机智应对，不惜以头撞柱、玉石俱焚相胁，吓退了秦王，保全了价值连城的和氏璧。一次是随赵王参加渑池会：秦王让赵王鼓瑟，并令御史记录，其实是一种羞辱，蔺相如则请秦王击缶，"秦王怒，不许。于是相如前进缶，因跪请秦王。秦王不肯击缶。相如曰：'五步之内，相如请得以颈血溅大王矣！'左右欲刃相如，相如张目叱之，左右皆靡。于是秦王不怿，为一击缶。相如顾召赵御史书曰：'某年月日，秦王为赵王击缶。'"每读此，辄感痛快淋漓，热血沸腾，令人想到孟子所说的"大丈夫"的浩然之气。

司马迁在《史记·货殖列传》中对各诸侯国的不同民风及形成原因有大略的分析。譬如，齐国土地肥沃，城市繁荣，故民风宽缓阔达，怯于众斗；鲁国原是周公的封地，故有周公遗风，好儒多礼。燕和赵习俗比较接近，北部都经常受到胡人的侵扰，燕国地远人稀，民风彪悍少虑；而赵国腹地还有一个中山国，地薄人多，民俗卞急，游侠好斗；赵地在分晋之前就有剽悍之风，"胡服骑射"后更加勇猛。燕赵之地长期与游牧民族冲突融合，加上赵国的主动"胡化"，形成了农耕文明与草原文明相结合从而与中原文化有别的风格。《汉书·地理志》对"风俗"有一个精到的释义："凡民函五常之性，而其刚柔缓急，音声不同，系水土之风气，故谓之风。好恶取舍，动静亡常，随君上之情欲，故谓之俗。"一地文化习俗的形成，是地理、经济、军事尤其是强人政治、豪杰壮举等多方面合力作用的结果，往往是一个特殊性的个例影响所及会产生普遍性的效应，譬如一棵大树根深叶茂，很快就会在周边长出一片树林。

燕赵的慷慨悲歌和尚义任侠，已被中国文化深度认同。古诗中多有咏叹，如：

    燕赵悲歌士，相逢剧孟家。
    寸心言不尽，前路日将斜。
            ——钱起

    礼乐儒家子，英豪燕赵风。
    驱鸡尝理邑，走马却从戎。
            ——韦应物

    世为燕赵客，慷慨有奇才。
    对策汉庭后，拜官江国来。
            ——梅尧臣

    并刀昨夜匣中鸣，燕赵悲歌最不平。
    易水潺湲云草碧，可怜无处送荆卿。
            ——陈子龙

…………

八

十五岁这一年，赵国少年荀况来到齐国都城临淄游学。

这里的稷下学宫名闻天下，就像今天的清华北大一样让莘莘学子心怀向往。这个稷下学宫名家荟萃,自由开放,儒家、道家、兵家、名家、阴阳家、农家等各种学派都可以在这里占有一席之地,呈现出"百花齐放、百家争鸣"绚烂夺目的人文盛景。

学得文武艺,货与帝王家。荀况经过几年苦读,学有所成,欲选择一位贤君精心辅佐,施展平生所学。他选择了燕王哙,因为听说他"不安子女之乐,不听钟石之声",诚恳宽厚,仁爱待人,甚至亲自下田和农人一起耕作,有古代圣贤之相。

荀况从齐国来到了燕国。他的学生韩非有过简略的记载:"燕王哙贤子之而非孙卿,故身死为僇。"(《韩非子·难三》)意思是燕王哙没有重视荀子,而对相国子之信任有加,弄得国乱身死。"孙卿",即荀况,字卿,因荀、孙音近,又或后人为汉宣帝刘询讳,亦称之孙卿,敬称荀子。这回,年轻的荀况看走眼了,燕王哙虽有仁人之心,却无政治之明,他的禅让之举愚不可及,差点儿导致燕国亡国。荀子在燕国毫无作为,面对纷乱的局面,深深地叹息一声,又回到了稷下学宫深入钻研学问和思想,成为最好的老师。赵孝成王时曾受到尊崇,位列上卿。

荀子是中国儒学的集大成者,他的"性恶论"与孟子的"性善论"形成了鲜明的对立。有趣的是,一位大儒却培养了两名法家高足:韩非和李斯,这正应了他在《劝学》一文中所言"青,取之于蓝而青于蓝"。荀子提出:"治之经,礼与刑。""礼以定伦",法能"定分"。这对后世法治和德治并重的治国理念产生了极其深远的影响。

"周公作之,孔子述之,荀卿子传之,其揆一也。"这是一位清代学者对荀子的评语。荀子是中国儒学能够薪火相传、光焰不绝的关键先生。

春秋战国时代被认为是礼崩乐坏、黄钟毁弃、瓦釜雷鸣的时代,但也是在大破坏中大重建的时代。我时常惊异那个命如蝼蚁、朝不保夕的战乱年代,竟然涌现出那么多哲学家、思想家,一出世就是顶峰,天马行空,博大精深,至今让后人顶礼膜拜,难以望其项背。真是叫人不可思议。在各种学派中有一家特别有趣好玩,不是为了"学以致用",而是纯粹的形而上,我们称其为"名家"。其代表人物,一个是魏国的惠施,就是和庄子辩论"子非鱼,安知鱼之乐"的那位;另一个为赵国的公孙龙,平原君的门客。名家被称为"辩者",皆为能言善辩之士,甚至是诡辩。庄子也算是雄辩滔滔之士,却都不是惠施的对手,"子非鱼"之辩,庄子完败。

公孙龙的名篇是《白马论》和《坚白论》。

传说,某年赵国流行马瘟,所以,秦国函谷关通令禁止赵国的马入关。公孙龙到秦国办差,骑着白马来到函谷关城门口,士兵拦住了他,说:"你没看见通告吗?你人可以进,马不能进。"

公孙龙指着马对士兵说:"这是马吗?"

士兵有点儿发愣,"这,这不是马是什么?"

公孙龙说:"这是白马。"

士兵蒙了,"白马不就是马吗?"

公孙龙说:"白马不是马。"

士兵瞪大了眼睛,一脸的问号。

公孙龙解释道: "马是形态,白是颜色,白马怎么是马呢?比如我叫公孙龙,我是龙吗?"

士兵完全被他绕晕了,就放他进去了。

有一年燕昭王要伐齐,公孙龙这位"名家"想劝架,带人去了燕国劝燕昭王"偃兵"。燕昭王说,很好。其实,燕昭王招贤纳才一心雪耻,早已磨刀霍霍,怎肯罢兵,只是敷衍公孙龙而已。公孙龙看出了燕昭王的心思,说,您虽然口头答应罢兵,但其实您还是想打。燕昭王说,何以见得?公孙龙说,大王广揽天下英才就是为了破齐,如今我看大王朝中诸位都是些善于用兵的人,所以,您是不肯"偃兵"的。燕昭王默然不语,心里说算你说对了又咋地。公孙龙在这里,用的是"循实责名"的逻辑推理法。他有理论,但不管用。

平原君也喜欢辩论,所以在门客中一直厚待公孙龙。有一天齐国的邹衍路过赵国,平原君向他请教公孙龙的"白马非马"之辩。邹衍一番话,让公孙龙从此彻底失宠。邹衍话说得很重,说公孙龙这一套花言巧语、烦言饰辞,弄得人晕头转向,只能"害大道"。据载,平原君死后第二年,公孙龙也郁悒而死。

在兵凶战危的战国时代,各诸侯国最需要和喜欢的是即插即用的实用理论，譬如兵法，譬如刑法，连孟子的儒家思想都被国王视作"迂远而阔于事情"，处处吃瘪，公孙龙的名家学说完全是形而上的空论，难有作为那是肯定的了。但是，"辩者"的这些学说，虽有种种弊端，却给中国的逻辑学大厦筑基培土，具有开创之功。

赵国还有一位思想家慎到，生于邯郸，约略与孟子、屈原同时，攻黄老之术，属于道家，但有入世的法学思想，又被认为是法家的开创者。

九

巍巍太行，莽莽燕山，郁郁平原，汤汤大河。

这块拥有山区、丘陵、高原、草原、平原、海洋等多种地貌样态的土地，属于河北省。河北，简称冀，源于《尚书·禹贡》中九州之一的冀州；别称燕赵，则源自战国时期的燕国和赵国。但实际上，河北只是燕赵的主体部分，燕国和赵国的疆域还要大得多，除北京、天津外，还包括山西、河南、内蒙古、辽宁的一部分。

其实，曾处于赵国腹地的中山国也是一个不容忽视的存在。公元前323年，千乘之国的中山国与赵、韩、魏、燕四个万乘之国一起互相称王，石家庄周边的大片区域都是它的地盘。中山国曾一度十分强盛，故有学者甚至将其列为战国第八雄。从鲜虞见诸史籍到中山灭国存世478年，逊于燕，却长于赵。只不过：一、中山国是游牧民族政权，不属于中原文化，难免被轻忽；二、两度分别被魏、赵所灭，尤其是最终被后者纳入了赵的版图。但必须承认，中山国对于燕赵文化的影响是极为深刻的，"悲歌慷慨"原本就是司马迁对中山之地民风的评价。

春秋战国是华夏文化的繁盛期，一条条大河皆可从这里找到源头，不仅是诸子百家点亮了璀璨的星空，而且相近的区域亦形成了各具特色、异彩纷呈的文化个性。齐鲁文化、吴越文化、荆楚文化、燕赵文化等都打上了鲜明的春秋战国的烙印，至今薪火不衰，代代不熄。

燕国和赵国不是兄弟胜似兄弟，有矛盾有对立有和谐有统一，在矛盾中和谐，在统一中对立，在长期的冲突交融中逐步形成了相似的脉搏和气息，连脾气性格都彼此彼此了，国土虽有疆界，精神却早已同气连枝了。战国七雄中，独燕赵因缘殊胜，创造一脉文化泽被后世。

"燕赵"二字并说，《战国策》《史记》等已经出现，燕在前，赵在后，并形成固定的词组，后世诗文因循皆言"燕赵"。

"周虽旧邦，其命维新。"燕赵这片古老广袤的土地，蕴藏着慷慨、骁勇、侠义、淳朴、变革等种子，"苟日新，日日新，又日新"，逢和风吹拂，生机勃发，又是一个青春昂扬的世界。

端午乡思

小区闲地里，有人种了一小片艾草，兀自在那儿绿油油地蓬勃生长。艾草虽曰草，却并不低矮偃伏，而是高高大大的，有灌木的威势，羽状分裂的齿形叶子，参差错落地在茎上伸展。我掐了一片叶子嗅了嗅，一股浓烈的植物清香之气沁入鼻腔肺腑。

《诗经》有云："彼采艾兮，一日不见，如三岁兮。"采艾易惹相思，艾草的气息仿佛让我闻到了一种家乡的味道，想起了端午节。植物似无情，却是感情密码和信息的储存器，一旦遇到机会，它会丝丝缕缕地释放出来。

在我的家乡冀南平原一带，端午节称作五月端午。中国传统的四大节日春节、清明、端午和中秋，分属于冬、春、夏、秋四季。端午节时值仲夏，烈日当空，草木葱郁，瓜果飘香，布谷声唤，正是一年景好处。

民谚"清明插柳，端午插艾"。端午节在家门口插艾是老家一个恒久的习俗，据说能辟邪祛灾。记得小时候，一到五月端午那天，母亲天不亮就起来，她窸窸窣窣地穿上衣服，将头天准备好的略微有点儿打蔫的艾草拿起来，走到街门口插入香炉内，一边两枝，又在窗棂上也绑上一束，立时一股青草的气息弥散开来。此时，天空刚刚泛起鱼肚白，太阳尚未升起，这种起五更插艾草的感觉，充满了神秘和庄重的气氛，非常具有仪式感。加上"辟邪"的说法，让我惴惴的有点儿小紧张，好像外面有一只怪兽蹲伏着，就等着被艾草吓跑。我问母亲，为啥不等大白天再插艾，她说，太阳出来后再插就不灵了。如果端午这一天在村里溜一圈，可以发现，家家门口遍插艾草，蔚为风景。

我们村西相隔一里地，有一村庄艾村，是我奶奶的娘家。据说，这村子原名叫庄活村，后来改名艾村自然跟"艾"有关。当地流传着明代"燕王扫北"的故事，燕王朱棣和建文帝争夺皇位，在河北一带两军厮杀。本地百姓以为燕王叛逆，故反对之，燕军便大肆杀戮。一日燕军来到庄活村屠村，见一家门口插有艾草，心生忌惮，便绕其门而过。后逃难的百姓返回，知其况，便纷纷效仿，家家插艾，从此将村名改为艾村。艾草在人们心目中是吉祥平安的物什。

《平乡县志》载："五月五日，簪艾虎，食角黍，饮雄黄酒。""簪艾虎"，是说五月端午这天，要将艾草做成老虎状，或者剪纸成虎样粘上艾叶，戴在头上。陆游也有"粽包分两髻，艾束著危冠"的诗句，但好像而今民间流传的习俗并不见戴艾的，还是多为插艾。说艾辟邪，虽然附会了神秘色彩，其实倒也不是迷信。艾草是中药，《本草纲目》称之"药草"，有多种效用，艾灸是其中最显著的一个。再说，细菌、病毒，不都是看不见的"邪祟"吗？

　　过节总是离不开吃，端午节必定是要吃粽子的。《平乡县志》所谓"食角黍"倒是其来有自。西晋《风土记》云："仲夏端午，方伯协极。享用角黍，龟鳞顺德。"又云："以菰叶裹黏米，杂以粟，以淳浓灰汁煮之令熟。"我小时候，家里条件差，从来没见过大米什么样，只知道南方种稻子才会有大米，我们这里缺水，种的是黍，包粽子用的馅自然是黍，即黄米、黏米，再加上枣，用苇子叶包成三角锥状，名副其实的"角黍"。过节的时候，母亲偶或赶集时买回几个粽子，但多是她自己亲手做。苇叶从村头大坑（池塘）边上的芦苇丛撷几把，黄米和枣家里就有现成的。但因苇叶较窄细，不如南方箬竹叶子宽，常常包不严实，裂呲歪巴，甚至有一回漏了一锅，当粥喝了，我们都为此笑了好几天。因为黄米和枣是日常食物，所以端午吃粽子也没觉得特别解馋。直到有一年五月端午，在县里工作的父亲带回了几个糯米裹蜜饯做的粽子，与往日"角黍"迥异，才一饱口福，品尝到真正的美味。解开粽子外面捆绑的细绳，剥开苇叶，露出莹白如玉的糯米，里面裹着的蜜饯显现出一抹暗红色，如琥珀镶嵌其间，一小口一小口咀嚼，都舍不得咽下，那滋味真是糯糯的、香香的、甜甜的，好吃极了。这第一次吃糯米粽子，足够回味一生。后来每到五月端午，尽管粽子品类繁多，花样迭出，但我最爱吃的还是糯米裹蜜饯的那种，最初的甜蜜记忆不仅储存在大脑里，还在味蕾里。

近日我打电话给大哥，大哥耳背，大嫂接了。我问她，咱们老家为啥过五月端午？大嫂说，不是说纪念那个作家屈原吗？大嫂七十多岁了，只念过几年书，尽管端午节的来源有诸多说辞，但她此言却是不管南方抑或北方最主流的声音。宋代文豪苏东坡词曰："虎符缠臂，佳节又端午。门前艾蒲青翠，天淡纸鸢舞。粽叶香飘十里，对酒携樽俎。龙舟争渡，助威呐喊，凭吊祭江诵君赋。……"（《六幺令·天中节》）这里将端午节的习俗与怀念说了个齐全。张耒、梅尧臣、文天祥等历代诸多诗人都留下端午怀屈子的诗篇。屈原被称作伟大的爱国诗人，已深入人心。国是最大家，家是最小国，家乡是小家的延伸，是国家的缩影。爱家乡是爱国这条大河的一脉支流。

又是一年五月端午，不禁令我悠然怀想起家乡——那青绿的艾草，金黄的麦浪，通红的杏子，碧翠的芦苇，还有家人亲手包的并不规整的粽子。那是家乡的景色，家乡的味道。其实，春节、清明、端午、中秋这传统四大节日，哪个不叫人思乡想家啊？

过　　年

一

春节，老百姓更喜欢叫过年，由古及今，绵绵不绝，是中华大地一年之中最盛大最隆重的节日。其他节日都是单项的，如清明节、端午节、中秋节等，过的是"日"，而春节是综合的，过的是"年"，且犹嫌不够，叫"大年"！因此，它的内涵便显得异常丰富，异常深广，异常博大。

春节，是情感交融的大团圆。中秋月圆虽说也是传统的团圆日，但从广度和深度上仍然无法与春节比肩。有钱没钱，回家过年。这个"家"即是一个人出生成长的老家，根脉所系。一到年底，归心似箭，挈妇（夫）将雏，背上行囊，踏上回家的路。在中国，有一个专有名词叫"春运"，每到春节期间都会出现上亿人大迁徙的壮观盛况，为世界惊叹。过年不仅是家人的团聚，还要走亲访友，拜年问候，呼朋引伴，其乐融融，是感情的催化剂、融化器。

春节，是传统民俗的大荟萃。只有过年最中国，显露出我们中国的底色。大红灯笼挂起来，红红对联贴起来，火红绸子舞起来。中国红，红遍中国。红火，喜庆，热闹，透着对殷实日子的殷切期盼。一年之中，我们日常采用的都是阳历计时，谁会记得阴历时间？而过年让我们几乎全然忘记了阳历是几号几号，说的全是阴历的初几初几。哈，多么奇妙！多么有趣！在城市工作生活的男男女女，平时一口普通话甚至是外国语，回到老家分分钟变回地道的乡音俚语。过年的程序，传统的礼仪，乡艺的表演，使我们一下子涵泳于民间的原生深处。

春节，是辞旧迎新的加油站。鲁迅先生在小说《祝福》中开头即说，"旧历的年底毕竟最像年底"，的确如此。虽然我们现代生活中一直将一月一日称作"元旦"，但国人的内心深处依旧是把春节当成真正辞旧迎新的节点，新年是从正月初一开始。守岁，祈福，祝福，蓄力，洗去风尘，立马扬鞭，抖擞精神，新的一年又出发了。

二

对于我这个二十世纪六十年代出生的人来说，小时候的过年才最有意思，最难忘怀。

最盼的是过年。

在北方农村，其实过年的前奏从腊八就开始了。腊七腊八，冻掉下巴，在最冷的时候喝上一碗热乎乎的腊八粥，心里也热乎起来。母亲还用醋泡上蒜，准备过年时就饺子吃。说只有腊八这天泡的蒜才能绿,不知是否这样,反正到时候瓶子里的蒜瓣果然由洁白变得绿莹莹的,像绿宝石一样。

有童谣云:

> 小孩小孩你别馋,过了腊八就是年。
> 腊八粥,喝几天,哩哩啦啦二十三。
> 二十三,糖瓜粘,二十四,扫房子。
> 二十五,磨豆腐,二十六,去割肉。
> 二十七,宰只鸡,二十八,把面发。
> 二十九,蒸馒头,三十晚上熬一宿。
> 初一初二满街走……

父亲在外面工作,家里过年的事都是母亲操持忙碌。赶集采买、洒扫庭除、缝制新衣、烹饪蒸煮……母亲对过年的准备十足地认真,有条不紊、一丝不苟。那时虽然家里穷,物质匮乏,缺这个少那个,但母亲却一点儿都不肯含糊,丝毫没有浮皮潦草的敷衍,穷,穷过,富,富过,不管怎样都要把年过得饱满瓷实,有滋有味。如同《白毛女》中喜儿一样,有了二尺红头绳,就能欢欢喜喜过个年。物质的贫困抵挡不住精神的富饶,有了心劲,日子才有奔头。因为母亲,所以在我眼里,过年不仅可以满足口腹之欲,吃上白面饺子(平时即使吃饺子也是绿豆面或混合面),能穿上新衣裳,能放鞭炮,还有那种仪式感、紧张感、神圣感、庄重感,让人觉得过年是一件不得了的大事。

虽说大年初一才是过年的"正日子",可是我觉得就隆重程度而言,大年三十胜过初一。远近此起彼伏的鞭炮声彻底点燃了过年的热情,让人莫名地生出一种兴奋和渴望。正如王安石诗云:"爆竹声中一岁除,春风送暖入屠苏。千门万户曈曈日,总把新桃换旧符。"除夕傍晚,用白面做的糨糊在街门门框两侧贴上红对联,门楣上贴上横批,两扇大门正中贴上门神。伴着噼噼啪啪的爆竹声,过年的感觉油然而生,不由得欢天喜地,走起路来都是蹦跳雀跃。

母亲总是在饺子下锅的时候让我放鞭炮,我不知缘由,但只要听闻在灶前忙碌的母亲一声:"三儿,点鞭!"我像战士听到军令,猴儿一般蹿出去,把一挂鞭挂在枣树枝上面,噼里啪啦放将起来,那硝烟的味道好闻极了。

一家人围坐在一起,尽管只是简单的吃饺子就腊八蒜,没有七大碗八大碟的炒菜,更没有酒喝,但那种融洽和谐的气氛氤氲其间,让人觉得格外美好。这时候,没有纷争,没有拌嘴,没有抱怨,没有呵斥,人人眼角眉梢都是笑意盈盈,一任无边温暖的亲情流淌。

除夕夜,要守岁,不能早早睡觉,即使困了打着哈欠也要强睁着眼。苏东坡有"儿童强不睡,相守夜欢哗"的诗句,范成大也有"除夕更阑人不睡,厌禳钝滞迎新岁"的描述。一般是度过新旧之交的零时才能睡去,这才真正是辞旧迎新。可是小孩子哪儿能熬过?母亲却能。往往是一觉醒来,见她依然在灯下忙碌，除夕夜是不让熄灯的。她祈天敬神拜祖宗，保佑一家老小一年平安健康事事遂心，神情端肃，磕头如仪，嘴里念念有词，我也不知说的是什么，只觉得昏暗的灯光下弥散着一种庄重、神圣的气氛，似乎冥冥中有神灵在，心存敬畏，不敢亵渎。

初一凌晨，天还像锅底一般黑，就陆续有鞭炮声响起将人聒醒。吃过饺子，就要走街串户拜年了。大家见面第一句话除了"拜年啦"就是"起得早啊"。起五更睡半夜往往是勤奋的证明，大年初一是切不可睡懒觉的，如果别人去你家拜年，你还未起，会惹人奚落一年。所以，没有最早只有更早，莫道起得早，更有早起人，有的人干脆一宿不睡。新年第一天，博个好兆头，故有诸般禁忌：不打喷嚏，怕一年有病啊；不扫屋地，怕扫去福气啊；不去挑水，怕一年受累啊……

拜年，是初一最重要的礼仪，拜祖宗，拜父母，拜长辈，拜乡亲，一般是按照血缘关系的远近成群结伙，走街串巷，在天色将明未明的昏暗中进行着古老的乡村礼仪。有时在街上碰见一长辈，领头的大喊一声，给某某爷拜年啦！大家纷纷抱拳作揖，随即黑压压跪倒一片，蔚为壮观。也有的见人多天黑，趁机偷懒，只跪一条腿，或者在后边只嗷嗷喊叫，作势假跪，屈屈膝拉倒，被人发现，立遭笑骂，喧闹不止。笑归笑，闹归闹，如果谁家的孩子没有去某家拜年，会被视为严重的"外交事件""断了年节"视同断交行为，两家会因此决裂。所以，拜完年，大人会询问孩子都去了谁家，如果偶有疏忽遗

· 49 ·

忘，得赶紧弥补。另外，在拜年的过程中，彼此拉近感情，交流信息，也是很重要的一环。

俗话说的"过了腊八就是年"一点儿没错，虽说除夕、初一算是过年的核心时段，但其前奏与后续十分漫长，好比一锅文火慢炖的老汤，时间越久滋味越浓。正月里逢五逢十都是节，尤其是正月十五元宵节，异峰突起，再掀高潮。如果说过年主要是品尝美食和走亲访友，那么元宵节则重在文化娱乐，当然，还是有元宵要吃喽。唐代诗人卢照邻这般描述元宵节的盛景："锦里开芳宴，兰缸艳早年。缛彩遥分地，繁光远缀天。接汉疑星落，依楼似月悬。别有千金笑，来映九枝前。"（《十五夜观灯》）元宵节又称为灯节，挂灯笼，猜灯谜，如花团锦簇，迷人眼目。我老家流行端黏（年）灯，即用黏面做成油灯状，添上棉油或香油，用柴梗裹上棉花做成灯芯，点着了，放到屋里各处，尤其是水瓮里（莛盖浮之）、粮囤里。我清楚地记得每到十五晚上，我要端着黏灯照照门后、厨房、树下等暗处，再走出家门照出一段路。母亲说，用黏灯四处照一照，就没了黑暗，走的路就亮堂。

十五这一天，锣鼓一响，村里男女老少闻声云集在一街道宽敞处，打扇鼓、跑旱船、踩高跷等节目要依次热闹上演了。虽然这是冀南一带农村的保留节目，年年如此，有时表演者好几年不换，但每年都是围个里三层外三层，大家照样乐此不疲，津津有味，欢笑声此起彼伏，惊得树上的麻雀扑棱棱飞上蓝天，叽叽喳喳的声音好像也来凑趣似的。

三

自父母去世以后,我开始每年留在城市的家里过年。在城市过年感觉和乡村迥然不同,平淡如同普通的假期,乏善可陈。加上生活水平大大提高了,吃穿用度根本不需要利用过年来改善,也就没了小时候的那种盼头和渴望。寡淡,这是在城市过年的人们一个普遍的感受。

前年春节,儿子一家三口初三去了青龙岳父家,剩下我和妻子,正好我想写写沙丘平台,于是我俩回了老家平乡。没想到,这次回乡不仅度过了一个充实丰硕的春节,无意中竟找到了一种新鲜的过年方式。

初三上午我和妻子开车回到平乡,吃过午饭后即驱车半小时到了沙丘平台遗址。所谓的"沙丘平台遗址",只不过是一片稍微隆起的土地,最南端的高台只是两米高、五六米宽见方的土丘而已。土丘前竖着两块碑,一高一矮,标明这就是大名鼎鼎的沙丘平台,而且是省重点文物保护单位。虽然眼前的沙丘平台只是一个荒丘土台,但当时却是逶迤十几里的巍峨宫殿群。商纣王在此建"沙丘苑台"演绎过"酒池肉林"的故事,赵武灵王筑"沙丘宫",终在此饿毙,秦始皇病死于此,波谲云诡、刀光剑影的历史就镌刻在这片荒丘之上。

距沙丘平台几里路,是冯马乡的兴固寺。这天,天气极冷,游客和香客寥寥,却给了我大大的惊喜。兴固寺最早建于汉代,是与洛阳白马寺齐名的天下名刹。后赵时期印度高僧佛图澄曾来此,予以扩建和完善。民间传说,元朝勋臣刘秉忠参照兴固寺设计了北京城,故有"先有兴固寺,后有北京城"之说。乾隆年间,有僧人自山西迎十三颗佛舍利藏之,后历经战乱多数不知所终,至今仍有两颗收藏,极为珍贵。兴固寺虽然只是县级文物保护单位,但有几处真迹艺术价值极高。大雄宝殿东侧,为珍藏佛舍利,乾隆十五年(1750年)专门修建了舍利殿,至今保存完好。各种砖雕、木雕、浮雕等精妙绝伦。殿内木架横椽上有365幅金龙图案,形态各异,生动鲜活,让人啧啧称奇,据说在国内寺庙中绝无仅有。另外,进门弥勒佛殿的梁檩用的是稀有的鸟柏木材,能清晰看到多只鸟的形状,或立或飞,或振翅或昂首,栩栩如生,有满室绕梁之趣。

初四上午,我去了河古庙镇的东岳天齐庙和平乡镇的文庙。前者是道,后者为儒。东岳天齐庙,据说战国时期泰山一道人去华山布道,路经此地,称是风水宝地,遂建一道观,因跟泰山有关,故名。李唐时代尊崇道教,据传高宗一女儿曾在此出家,香火极一时之盛。如今,东岳天齐庙有房135间,有神像115尊。黄巾军起义领袖张角的像也供奉在此,张角是太平教的创始人,平乡人。文庙始建于宋代,至乾隆十七年(1752年)已经过七次重修改建,但保留了宋明的建筑风格。如今仅存大成殿,为国家级文物保护单位。尽管殿内空空荡荡,我却似乎嗅到了一股古代的书卷气隐隐袭来。那些裸露着的四梁八柱,明确告知古代建筑的结构方式,同时也有四面八方的深厚寓意。自汉代董仲舒提出"罢黜百家,独尊儒术"

以来，儒学即国学的主要支柱，它给灿烂的中华文化培养了难以计数的"四梁八柱"，成为中华文明的强力支撑。

初四下午，来到后马庄，这里是梅花拳的发源地，有省级文物保护单位邹氏墓群。梅花拳大约起始于宋末，真正成为广有影响的拳种之一是清代康熙年间，祖师爷是邹宏义。他原是江苏人，后来到平乡后马庄定居，收徒传艺，声名鹊起，影响日隆。二十世纪九十年代，梅花拳被列入首批国家级非物质文化遗产。我发现，这里和别处的冷清不同，人来车往，十分热闹。邹氏墓群有不少人祭拜，香火缭绕。碑林也吸引了许多人参观。雄伟的始祖大殿兀立于原野之上，引人注目，广场上彩旗招展，渲染着浓郁的节日气氛。据有关报道说，每年正月十六举办的"中国平乡梅花拳联谊会"，有全国各地和二十多个国家的弟子来后马庄，祭拜祖师，切磋武艺，交流研讨。届时有数万人聚集，人山人海，真乃盛世之盛事也。

初三初四一天半时间，我走马观花游访了四五处"景点"，家里人三辆车八九人随同，他们多数人居然也是第一次去这些地方。这不由使我感慨万分。人人都说热爱家乡，可是我们对家乡了解多少呢？尤其是我，身为报人，还顶着一个作家的帽子，居然以前也从未涉足，真是惭愧无地，无比汗颜。曾经，我对老家平乡颇有些不以为然，平原小县，毫不起眼，既无名山大川，又无秀丽景致，就像满天繁星中的一颗，淹没在浩瀚的苍穹之中；名字也平常无奇，一个县还带个"乡"字，不往大里说却往小里说，十足的乡野土气，你看人家沈从

·53·

文老家叫"凤凰"、莫言老家叫"高密",郁郁乎文哉!以前对平乡的历史文化略知皮毛,也没怎么放在心上。这次"春节家乡游"却使我大为震撼,却原来,这个平原小县端的不简单!文化底蕴竟如此深厚!中国古代传统文化的儒释道全有,而且并非泛泛之有,进而除了这些"文"文化,还有梅花拳"武"文化,堪称能文能武、文武双全!我想,一个小县拥有如此全面深厚的文化元素,放诸全国恐也不多见吧。我真心为家乡骄傲!

爱祖国从爱家乡开始。莫要眼馋国内的名山大川,或许你眼皮子底下就有美妙的风景被疏忽了。春节正值严寒的冬天,出行多有不便,那么,不妨和家人一起做一次"春节家乡游",亲情游玩两不误,且能加深对家乡的了解和认知,岂不乐哉!我大嫂七十多岁了,这次跟着我们转了转,高兴地说,我在平乡生活了一辈子,还不知道咱这儿还有这么多有意思的地方,咱平乡也不赖呀。

其实,每一个地域、每一个县都有自己的历史文化,把眼光收回来细密梳理脚下的土地,总会有意外的发现。春节就是最好的时机。

四

美国民俗学家阿兰·邓迪斯指出,日常生活中,时间线性流逝,而节日就像这条线上的刻度,有了度量才有意义。仪式是让平凡日子发光的魔法，正是因为有了这些仪式，生活才显得庄重，才更有纪念意义。

中国民俗学家邓汉秋说，年俗承载着中华文化的血脉和精华，这是人们从孩提知事开始，就周而复始地不断受到濡染熏陶，而且是在欢欢喜喜、高高兴兴中接受浸润，在弥漫于全社会的过年氛围中，在生活气息浓郁的群体性活动中，自然而然地受到陶冶。它未必强烈震撼，却深深嵌入生活，浸入情感，沁入心田，历久不磨。

春节是中国几千年的习俗和传统，已深入到国人的血脉和骨髓里了。中国年，冠绝全球。民国时期，政府曾将阳历的一月一日定为元旦，废止正月初一的农历新年，但最终无法改变强大的民俗传统。对于春节，尊重、引导、不断赋予其新的时代内涵，使其更丰富、更精彩、更有意趣，才是正途。

时间之河浩浩汤汤不舍昼夜东流而去，年复一年，日复一日。春节是一年的线条上最重要的刻度，过年即是对这一刻度举行的庆典。新年伊始，万象更新，每个人心里头都会揣着一个梦想。一般来讲，看重过年、心中有仪式感的人，对平常的日子也不会马虎，过好了年，也就过好了日子。反之亦然，把每一天都过得认真、过得精细的人，就一定会过一个好年，丰足，丰裕。

故岁今宵尽，
新年明旦来。

愁心随斗柄，

东北望春回。

——唐·张说《钦州守岁》

春节，是天寒地冻之时、年头岁尾之际，中国人策划演绎的一出饱含智慧的人间盛典，尽情欢度吧，眼瞅着明媚的春天就要来了。

满窗明月

人在旅途，夜晚走在陌生城市的街头，最打疼我们眼睛的一定是一窗一窗的灯光。那温暖、柔和的光亮，不禁会勾起游子思乡思亲的情愫，照得内心的孑然孤独无处躲藏。同样，在外久了，顶着星光回家，走到楼下，会不由自主地抬头朝属于自己的那一扇窗望去，若有一灯荧然，不啻明月的清辉立时栖满心里的每一个角落。

这种感觉恐怕人人都会有吧。

这里，窗其实是家的象征。《说文》云："在墙曰牖，在屋曰囱。"窗，从穴。初文为囱。远古时期，人们筑房造屋，在墙上或屋顶上凿出一洞，以透光和空气，还可让烧饭的烟冒出。白天看袅袅炊烟，晚上看荧荧灯光，在田里耕作的人就知道归宿在何处。虽然对一处房屋或一个家来说，门的重要性远远大于窗，没窗或许可以将就，没门是万万不行的。但门更多的是物质属性，而窗却更多的是精神属性，寄寓了人们诸多情感和审美的内在要素。

小时候，家在农村，窗户是木头做的，由窗框、窗棂组成。窗棂也不讲究，简单的方格状。夏天钉上浅绿色的窗纱，冬天则糊上粗糙廉价的麻纸。这种麻纸上面疙里疙瘩，透光性差，白天屋里也暗乎乎的。天麻麻亮的时候，经常被鸡鸣或麻雀叽叽喳喳的叫声吵醒，又不愿意起来，就盯着窗户看，那些纸上的疙瘩竟被看出了诸般人或动物的形状，就像看天上的云彩一样，白云苍狗，天马行空，有趣好玩。遇到凛冽的寒风在树梢上狂啸，薄薄的窗纸呼嗒呼嗒地响，反而觉得室内暖和，睡得更香；有时窗纸突然就被吹破了，冷风顺势从破口处灌入，如果恰巧遇上下雪，雪花拥挤着飞舞，能把人冻得上下牙打架。这时没有更好的办法，只好找些旧棉衣棉裤塞到窗格，待风儿消歇了，再重新糊上窗纸。

因为窗纸薄而脆，故留下一句歇后语，事情即如窗户纸——一捅就破，或者说只差捅破那层窗户纸了。那时在农村流行听新房，一帮嘎小子簇拥在窗根底下，不仅听，还要偷窥，用手指蘸些唾沫将窗户纸捅破一个小口子，将一只"贼眼"镶嵌在窗纸上。

讲究一点儿的人家将窗户做成了艺术品。那一年我去山西乔家大院和王家大院，不禁为各种窗棂所吸引，造型各异，式样繁多，不仅仅有方格形的，还有菱形、圆形、卍形、扇形、瓶形等等我叫不出来名的形状，还雕刻着蝙蝠石榴、葫芦仙桃等寓意美好吉祥的物事。普通人家喜欢在过年或结婚时贴窗花，即在窗户上贴上各式各样的剪纸，或飞禽走兽，或神话人物，或五谷丰登，或福禄寿喜，红彤彤，喜洋洋，一个物质的窗户成了透视人们心灵的窗口。山西有一首民歌《剪窗花》，这样唱道："银剪剪嚓嚓嚓，巧手手呀剪窗花。莫看女儿不大大，你说剪啥就剪啥。啊儿哟，祖祖辈辈多少年，解开多少愁疙瘩。不管风雪有多大，窗棂棂上照样开红花。"物质生活固然重要，可艺术的生活同样不可或缺，精神的抚慰让一切都漾出了生命的机趣，与过年贴窗花一样，一条红头绳就足以令喜儿欢欢喜喜过个年。

窗户是人们在室内与外部世界建立联系的连接点，即使足不出户，一年四季的细微变化，春草绿了，秋叶黄了，风雨雷电，雪花纷飞，都能在窗前依次展现。窗户更像是一个画框，涂抹描绘出各种色彩各种意象的图画。古人早就发现了这一点，如杜甫："窗含西岭千秋雪，门泊东吴万里船。"张耒："梦觉隔窗残月尽，五更春鸟满山啼。"李清照："窗前谁种芭蕉树，阴满中庭。"白居易："清风两窗竹，白露一庭松。"等等。现代诗人卞之琳也有名句："明月装饰了你的窗子，你装饰了别人的梦。"清代戏曲家李渔在《闲情偶寄》中说"开窗莫妙于取景"，其实，窗外的景色是固定的，如何看景，更在于取景者的心情。譬如秋末的残荷，破败寥落之相何美之有？乐观的人却找到了听雨之乐。"隔窗听雨"成了古诗词中最多见最丰饶的意象。而东西南北四面的窗，本是普普通通的方位，却被诗人赋予了迥然有别的特殊况味，如南窗寄傲，北窗下卧，西窗剪烛，东窗嘛，哈，——东窗事发！窗户也有诸多雅称，如茜窗、绿窗、竹窗、纸窗、玉窗、金窗、幽窗、轩窗，等等，这些好听的名字无不盈满了诗人温润美好的意趣。

　　窗外的风景不仅是风景、是美，有时还是信念、意志和生命。美国作家欧·亨利的小说《最后一片叶子》就讲述了这样的故事。青年女画家琼珊患了肺炎，病得厉害，而且对活着已失去了信心。她躺在床上望着窗对面墙上的常春藤，秋风中叶子一片一片落下，她认为最后一片叶子落下的时候，她也要随之而去了。但奇迹发生了，经过几天的风吹雨打，那最后一片叶子依然贴着墙挂在藤枝上，绿中泛黄，不曾凋落。琼珊以为这是天意，信心大增，身体竟好了一半。后来得知，那片叶子是老画家贝尔曼在闻知此事后在夜雨中画在墙上的，他却因此患了肺炎死去。这时的窗，更像一面镜子，映照出来的是人性善的底色和力量。

　　我现在的居室，南窗北窗通透，不再是狭小的纸窗，而是宽大的落地玻璃窗。北窗外是一条河，河对岸是公园，花红柳绿，碧波荡漾，四季皆为风景。南窗外不仅可观赏小区庭院的绿草如茵、枝叶扶疏，更喜欢明月破窗而入的清幽感觉，一如李白诗句"满窗明月天风静"所述的意境。明月装饰了窗子，窗子也装饰了人生的诗和梦。

寻 根 记

孙子即将满一周岁，趁着国庆中秋假期一家人回了趟老家，意在让孙子认祖归宗，找到自己的根系所在。

老家是位于冀南平原的平乡县九曲村，民间习惯称"湾子"。因在当年发生项羽破釜沉舟一战的漳河拐弯处，形成河湾，因而得名。我小的时候，村东南还有一道隆起的大埝，自西向东又向北逶迤拐了一个大弯，几十年过去，早已化为平地，旧河道与河堤一点儿痕迹都看不到了。还有一种说法，村里就一条街，因中间有一处水坑，导致街道弯曲不直，所以被叫作弯子。我更愿意相信前一种说法。

父母去世以后，我每年清明必回老家上坟烧纸。父母的坟茔在村庄正南方的田地里，和邻村赵村紧挨着。所以，我每次回去，下了公路都是从赵村穿过，到了墓地祭拜之后，就去县城了，哥哥姐姐们都在县城住。这样，虽然每年回老家，却都是远远朝村庄望一眼，八九年了从来没有进过村。

这次因了孙子，虽然他还不懂事，我却需要一种形式，让他走进老家的门，呼吸老家的气息，这里是祖宗曾经栖居的地方，根就在这里。

我驾车开进村庄，却一下子找不到家了。睽违才八九年，变化大得让人不敢认了。每一座房子都涂了白墙，大街小巷全部硬化，后边这条街，宽阔笔直，中间是水泥，两边都铺了砖，平平展展，干干净净，脑海里骤然冒出一个词："社会主义新农村！"我原来的印象就是坑坑洼洼，街里乱堆着柴火和秫秸，垃圾和粪便更是随处可见。路上因下了点儿小雨，我还担心村里泥泞难行，如果积水，弄不好车轮还会陷到坑里。路好走了，却猛一下看不出哪个是我家，还是妻子眼尖，指出了我的宅院。我们哥仨当年分家，通过抓阄儿我分到了临着后街的院落，当时有一座三间瓦房，院子里有五六棵枣树。因房子久无人住，不几年就被雨浇塌了，由大哥操持，先是只垒了一道墙头，后来赁给一个乡亲搭成简易房开了个小卖部，直到如今。

跟乡亲打过招呼，我抱着孙子和妻子、儿子儿媳走进院落。这处宅院名义上属于我，我却从来没有住过一天。院子里的枣树虽然枝叶葳蕤，枣已打过了。民谚云："七月十五红圆圈，八月十五打一杆。"尽管还不到八月十五，大哥他们已打了枣，树上还稀稀落落残存着数颗红枣，我够着了，吃到嘴里，又脆又甜，是熟悉的小时候的味道。这里就是我的家，我儿子的家，我孙子的家，没有房子也是，何况还有满院子的枣树。在这个苍茫无垠的世界上，只有这一片小小的土地真正属于我，人在外乡，只是游子，在城市的家只是寄居而已。

之后去了不远处的老宅，街门没锁，我推门进去，一阵狗吠，屋门开了，一个十七八岁的姑娘看到进来几个陌生人，细细打量着，没吱声。我说，闺女，你是租房子的吧，我不是外人，这是我们家啊。今天真是有些主客颠倒了，呵呵。这个老宅当年分给了我二哥，几年前租给了一个外乡木匠，据说生意还不错。因为我母亲喜欢枣树，所以这处院落也都是枣树。从情感上我更认同这个老宅，我在这里出生，在这里长大，童年的记忆都在这个院子里。我特意认真看了看窗前的那棵百年老枣树，我在散文《树的事》中写过它。老枣树似乎比以前粗壮了些，依然呈60度倾斜着，树冠依然枝叶繁茂，我想它该是我们村树龄最长的一棵树了吧，得好好保护它。老树成神，它也能护佑我们全家。

"根之茂者其实遂，膏之沃者其光晔。"这是唐代韩愈说的。树大需要根深，人强不能忘本。关于人的三大哲学命题之一就是"我从哪里来"。中国是一个以祖先崇拜代替宗教的国度，修家谱，盖祠堂，重血亲，是代代相袭的文化传统。一个人走出家乡后，本事再大，名声再高，也不能忘了根本，不然，轻则被斥为数典忘祖，重则被讥为孤魂野鬼。同样，对一个人获得成功的最大褒奖词就说是祖坟冒青烟、光宗耀祖、衣锦还乡。在古代，一个人不管在外做了多大的官，回老家时，一定会在村口落轿，然后步行进村，见了乡亲要作揖打躬。如此，才能获乡人称颂，光耀门楣。

余生也晚，没有见过爷爷，五岁时奶奶也去世了，刚刚记事，印象漫漶。可以说几乎没有得到过祖辈的养育呵护，感情也就无从谈起，祖父母只是一个概念而已。父亲去世的时候，因祖坟已经没有空地，只好另择吉壤。这样，我每年清明回家上坟，只去父母的墓地，祭拜完毕就离开了，极少去祖坟。可能是马齿渐长，年岁益高，遂生了"根本"之心，对祖父母及祖宗萌生了怀念和崇敬，没有他们，哪有我啊！尤其要感谢祖父母，虽然是农民，却供养他们最小的孩子——我的父亲念书，成为国家干部，使我从小生活在一个不同于村里其他孩子的环境里。今年清明节，给父母上过坟，即到了祖坟，烧纸、跪拜、培土，恭敬如仪。这片祖坟墓地，在村里曾是有名的"柏树行"，成为地标，我小的时候还是一片郁郁葱葱的柏树林，因柏枝有一股特殊的气味，故印象很深刻。多年前，柏树行已不复存在，一棵柏树都没有了。我在想，一般来讲，安葬有身份有地位的人的陵园才植有柏树，我的祖辈是农民，却在坟地也植着柏树，且成"行"，说明我的祖辈是有文化有尊严有贵气的，不简单啊。而今在祖坟，竖着一块碑，供奉着我们湾子村老刘家最早的祖宗，名叫刘成玉。大约在明代，他推车挑担，带着一家人从别的地方迁徙到此处，开荒筑屋，从此繁衍生息，开枝散叶，遂成刘氏家族。我们许多人的小脚指甲是两瓣的，因此有人说这是从山西大槐树迁移的生物证明，我对此没有考证过。

　　从老宅出来，碰见了本家的四嫂，她张口就喊出了我的名字，非常热情，而我脑子里转了好几圈才对上了号，隐隐有些惭愧。她说，这是你的孙子吧，人家是大城市的人，以后还会来咱村吗？我想是啊，我生于此，长于此，情感深处总有一缕乡愁绵绵不绝，我的儿子、孙子跟湾子村就没多大关系了，他们以后哪来的乡愁呢？我今天专门带孙子来到村庄，心里头默默举行了一个仪式，在他即将一周岁之际，给他打上一个乡村的印记，接受乡风的吹拂，告诉他，这里，是他的根。

大地的滋味

李耳在《道德经》中云："五色令人目盲，五音令人耳聋，五味令人口爽。"这话多少有点儿令人沮丧。如果我们换一个角度看，大地之上，有青黄赤白黑五色入目，有宫商角徵羽五音贯耳，还有酸甜苦辣咸五味咂舌，色、声、味都在大自然之间蓬勃地存在着，呈现着，这是多么神奇瑰丽的景象！五色和五音愉悦了我们的视觉与听觉，而五味不仅满足了我们的味觉和自然的生命之需，更投射黏附了丰富繁密的人生况味。

这一切，都拜大地所赐。酸甜苦辣咸，大地上的自然物——草木、土地、稼禾、瓜果都浸润其中，各有各的滋味。

五味中，甜绝对是当仁不让的一号主角，最受人们喜爱追捧，如蝶恋花、蚁附膻一般奔之若鹜。甜，会意字，从舌从甘，意思是舌头品出甜味。《说文》解：甜，美也。这是一种让舌头畅美舒适的味道。甘字里边那一横，是说吃到嘴里的东西就那样含着舍不得咽下，这就是甜，就是美。

或许是我们生下来品啜的第一口乳汁是甜的，那是生命的芬芳，从此烙下深刻的味蕾记忆，寻找甜的滋味成为第一选择。

大地和上苍也从不吝啬甜品的供应，如草盈野，如花满地。

每一个童年都有一个"甜蜜史"，跟糖、草秫、瓜果有关。糖需要花钱购买，而草秫、瓜果可在田野中寻找获取。有一种野草叫茅根，长在坡坡坎坎，它的根茎呈白色，一节一节的，挺长，从地下拔出来擦去泥土搁嘴里嚼一嚼，汁液不盛甜味也淡淡的，聊胜于无，嚼着玩儿。瓜地、果园都有人看管，最诱人也最易吃到嘴的是"甜棒"，即玉米秸和高粱秆。浓密的庄稼棵形成天然的屏障，趁割草的时候，钻进去谁也瞧不见。此时挑着粗壮的秸秆用镰刀砍断，用牙擗去一条一条篾皮，一口一口咔嚓咔嚓大嚼起来，满口甜汁，美不可言。一会儿工夫，眼前一地废渣残末。那种高高的顶着穗子的红高粱，秸秆一般没有水分，适合编笆和做箔，可吃的甜棒叫糖高粱，比红高粱矮多了，比玉米还矮，但甜汁充盈，有北方甘蔗之称。糖高粱的外皮很硬，擗的时候时常不小心就割破了手指或嘴唇、嘴角，在甜棒上面留下斑斑血点，然而这点儿小事丝毫阻止不了对甜美的渴求。

大地上的植物结出的瓜果几乎都是甜的，甜瓜、西瓜、黄瓜、苹果、桃子、梨子、香蕉、葡萄……只不过甜味浓淡不一、纯度不同而已，比如哈密瓜甜得发腻，而南瓜虽然也是甜的，但不可生吃，只有蒸（煮）熟了才行。自然赐予了大量的甜品，人们犹嫌不够，还用甜菜和甘蔗制作了糖、饴，让蜜蜂帮忙获取了种种花的蜜。人们醉心于甜味给舌头和口腔带来的美妙感受，甘之若饴，并将这种滋味延伸到人生的方方面面。

譬如，相貌要甜美，声音要甜润，爱情要甜蜜，睡觉做梦都要香甜，日子更是要比蜜甜。总之，甜就是幸福、欢快的滋味。

与甜相对的是苦。人人都喜欢甜，不喜欢苦，但不喜欢也还是有苦，大地上长着甜，也长着苦。

我的第一口苦水来自我村的一眼老井。有一天我在街上疯跑着玩儿，满头大汗，极渴，在一拐角处看到一个我叫婶子的妇人从井里提出一筲水，我趴到筲边便喝，妇人欲制止，已来不及了，我喝到嘴里一口水，随即噗地一下吐了出来，真苦啊，且涩，吐出来之后舌头还打皱。我龇牙咧嘴，拧着眉头。妇人哈哈大笑，说，你不知道这井水是苦的？连鸡狗都不喝的，洗洗衣裳还马马虎虎，也不容易晒干呢。

上小学时学校曾搞过一次"忆苦思甜"，煮了一大锅榆钱榆叶粥让我们喝。其实，榆叶榆钱都是甜的，故能吃，而柳叶柳枝是苦的，这是做柳笛时舌头与柳枝亲密接触得出的结论。大多树叶草叶都是苦的，最苦的草叫黄连，有句歇后语叫"哑巴吃黄连——有苦说不出"。这黄连是中药，而几乎所有中草药都苦，应了那句"良药苦口"之说。那年我生病煎了中药汤，捏住鼻子灌了进去，赶紧用糖来甜口，还是压不住，真是苦不堪言。至今我若身体有恙也是只吃西药或中成药，虽然也是苦的，但至少药片（丸）外层有糖衣裹着。

不是所有的苦都不堪，譬如苦瓜，表面看品相不佳，一身疙瘩颇类癞蛤蟆，吃到嘴里苦中却有一股清新的味道，耐人回味。又譬如橄榄，其味苦涩，久之方回甘味。再如咖啡，那种又苦又香的味道特别容易让人沉迷上瘾。《诗经》有云："谁谓荼苦，其甘如荠。"这种甘苦相依、苦尽甘来的滋味蕴藏着人生的真谛。

有趣的是，甜虽为人所喜，人们却对苦的体味更深刻更宽广，生发的感喟就更深重更绵密，好像有一肚子苦水无处倾泻。痛苦、艰苦、吃苦、受苦、辛苦、疾苦、劳苦、愁苦、苦难、苦恼、苦闷……汇成一句悠长的嗟叹：苦——哇！端的是人生苦海无边，茫无际涯，佛教"四谛"之首即为苦谛。其实，苦与甜是相对的，不吃苦中苦，哪知甜上甜？人的一生是一个苦熬拼争的过程，也即艰苦吃苦的过程，就像瓜蔓蒂根是苦的，而甜只是结出的果。过程是漫长的，结果是短暂的。所以，苦，虽不堪言，却最耐人品咂回味，最为人间值得。

对酸的最早体验是吃青杏。苏东坡诗云"花褪残红青杏小"，当小小青杏挂满枝头的时候，小孩子就忍不住下手了，咬到嘴里，嗞嗞哈哈那叫个酸，口水立马充溢口腔，一旁看的人都能流出哈喇子。更要命的是，酸倒了牙，整个腮帮子木木的，那牙不能沾任何食物，酸疼，得好久才能恢复。尽管如此，我们对酸味还是乐此不疲。有一度小伙伴们流行吃酸枣面，一人一个纸包，敞着口，露出深枣红色的粉面，边走边伸出舌头舔。"望梅止渴"的故事人人皆知，但我们北方人只知青梅酸，没见过，想象和青杏差不多吧。许多水果在未成熟时都是青色的，亦青涩，除了青杏，还有青枣、青葡萄、青苹果、李子等，熟了之后由青变红（黄、紫），由酸变甜。这是不是与人生很像？我们通常将那些行事莽撞冲动的人叫作愣头青。如果说苦是甜的对立面，那么，酸大半就是甜的少年时。那些拈酸弄醋的男人或醋海生波的女人其实就是心智不够成熟的人，其实也蛮好玩有趣。

把辣归到五味中实在是一种误读，辣是一种作用于舌头的痛觉，而非味道。葱、姜、蒜、辣椒是常见的辣味蔬菜，其中最辣的是辣椒。《通俗文》云："辛甚曰辣。"冀南一带农村多植辣椒，并不逊于川湘。辣椒圆锥的形状像一把弯曲的利刃，由青转红，收后堆在场院，红彤彤的仿佛平地燃起大火。吃在嘴里舌头锐痛的感觉也是火烧火燎，既难受又好受。所以有个词语叫"火辣辣"。由辣的词性本意而生发引申与人有关的譬喻，做事老辣、文笔辛辣、手段毒辣、作风泼辣等。《红楼梦》中那个被贾母谑称"凤辣子"的王熙凤，从性情到手腕，从口齿到心肠，都最生动诠释了"辣"的品性。

少小家贫，常吃腌制的萝卜、芥菜疙瘩、韭菜花、大蒜等咸菜，积习至今难改，馒头、粥加咸菜就是最好的饭食。北方人爱吃咸，口味重，一天不吃甜水果可以，不吃盐是断断不可的。"白毛女"躲在深山洞里长期没有盐吃，头发都白了；游击队被敌人封锁在山里，千方百计要搞到的是和药品同等重要的盐；古代社会，盐一直为国家垄断专卖。咸味不仅是调味，更是生命的必需。

盐同样来自大地。旧时冀南农村有大片大片的盐碱地，土壤贫瘠，寸草不生，仿佛人脑袋上一块一块的秃疤癞。土地表层有一层松软的盐土，农人将之用铲子刮了，放到一个专门砌成的盐池用清水反复浸泡导引，流出的盐水经太阳晒或用大锅煮，白色的晶体盐就产生了。这个过程称为"淋小盐"，和拉大锯一起成为旧时冀南一带农民最主要的生计。这些为六十年代儿时的我在田野上亲眼所见，而今这些早已尘封于泛黄的记忆中了。但是，盐依然是大地慷慨的馈赠。

大地上的植物皆自然拥有五味的属性，《黄帝内经》有过梳理——

五谷：糠米甘、麻酸、大豆咸、麦苦、黄黍辛。
五果：枣甘、李酸、栗咸、杏苦、桃辛。
五菜：葵甘、韭酸、藿咸、薤苦、葱辛。

那时还没有辣椒，辣椒是明末从墨西哥传入。在中国传统文化看来，五味与人的五脏（肝、心、脾、肺、肾）对应，最终还能和五行联系起来。天地有道，道法自然，相生相克，生生不息。五味是大地的滋味，也是人生的滋味，"五味杂陈""百感交集"之谓好像略有消极颓唐之意，其实在我看来是盈满，是丰厚，是自足，是上苍的赐予。人活一世，少了哪般滋味岂不是都觉乏味、都感寡淡？只是，甜了别沉溺，苦了别沉沦，酸了别倒牙，辣了别放任，咸了别过度，要以他味来填充，来调和，来平衡。苏东坡尝云"人间有味是清欢"，善于知味于口深味于心，才会不负大地，不负人生。

大地的果实

那天星期六,暑期最热的时候,一家人去郊区的一家桃园采摘。这个桃园太难找了,隐匿在田野的最深处,四周全是郁郁葱葱的庄稼地,仅有一条土路通达,几乎刚容一个车身宽,这几天刚下了雨,道路有些泥泞。不管怎样,又是导航,又是电话询问,几经周折,总算到了目的地。

镇日在都市中生活,虽然眼前也不乏绿色,但难掩心里的枯寂。真正来到大自然的田野中,那绿色浓得似乎都能滴出水来,心灵有一种从栅栏里放牧原野的疏放之感,不禁想起陶渊明的诗句"久在樊笼里,复得返自然"。夏天的绿是一年中最绿的时候,满世界成为绿色海洋。脚踏在松软潮润的土地上,仿佛有一股真气丝丝缕缕从脚下升起漫盈全身,真的像希腊神话中的安泰一样顿时活力丰沛。眼中的绿色也皴染了心中的绿色,这是生命的颜色,沉浸其中,深深迷醉。

走进桃林,视域倏忽变得幽暗,枝柯交叠,密不透风,不一会儿便汗流浃背,洇湿了衣衫。树上的桃子并不太多,可能是被人摘去不少了,地上扔有三三两两腐烂的桃子,空气中有一股甜丝丝的腐朽的味道。还有些桃子在树上长着就已经霉烂了。采摘是一种劳动，劳动就得付出辛苦。这些桃树年头并不长，树身较矮，摘桃容易，但行进在桃林中却需要弯腰躬身，时间不长就腰酸背痛，汗如雨下。我在想，前期的种植、浇灌、管理已是相当辛苦，待收获果实也委实不轻松啊。这样一想，又突然觉得现在的果农很聪明，让城里人自己采摘，然后卖给你，省却了收获的辛劳，坐在地头打着伞，只管过秤收钱，美矣哉！而城里人也不觉得亏，亲手摘下的果实吃在肚子里，便会觉得分外香甜，而且采摘虽然付出辛苦，却别有一番乐趣。

　　采摘对于我这个农村长大的孩子来说，再熟悉不过了。家中小院就有好几棵枣树，每年还不等枣子红，就开始够着吃了。待红枣缀满了枝头，压弯了树枝，采摘简直就是举手之劳。但家里也仅有枣树。村外有一片杏树，到了夏初红红的黄黄的杏子飘着清香，勾引着人的口水直流。不过，杏树是生产队的，不能随意采摘。于是，一个夜晚趁着朦胧的月色，我潜入杏林，爬到树上开始"劳动"。不幸的是，被人逮个正着。家里的自留地种着茄子、黄瓜、西红柿，熟了之后都可以摘下来生吃，但这些果蔬是菜，吃着不过瘾。

　　说大地是母亲一点儿都不假。自夏徂秋，在这几个月里，大地上结满了种种果实，满足了人们最基本的生存给养。瓜果飘香，五谷丰登，这是人间最美好的季节。小的时候，在二十世纪六七十年代，没有现在的孩子那么多可吃的小食品，肯德基啊，麦当劳啊，各种时令水果，想吃什么吃什么，那时只有在庄稼地里想辙。比如，刨山药，刨出来后，根本不洗，也没地方洗，在衣襟上使劲儿蹭掉泥土，就咔咔啃起来。还有刨花生，因为花生有壳，剥开来吃，很干净。长在地下的果实还有洋姜，也叫鬼子姜，每年在刨的时候，都刨不净，颇有些鬼精灵，在地下到处乱串，所以次年根本不用下种，到时候地上就长出簇簇青苗了。小麦灌完浆，颗粒饱满但还不硬时，采下麦穗放在手掌中，两手捘掌，搓掉皮，鼓唇吹去，搁嘴里大嚼。麦粒将熟未熟，汁液饱满，满口生津，有一股清香，但也很黏，粘牙，并不好吃，大多是吃着玩。另外，还有大豆、玉米、高粱等，但凡能入口的，如过屠门哪能不大嚼一番呢？

遇上饥馑的年代，各种因素加之自然灾害频仍，大地母亲像被榨干的乳房，干瘪瘪无力提供哺育人类的乳汁，大地一片萧瑟。饥饿像毒蛇厉鬼缠绕，褫夺了人们的生命。庄稼颗粒无收，果树枝头空空荡荡，别说可食用的果实，连树叶树皮野菜都成了果腹的填充物。不尊重自然规律，掠夺式榨取，只能招致上天的惩罚。二十世纪七十年代末，学校组织我们"忆苦思甜"，煮了一大锅榆钱混合棒子面做的粥，这时候我才知道榆钱还能吃。这榆钱粥喝着有些甜，但透着一股邪味，如果不是老师事先允许带着咸菜，简直难以下咽。可是，这榆钱放在饥馑的年代，却可救命。

水果，菜蔬，粮食，大地上每一样果实，既是大自然的赐予，更是农人辛苦劳作的结果。"锄禾日当午，汗滴禾下土。

谁知盘中餐，粒粒皆辛苦。"这首从小就会背的诗真实反映了农耕的艰辛。耘地、选种、育苗、养秧、浇水、施肥、剪杈、掐尖、除草等，每一道工序都不可省略。农民出身的毛泽东给农事总结出"八字宪法"：土、肥、水、种、密、保、管、工，种田需要科学和智慧。那种撒下种子就坐等收获的行为叫"望天收"，是地道的懒人所为，其结局必然是种瓜得瓜、种豆得豆。我在村里长到十岁左右，后到县城上学，参加过割草、锄地、沤肥等劳动，尽管有一些底子，但成年后几次返乡收秋割麦，还是不堪其累。尤其是割麦子，怕阴天下雨，需要"抢收"，三两天完成。往往天蒙蒙亮就奔赴麦田，到日落西山天都黑了，才收工。这种高强度的劳动一般人是受不了的，反正我每次都要病一场。当然，现在都机械化了，机器承担了繁重的劳动，人被大大解放了。

  大地上的事情写进文艺作品，总是美的。辛苦的劳作，化为诗意与田园风光。古代诗人陶渊明、孟浩然被称作田园诗人，他们的文字不是附庸风雅，而是辛勤的汗水挥洒在大地上的印痕，也是大地结出的另一种果实。陶渊明："种豆南山下，草盛豆苗稀。晨兴理荒秽，带月荷锄归。"（《归园田居》）孟浩然："不种千株橘，惟资五色瓜。邵平能就我，开径剪蓬麻。"（《南山下与老圃期种瓜》）看啊，这种躬耕田畴的切身体验，使他们的田园诗深入生命的纹路肌理，扣动心灵的脉跳，远非那些驻足观望、无病呻吟的诗文可比。"纸上得来终觉浅，绝知此事要躬行。"陆放翁所言对极了。历史上写田园诗的文人骚客不在少数，为什么独陶渊明、孟浩然引为翘楚？就因为他们是诗人，还是劳动者。

当大地上无边的绿野奉献出累累果实的时候，我们应当以敬畏之心感恩上天的赐予，感恩农人的劳作。这感恩也会结出一种果实：幸福，恬然，以善良慈爱的眼眸睇视世界。

家 乡 话

在我的冀南老家至今流传着一个关于家乡话的段子。一个在外地工作的小伙子回到老家，在街头碰见二大爷，二大爷问："多咱回的？"小伙儿用普通话答："昨天下午。"二大爷说："啥？我耳背，走近点儿说。"小伙儿靠近二大爷又重复一遍："昨天下午。"二大爷挥手一巴掌："多咱？"小伙儿急忙改用家乡话："夜个后晌，夜个后晌。"

其实，小伙儿说普通话没错，错在环境场合不对，换句话说是语境不对。外乡人尚且讲究入乡随俗，到哪山唱哪歌，你回到生你养你的家乡，居然撇腔撩调，不会说老家话了，这不是忘本吗？纯粹找抽啊。

我现在省城工作，说的是普通话，但一旦接到老家电话，立马切换成家乡话模式，中间根本不用过渡。乡音浓浓，乡情浓浓。我对家乡话有一份特别亲近的情结。大学毕业分到邢台一高校任教，学校教师说话分成两拨，老一点的说家乡话，年轻的说普通话，我在年轻人中成为唯一的例外，只有我说一口家乡话。按说高校教师在课堂上讲课应该用普通话，我也在用普通话还是家乡话之间有些纠结，第一次上了讲台，看到前排坐的几位老乡学生，我的家乡话脱口而出，从此，教学生涯十四年家乡话一以贯之。值得一提的是，家乡话并不影响教学效果，我在课堂上引经据典，妙趣横生，常常逗得学生哄堂大笑。

严格说来，我说的家乡话只是乡音，并不是原汁原味的方言土语。真正的家乡话只有回到老家才能听到。比如，膝盖是博拉盖，蹲是谷堆，摔个跟头是摔个骨碌子，小偷是小绺，脾气怪是各料，屁股是腚，呕吐是哕，玉米粥是糊涂，馒头是馍馍，油条是馃子，玉米是玉蜀黍，撒谎是说瞎话，厕所是茅子，嫉妒是眼气，炫耀是谝……小时候写作文，说"老大娘挎着篮子去地里拔野菜"，这是学生腔，按接地气的写法应该是，老大娘扢着篮子去地里薅野菜。记得小时候读过一部小说叫《小砍刀》，作者忘记是谁了，但小说的语言完全是我们那块儿地方的话，和课本上不一样，叫我感到十分亲切，也十分震惊，我们这儿的土话咋也能写到书里？

那年看电影《天下无贼》，里边的傻根一开腔我就乐了，这小子准是我们那块儿的。后来知道王宝强是南和人，和我们县相邻。一口地道的家乡话，成就了王宝强，想想看，如果傻根用的是普通话，他的质朴、憨厚、纯洁，他的农村打工者的气息和韵味，还有吗？如果天津快板不用天津话，山东快书不用山东话，河南豫剧不用河南话，东北二人转不用东北话，秦腔不用陕西话，那，这些艺术品种也就不复存在了。文学也如此，有京派、海派，有岭南、黑土地，有山药蛋、荷花淀，等等，强调鲜明的地域色彩，而语言是构成地域色彩的最突出的内核。

我们的母语是汉语，家乡话是母语的魂。一方水土养一方人，一方人就有一方人的腔调。"阿拉"是上海人，"俄"是陕西人，"老表"是江西人，"人仔"是广东人，东北人喜欢"唠嗑"，四川人爱摆"龙门阵"，北京人乐意"侃大山"……"少小离家老大回，乡音无改鬓毛衰。"不管人生漂泊在何处，寄居在哪里，乡音就像深烙在乡愁中的一块胎记，难以磨灭，永生难忘。张学良将军是东北人，一世羁旅天涯，转如漂萍，西安事变后被长期羁押，随着战事在大陆各地辗转，后到台湾，最后终老美国。长达半个世纪的囚禁生活改变了他的许许多多，不变的是一口东北乡音，在夏威夷每每见到大陆拜望他的人都会问："你是哪疙瘩的？"鲁迅先生生在浙江绍兴，在北京、厦门、上海生活过，有人说他说话"南腔北调"，他自嘲说："我不会说绵软的苏白，不会打响亮的京腔，不入调，不入流，实在是南腔北调。"据他的学生回忆说，大先生在北京教书说的是普通话，但绍兴口音很浓，用今天的话说是"绍普"或"浙普"。现在一些影视作品，根据角色需要说带有地方口音的普通话，我认为这挺好，一不影响观众听懂，二有韵味有特点，三对塑造人物有助益。差异性造就丰富性，地域性造就世界性。

人的一生居住地可以有无数个，但家乡只有一个。从你牙牙学语起，家乡话就像基因一样融入血脉中，成为生命的一个密电码。

给黄鼠狼拜年

除夕夜十一点多,接到作家韩小蕙大姐拜年短信,有句是这样的:"为了不当黄鼠狼,赶紧提前来拜年。"阅后不禁莞尔,因为零点之后就是鸡年了。马上想到一句歇后语"黄鼠狼给鸡拜年——没安好心",恐怕这是黄鼠狼给人留下的最深刻的文化符号了,上至名宿硕儒,下到黄口小儿,没人不知,无人不晓。

鸡年便想到黄鼠狼,想到黄鼠狼便想到吃鸡。其实这是一大冤案。

黄鼠狼,学名黄鼬,是体形最小的食肉动物,以啮齿类动物特别是以老鼠为主要食物,是捕鼠能手,每年能从老鼠嘴里给人类夺下不少粮食,所以它属于益兽。它几乎不吃鸡,只有饿极了才这么干。有科学家从国内十一省市五千只黄鼠狼解剖中发现,仅仅两只胃里有鸡的残骸,两千五百分之一,可谓忽略不计啊。可能先人碰巧发现了黄鼠狼吃了鸡,于是以偏概全,给黄鼠狼扣了顶大帽子,从而让"黄鼠狼给鸡拜年——没安好心"这句歇后语在民间代代流传。文化和科学有时是错位的，由此可见一斑。

黄鼠狼是许多上了些年纪的人的童年记忆。在二十世纪六七十年代，在平原农村，黄鼠狼是寻常动物，与狐狸、刺猬、獾等都时常可见。它一身皮毛呈土黄色或橙黄色，和小狗一般大小，尾巴又粗又长，能占体长的一半，脑袋不大，眼睛却贼亮，十分机警，稍有风吹草动，便逃之夭夭。它一般在黑夜出没，以树洞、土堆、柴火垛为巢。家里有小儿啼哭，大人会吓唬道："别哭啊，再哭让黄鼠狼把你叼走。"在人们眼里，黄鼠狼不仅吃鸡，还是一种凶猛的兽类。我清楚地记得，有一天夜里，我们在睡梦中被惊醒，院子里的鸡凄厉惨叫，加上扑棱棱的挣扎声，母亲说，坏了，招黄鼠狼了！我和姐姐穿上衣服，随母亲举着灯走到院里，只见鸡窝门大开，散落着一地鸡毛，还有星星点点的血迹，鸡缩在那里瑟瑟发抖，黄鼠狼已无影踪。而今想来却疑惑，是黄鼠狼干的吗？

乡人对黄鼠狼更重要的忌惮，不是它的凶猛，而是它的灵异。和称狐狸为"狐仙"一样，大家称黄鼠狼为"黄仙""黄二大爷"。它们和蛇、龟都属于灵性的动物，不敢轻易伤害它们。"黄仙"比"狐仙"的灵异程度要稍差一些，后者在《聊斋》里能变幻为人，尤其是美女，而前者最擅长的本领是让人们"中邪"。"中邪"的事在早年间的农村时有所闻，一些体弱多病的妇女突然被"灵魂附体"，言语混乱，举止乖张，大家普遍认为是黄鼠狼在作祟，于是赶紧拜"黄仙"，或在附近寻找黄鼠狼加以驱赶，让病人脱离困厄。作家荆永鸣新近发表的小说《远去的喧嚣》讲述了类似的故事。以往人们认为这是迷信，现在据科学的解释是，黄鼠狼和狐狸一样身体上长有臊腺，能释放出极为强烈的臊味，干扰麻痹人们的大脑神经，体弱多病的人容易中招，出现幻觉，神经错乱，说话、做事都匪夷所思，令人难以理喻，等气味消散，人也就恢复正常了。民间关于"黄仙"的传说有许多，至今还在流传。

黄鼠狼为中国文化最大的贡献是毛笔。以前知道毛笔分兔毫、狼毫、羊毫等种，一直以为"狼毫"是狼的毛，后来才知道是黄鼠狼的尾毛。想想看，黄鼠狼先生奉献了多少毛发，挥洒了中华文明，绵延不绝，功莫大焉。而用狼毫写出来的字坚挺峻峭，洒脱硬朗，含有一份隐隐的骨气。

从这一点上说，鸡年来了，我们应该给黄鼠狼拜年。只可惜，如今在乡野农村已很少能看得到它了。

青　纱　帐

酷暑难耐，即使在室内开着空调，心里也仿佛日头暴晒下的叶子，焦躁打蔫，于是我开上车直奔郊外。拐到一条乡间公路在一个田塍停下，迎面是一片绿色的玉米地，此时长得正好。一棵棵挺立着碧绿的身躯，怀里抱着"娃娃"，头上结出紫红的絮絮儿就像将军头盔上的红缨，秸秆顶上开着玉米花，乳白色，星星点点在风中飘拂。往玉米地深处望去，影影绰绰，幽幽的，暗暗的，不甚真切，仿佛大地上一张绿色的罗帷。哦，青纱帐，不知谁起的名字，诗意氤氲，雅致美好。

没有看到高粱，但高粱的影子已深深印刻在我的脑海。高粱的高名副其实，挺拔的身躯就像北方的汉子，叶子不如玉米那样丰腴绵厚，而显得劲拔干脆，顶部的高粱穗子红红的，颇像大汉黑红的脸膛。高粱和玉米共同编织成一笼苍穹下的青纱帐，而且，高粱和玉米多么像原野大地上的男人和女人！

作为农村长大的孩子，也可以说是玉米地里高粱地里长大的。小的时候，整个夏天青纱帐就是一个天然的乐园，跟现在城里孩子的游乐场几乎不差。玉米高粱长到一人高的时候，钻到里边，三蹿两跳，转瞬就没了踪影，即使你听到叶子唰唰响，也看不到人。但在庄稼地里玩，必须忍受密不透风带来的闷热，浑身汗涔涔，玉米叶子划到裸露的肌肤上，出现道道红印，汗水一蜇又疼又痒，很是难受。不过，是有诱惑和回报的，完全可以抵得过这难受，让事情变得好受起来。一是吃甜棒。玉米秸、高粱秆甜汁糖分很大不逊于南方的甘蔗，放倒一棵，撇掉叶子和皮，咔咔大嚼，吸进甜汁，吐出渣末，又解渴又舒坦，还不用花钱。二是吃棒子。如果饿了，鲜嫩的棒子是可以生吃的，当然生吃棒子和生吃麦粒一样，黏且涩，不太好吃，只有烤熟或蒸熟才是美味。所以，有时候会趁着傍晚擦黑偷偷带几个棒子回家。

马齿稍长，更多的时候，是在青纱帐里割草。玉米和高粱长得过于高大，地里疯长的野草不便用锄头芟夷，最好的办法是用镰刀割刈或用手拔薅。不经常干活，或干得久了，手会起泡，或勒出血痕。记得有一次，学校组织"勤工俭学"活动，给每个同学定了一百斤干草的任务。那时，我已经在县城上了高中，和同桌阿仲结为一组，去地里拔草。阿仲从小在城里长大，娇生惯养，哪里吃过这种苦？刚钻进玉米地里干了不大一会儿就喊起来，我受不了啊！我的腰要断了呀？我循声走过去，看他满脸汗水，还沾着草叶草籽，手上已起了泡，心里就有些鄙夷，想起了"资产阶级少爷"这个词，你干了一小会儿就受不了了，那农民可是天天如此啊，真是"谁知盘中餐，粒粒皆辛苦"！

北方的田野夏天的农作物主要是玉米和高粱，天空下那一方雄浑的青纱帐，是农民用犁耙和锄头写就的诗篇，是生活的期盼，还曾是生命的屏障。我母亲曾给我讲，她年轻的时候正闹日本。村西公路旁边有一个岗楼，驻扎着一队日本兵，时不时会来村里骚扰，抢粮食，抢东西。一听说日本兵要来，村里大闺女小媳妇赶紧往出跑，躲起来。往哪里躲？如果是夏天，就往青纱帐里跑，一跑进庄稼棵里，就像鱼儿游进大海，任你鬼子似鬼精，也找不到半个人影。青纱帐成为安全的生命堡垒。而且也不怕在里边躲的时间长，秸秆可解渴，棒子可解饿，即使到天黑才回家也没有问题。

　　让青纱帐青史留名的是抗日的好战场！"青纱帐里，游击健儿逞英豪。"《黄河大合唱》有一句这样唱道。《敌后武工队》《平原枪声》等文学作品更是青纱帐的宏大交响乐。华北大平原一马平川，没有山岗密林那般打游击优越的地理条件，但天赐青纱帐，稼禾可成兵。八路军游击队把青纱帐当成天然的战场，在里边穿梭、隐藏、休息、设伏，这些庄稼汉出身的战士对玉米高粱就像自己的亲人一样熟稔，在地里行走，闭上眼睛都不会迷失方向。他们在其中神出鬼没，来去无踪，端炮楼，打鬼子，锄汉奸，弄得敌人晕头转向。有时候，他们为了不打扰不连累乡亲们，晚上就睡在庄稼地里，天当被，地当床，青纱帐成了名副其实的"青纱帐"！星星点亮了灯盏，蟋蟀奏起了小夜曲，露水打湿了他们的脸庞，战士此时也成了玉米高粱。在这里，物我一体，浑然合一，自然天成。多年以后，诗人郭小川在《甘蔗林—青纱帐》一诗中深情呼唤:"我战争中的伙伴啊,一起在北方长大的弟兄们!／让我们到青纱帐去吧,喝令时间退回我们的青春。""我年轻时代的战友啊,青纱帐里的亲人!"作为平原作战的堡垒,冉庄地道成为爱国教育基地、有形的物质遗产保留下来了,而青纱帐却以鲜活的生命体一茬一茬永远伫立在原野之上。

青纱帐,玉米高粱,夏日平原大地上最葱茏的风景,那种甜丝丝的植物的气息盈满鼻腔叫人迷醉,那种酣畅恣肆的绿色让眼睛流连低回,那种雄浑伟岸的阵势令人精神振奋。当一季的青纱帐从田野消失了的时候,它又化作粮食以及美酒滋养和点燃我们的生命。青纱帐,与人类一起,一季复一季,一代又一代,绵绵不绝,生生不息。

烟火人生

家人都外出了,我独自在家。临近中午,我走进厨房,准备饭食,在天然气灶台上轻轻一拧开关,啪的一声,冒出了一簇蓝色的火苗。工夫不大,一餐完毕。

这灶上的火,用文辞来讲叫烟火,虽然现在已没有了烟。唐代诗人刘禹锡《竹枝词》云:"山上层层桃李花,云间烟火是人家。"《庄子》里边那位姑射仙子吸风饮露,谓之不食人间烟火。这烟火都是指我们凡夫俗子点火做饭。饮食男女,吃饭是第一等大事。有人的地方叫人烟,繁衍后代叫烟火相续。

我活至半生,尽管不怎么下厨,但稍加回顾,居然发现灶间的烟火与我人生的进程密切相关,烟火的变化史竟可谓我的一部个人生活简史。我生于1964年,那时,新中国成立才十五周年,真正生在新社会,长在红旗下。烟火的历史也是国家的历史,个人命运与国家发展休戚与共。

十岁以前我是在冀南平原一个叫湾子的村庄度过的。那时家里做饭用的主要燃料是柴火,即庄稼收获之后的秋秸、麦秸、棉花柴梗、玉米棒芯等,有时也用树枝、锯末、废木头,总之烧的是植物。秋收过后,大量的玉米秸秆斜靠在围墙上,层层叠叠。秫秸和墙之间的缝隙形成了一个暗道,是我们捉迷藏最好的藏身之处。锅灶和土炕连在一起,在房顶上方垒着烟囱。到了饭点,家家屋顶炊烟袅袅。拾柴火是我们村里小孩经常干的活儿,背着箩头拿着镰刀去地里捡拾一切可燃烧的东西。有一次,在母亲的鼓励下,我独自在灶间忙活,一手往灶膛填玉米棒芯,一手咕嗒咕嗒拉风箱,红红的火苗一闪一闪映红了我的小脸,不时还被烟熏得流泪,呛得咳嗽。最终在汗水的陪伴下,完整地烧熟了一锅饭,母亲奖励了我一枚鸡蛋。

  1974年冬天,我跟随母亲离开村庄,来县城上学,住在父亲单位的宿舍。屋子里用砖砌着一个方形的煤炉,不用再准备大量的柴火。平时将煤粉和成泥,填在灶膛封起来,只留一个火眼,到了做饭的时候,用火镩捅开,火苗就升起来了。煤炉是做饭、取暖两用。为防止煤气中毒,炉子上方用轻薄的铁筒做成排气道从窗户伸出屋外,晚上睡觉的时候,将喇叭状的铁筒口罩在炉子上面。尽管如此,有时,遇着刮风的天气,煤气排不出去,次日就头疼恶心,有中毒的症状,好在都不太严重。到了夏季,天气热了,就在屋子外面搭一个简易厨房,炉子盘在里边,有时热气从敞开的窗户透进来,屋子就变成了蒸笼。除了烧煤粉,还烧煤块,噼噼啪啪响。有时煤块燃烧不彻底,所以,那时我放学之后经常干的活儿,由拾柴火变成捡煤核,到炉渣堆里扒拉,常常弄得十指黑黑,变脸小包公。

  1984年我大学毕业,分到邢台市一所高校任教,单位在筒子楼给分配了一间房子。结婚生子，烟火小日子由此开始。那时，灶火做饭、取暖的两用功能已分开，冬季取暖有暖气管道，灶火的燃料还是煤，但由煤粉、煤块变成蜂窝煤了。灶具是一个铁皮炉子，放在楼道里，家家如此，每到饭点，便奏响锅碗瓢盆交响曲。那是一段快乐的时光。宿舍楼的西面是一片空地，我们这些青年教师经常在这里脱蜂窝煤，无论谁家的活儿都一起干。从煤场买回煤粉，加上适量的胶土，用水和成干湿适当的煤泥，用脱模杵几下就一个。大家边干边说说笑笑，时间不长，一大片蜂窝煤就铺了一地。到了饭点，召集大家在家里炒几个菜，喝上几杯，真是其乐融融。后来有了蜂窝煤厂，不用自己脱了，开始是自己蹬着三轮车去买，也挺累人，等条件有所改善，就掏钱雇人往家拉了。

  1994年，单位集资建了一栋宿舍楼，我买了一套单元房，两室一厅，六十多平方米。恰在此时，灶火由烧蜂窝煤变成烧液化气了，不然在封闭的单元房里烧煤还真是不方便。这是一次灶火革命，人间烟火终于不再有烟，而且红色的火苗变成了蓝色的火苗，燃点高，做饭所需时间也缩短了。拧开液化气罐阀门，脉冲点火，嘭一下，火苗蹿出来，可自由调节大小，急火文火悉听尊便。一罐大约能烧一个月，家里备着两个瓶罐，待一罐气快用完了，骑着自行车或三轮车再买回一罐。市里液化气站点很多，距我们单位不远就有一个，很方便。使用液化气有一个有趣的经验，看到灶上火苗由蓝变红了，而且有气无力，那就是气快用完了，这时将罐子用力晃几晃，火苗就突一下旺起来，还能多做几顿饭。

这一年正是我的而立之年，事业上培根筑基站稳了脚跟。我不断给自己补充"燃气"，让青春的火焰烧得更旺一些。那时，晚上整座大楼最后熄灭的灯一定是我的房间。

1998年初春，我调到省城报社工作，三年后妻儿与我在石家庄团聚。在河畔买了一套宽敞明亮的新居，开启了省城市民的新生活。"人间烟火"也由液化气升级为天然气，管道入户，安全环保，无烟无尘，不用再操心气何时用完，不用再跑出去购买，像电表水表一样只需按数字付费即可。连缴费都不用跑腿，会有收费员上门，微信一扫就搞定。从此，我为灶间拾柴火、捡煤核、脱煤球、驮液化气罐的劳动史就此终结。灶上开关只需轻轻一拧，蓝色的火苗映照的是一张幸福安逸的笑脸。不再为烟火之事劳心分神，专心凝志，工作事业步步高。

柴火—燃煤—液化气—天然气，这四种烟火方式，恰好印证了我从村庄到县城、从地级市到省城的四段人生历程，也印证了新中国从农耕文明到工业文明再到现代文明的快速辉煌发展历史。那一簇簇或红色或蓝色的烟火，是人间最亲切最温暖的光亮，它抚慰了我的肚腹，映照了我的前行之路。

青山依旧在

头天下了一天的雨,洗得天空湛蓝,草木青翠,北风吹得紧,云彩和尘霾了无踪影。

在这样晴好的日子里,我登上了久怀悬想的尧山。

二十世纪八十年代初,我在石家庄上大学,假期坐长途汽车回平乡老家,数次从隆尧的山口经过。乍见此山,我感到异常惊奇,华北平原平畴千里,一望无际,怎的突兀地耸立着一座孤山?太不可思议了!在家乡一带,曾经耳闻老人们说起过到唐山进香、那里的神祇灵验一类的话,平乡距隆尧有一百来里路,并不算近,可见人们的虔诚与笃信。唐山,即尧山。这更增加了我对尧山的好奇神秘之感。不过,那时坐长途汽车,只是在山脚下匆匆路过,沿途到处都是烧石灰的,烟尘弥漫,呛人眼鼻。

尧山分南山、北山,中间是谷底,一条公路穿越其间,两侧盖满了密密麻麻的房子。如果按山的姿容来说,尧山实在太矮了,太普通了,用于山的形容词诸如"高峻""崚嶒""巍峨""雄奇"之类,与它一点儿也不沾边。尧山方圆4.8平方千米，海拔157.6米，与秦始皇陵那座假山（封土）高度相差无几。关于尧山的成因，有的说是太行山余脉，蜿蜒至此，又隆出一峰；也有的说尧山早于太行，华北平原尚属一片海域时，即为海上的一个孤岛。暂无确论，姑妄听之。但天地造化，让其独立沃野之上，绝对有其神妙奇崛之处。正应了那句话："山不在高，有仙则灵。"这个仙，就是中国上古时期五帝之一的尧帝。尧，号陶唐氏，尧也称作唐尧，故此山名尧山，也叫唐山。

尧山南端有一条河，名泜水，自西向东流过。今天站在山顶能够看到一带白亮亮的河水，似乎水流不小。依山傍水的地方人们往往称之为风水宝地，换言之就是地灵人杰、钟灵毓秀。后周两位著名的有为皇帝郭威、柴荣即出自此处，而李唐的祖籍也在尧山。唐太宗李世民在尧山故里修建了唐祖陵，并追封四代祖、三代祖为宣皇帝、光皇帝。在尧山东南十几里处至今仍有唐祖陵遗址，有残存的石人石马，为国家级文物保护单位。由此看来，所谓风水宝地也并非迷信，地理优越，环境优美，必然宜为人居，辐辏效应带来人文的积淀，文化化人，世风风人，自然就形成一方底蕴厚重的宝地。

我先登上北山。山不高，却修了盘山路，在山顶极目远眺，绿油油的麦田在远处延伸铺展，一些村庄散落在田野之上，天地相接处仿佛圆规画了一个弧，让人想起南北朝时期那首民歌《敕勒歌》所说的"天似穹庐，笼盖四野"。山上几乎没有大树，只有小树和野生荆棘。北山有几座庙，香火颇盛，每年四月初一开始有近一个月的庙会，吸引冀南一带和周边省份的群众纷至沓来，最多可达百万人次。据说，因了这几座庙，人们有所忌惮，北山方得以保护，而南山几乎被开掘殆尽。尽管如此，北山东坡还是遭到了破坏。最令人痛惜的是，唐初除修建李氏祖陵外，还在宣务山（即北山）开凿石窟，有三千五百余佛像，有释迦牟尼像（卧佛）和准提千佛塔，宣务山石窟曾和邯郸响堂山石窟齐名，然而随着隆隆的开山凿石的炮声，它们彻底消失了。

南山其实才叫尧山，北山叫宣务山（《山海经》谓虚无山），合称尧山。走进南山，我一时惊呆了，眼前的景象竟如战争后被洗劫一空的残垣断壁，让人联想起圆明园的惨状。整个山体的腹部全部挖空，只有周遭矗立着白森森的石壁，犬牙交错，仿佛人被割去肌肉，唯余惨白的骨头，触目惊心。山谷积存着雨水，极为清澈，有鱼儿和蝌蚪悠闲地游弋。据说，水深可达二三十米，全是挖石头留下的深坑，我捡起一颗石子向水面上投掷，只听扑通一声，声音沉闷，可见确实很深，不由咋舌。目睹此景，心中不禁隐隐作痛，一座山生生被挖成这个样子，人类可以代代无穷已，生生不息，但山不可再生再造，南山旧貌已不可能重现。俗语有云，靠山吃山，靠水吃水。尧山山体不大，像一个瘦弱的母亲，维持了多少代人的生计。尧山的石头有"坚而不脆，韧而不疏"之誉，闻名遐迩，据说大名鼎鼎的赵州桥就是用尧山石头砌成，当地流传一句话"修了赵州一座桥，吃掉尧城半架山"。这话当然有些夸张，但由此可知开采尧山从久远的年代就开始了。石板、石子、石灰、石雕、石塑等的取材，一点儿一点儿地蚕食着尧山的肌体，这些石料从尧山出发，进入豪宅大院以及寻常百姓家，源源不断。尧山周边石子厂、石灰厂、石料厂林立麇集，张开巨口，吞噬着榨取着尧山的资源。尧山像一位被榨干乳汁的母亲，呻吟着，喘息着，奄奄待毙。

尧山之痛，是自然之痛，文化之痛，人类之痛。

让人庆幸的是，2009 年，对尧山漫长的掠夺开发行为终于终止了，绿色生态发展之路就此铺开，尧山的命运迎来千载难逢的逆转。"往事不可谏，来者犹可追。"山虽然不可再生再造，但依然可以因地制宜，随物赋形。废弃的石灰窑遗迹不失为生态教育的范本，清澈的水池可成为悠闲垂钓的鱼塘。尤其是北山保存基本完好，譬如维纳斯，即使断臂，亦仍迷人。县里采取了多种措施，制定了总体保护开发规划。在尧山核心区五平方千米范围以内，不允许经营性开采和建设工业企业；在周围十平方千米的控制区以内，对现有各种污染企业关停并转，实行"资金下山，绿色上山"，利用原来的资金和技术开辟新的生财之路。尧山打起了尧文化牌、生态牌、绿色牌、旅游牌，"干干净净"挣钱。生态恢复首先在山上大规模植树，而今，桧柏、侧柏、女贞、刺槐、椿树等遍布山间。人与自然不再颉颃对抗，而是相谐共生。尧山开始涵养、将息、蓄力，慢慢恢复元气，终有一天，尧山会重新成为华北平原上的一颗明珠，焕发出璀璨夺目的光彩。

我从南山下来，遥望北山，只见山体披上了一层绿装，虽然还不那么葱郁苍翠，但那些小树正在拼命地上蹿、成长，大树参天、浓荫蔽日可期。相信不久的将来，青山永在、绿水长流不再是梦中的愿景，山水相依、山水相映的美丽景色将成为永远的图画。

喧闹与幽静

  那天我开车去了城市郊外，在僻静处的一块石头上坐下来。四周阒无一人，静悄悄的，唯见田间玉米絮絮在微风中轻轻摆动，不知名的秋虫叽叽有声，天上白云仿若一团团棉絮缓缓飘移。"久在樊笼里，复得返自然。"我喜欢这样的幽静，眼神空茫，啥都不想，脑子里的一些浊物杂质丝丝缕缕抽离而去。这种发呆，看似石化枯坐，却像极了凝神排毒，让人特别享受。

  朝城市方向望去，却听到不远处传来呜呜呜呜汽车马达的噪声，这声音不是一声接着一声，而是连成一串、一团、一排，仿佛鼎沸的开水，形成了一个声音的城墙，将喧闹与寂静截然分开。我现在分明是置身于喧闹的城墙之外了。这种发现让我怵然心惊，难不成我每天生活在一个燃沸如煮的大锅里吗？

  刚来省城工作的时候，我曾经借住过一段朋友的房子。那房子两居室全部临街，而且这街是一条城市连接高速公路的主干道，每日车水马龙，川流不息。白天还好，到了夜深人静的时候，汽车呼啸而过的声音被格外放大了"嗖——嗖——"，每过一辆，都像在神经线上碾过，躺在床上，眼睛盯着天花板，根本无法入睡。待好不容易被极度疲倦带入梦乡"吱——"一声急骤刺耳的刹车声，让我猝然惊醒，小心脏扑通扑通一阵乱跳，就再也难以成眠。这种喧闹，不仅导致神经衰弱，时间久了恐有罹患心脏病之虞。我勉强住了半年，就搬离了这所房子，后来买房时精心挑选了一处远离街道的楼宇。

东晋诗人陶渊明有诗云："结庐在人境，而无车马喧。问君何能尔，心远地自偏。"你看，古人生活里最主要的喧闹也是"车马喧"，只好以精神法聊以自慰了。而今天除了"车马喧"，还有建筑工地的打夯声、水泥搅拌声，公园里大妈跳舞嘭嚓嚓的音乐声、高亢嘹亮的歌声，人声、市声，等等，各种声音共同构成了鼎沸的水分子，咕嘟咕嘟冒泡。即使躲在清静的房间里，杜门闭窗，如果细心谛听，仍然有关抑不住的各种杂音侵扰耳朵。这时最好的办法就是陶渊明教给我们的，"心远地自偏"，内心的安静才是最大的安静。当然，也可暂时逃离都市，跳到声音的城墙之外。

喧闹与幽静都是一种真实的存在状态，互相依存，互为表里，互相比较。但人们更喜欢幽静，视幽静为一种美，没有人把喧闹当成美的。喧闹易使人亢奋，从而浮躁，仿佛一场夏天的急雨，声势浩大，轰轰烈烈，然而经常只是湿湿地皮，难以从根本上润泽大地，深潜其里。而幽静却能使人放松下来，沉下心来，进入一种冥想状态，从而产生智慧，所谓"静能生慧"是也。也仿佛下雨，真正"喂饱"大地的雨大抵都是不声不响的。宋代大文豪欧阳修在其《非非堂记》一文中阐述了"静"的重要："权衡之平物，动则轻重差，其于静也，锱铢不失。水之鉴物，动则不能有睹，其于静也，毫发可辨。在乎人，耳司听，目司视，动则乱于聪明，其于静也，闻见必审。处身者不为外物眩晃而动，则其心静，心静则智识明，是是非非，无所施而不中。"用秤称物，如果动来动去就会出现误差，静下来就会分毫不差；用水当镜子，如果波纹荡漾肯定没法看清，一旦风静水平，人的毫发都可以清清楚楚地映现；同样，人的耳朵管听，眼睛管看，喧闹的状态会扰乱人的视听，在幽静之中所见所闻才会清楚明白。所以，人们不能为外界喧闹而蒙蔽心智，心静才能心明眼亮，对人间是非有准确的省察。这和诸葛孔明"非宁静无以致远"、翁同龢"每临大事有静气"是一个道理。老子云："致虚极，守静笃。"庄子亦云："正则静，静则明。"

　　深秋时节，我同妻子到一位朋友山里别墅去玩，对喧闹与幽静有了更深切的别样的体味。朋友花了五十万买了约两千亩的山地，筑房建屋，植树种菜，成了名副其实的"山大王"。坐在二层的大露台上，极目远眺，远山如黛，山岚轻笼，山坡绿树茂密葱茏，有微风习习拂面，顿感骋怀惬意，有如神仙。临近中午时分，我独自一人沿着山路蜿蜒往深处走去，耳边只有潺湲的山泉流水声，树上或悠长或短促的蝉鸣鸟叫声，愈发增添了幽静之感。入夜躺在床上，所有的声音都睡去了，安静得似乎只有呼吸的声息。这种幽静又和城郊截然不同，是完全的彻底的幽静，静得有些让人发慌。却原来，有声音的幽静才是活的幽静，可贵的幽静，没有声音的幽静岂不是死寂？幽静和喧闹是矛盾的对立面，如果没有了喧闹，幽静也就不复存在了。譬如月球上洪荒大漠的幽静还是幽静吗？如此住了两宿，"羁鸟恋旧林，池鱼思故渊"，我的"旧林""故渊"是鼎沸如煮的城里。我忽然觉得那建筑工地的打夯声、水泥搅拌声，公园里大妈跳舞嘭嚓嚓的音乐声、高亢嘹亮的歌声，人声、市声，等等，才是热气腾腾的人间生活。人是社会人，如果离群索居，自我隔绝，短时可修心养性，而久而久之就会蜕变成自然人，这时候的静恐不能生慧，只能促生不谙世事的傻瓜。

　　正如钱锺书说的"围城"，城外的人想进来，城里的人想出去，那道声音的城墙亦如此，无论是在城里城外，还是在心里心外，都截然存在着喧闹和幽静两种环境。身居闹市也能在内心筑起一道幽静的风景，同样，身处偏远也可能内心喧闹不止。喧闹和幽静，是外部的客观的存在，也是内部的主观的臆造。即便只说外部环境，能够在两者间根据心灵的需要自如转换，居于一种更安然自在的状态，方是智者。一味喧闹，或者一味幽静，这世界恐怕就显得索然无趣。

山的怀抱

心中有些烦闷，想找个地方静一静。去公园吗？不行，现在的公园一天到晚都是热闹的，跳广场舞的，唱歌的，打拳健身的，带娃的，是城市中最有人气的地方。还是上山吧，那里是最安静的。

开车仅二十分钟，就到了西山森林公园。说是森林公园，其实也是这两年刚开始开发建设，遍植的都是一些小树苗。这天不是双休日，天气又乍暖还寒，所以山上几乎看不到人。一条水泥道蜿蜒而上，平展展的，省却了攀登之苦。到了半山腰，我站在一片平地上放眼东望，整座城市全部收拢在目光里，被浓重的雾霾所笼罩。站在这里，好像跳出了五界外，一切喧嚣扰攘都远遁消失了。"空山不见人，但闻人语响。""蝉噪林逾静，鸟鸣山更幽。"古人的这些诗句写山之静，都是以动衬静，但此时，山上既不见人，更无鸟鸣，端的是万籁俱寂啊。

再往上往里走，到了两道山梁之间的皱褶处，也即山谷。这里保留着较原始的风貌，石阶，古井，小庙，大树，隐身在这里，两侧的山梁仿佛两条臂膀，将我揽入山的怀抱，包裹在山的胸膛。我静静地伫立，眼神涣散空茫，慢慢地，感觉尘虑尽消，乐而忘忧。好像一个婴儿在母亲的怀抱中是最安全最安静的一样，山的怀抱，让我躁动不安的心获得了宁静，一片安然、恬然。

自从来到这个城市，山前大道开通之后，我也拥有了自家汽车，每遇忧烦，上山就成了我的习惯。将车停在山脚下，或沿山间小路攀登，或躲进树林里发呆，或躺在草地上看天空白云悠悠，远山如黛，岚气氤氲。这时最好的感觉就是石化，空空如也，一念不生。放空了，放松了，放下了，恍兮惚兮，不知庄生是蝶，还是蝶是庄生。不知过了多长时间，仿佛一只冰块放置阳光底下，慢慢融化了，顿感身轻如燕，健步如飞，下山去也！我突然想到自古及今那些隐居在深山的人们，我这是短暂的隐身，他们是长期的隐居，短暂的隐身尚能获得如此的快乐，那长期的隐居岂不是神仙一般？

我生于平原，最早是不喜欢山的。上中学的时候，跟着母亲去汽车厂看望大哥。二十世纪七十年代"备战备荒"，汽车厂从北京搬到了邢台的深山里。我第一次见到大山，第一感觉是憋得慌，视野所及全是坚硬的石头，大山像一堵高墙横亘在面前，全无平原的辽阔坦荡。厂房依山而建，顺势而为，所以，弄得我分不清东西南北，晕头转向。房子的旁边是一道山泉，终日哗哗流淌，晚上吵得我无法睡觉。什么时候出现大反转开始喜欢山了呢？已不记得了。古人有句话叫作"文似看山不喜平",其实看风景更是如此。平原一马平川,一种模样,单调重复,而山就千姿百态、千奇百怪了,或秀丽,或雄奇,或平缓,或高峻。而且,山上有茂密的丛林,淙淙的山泉,珍禽异卉,怪石奇洞,隐藏着无尽的奥秘。大河源自深山,人类从山里走来。

孔夫子云:"智者乐水,仁者乐山。智者动,仁者静。智者乐,仁者寿。"水流动不居,山岿然不移,所以,山是最安静的。年轻人多喜欢大海,年长者多喜欢大山。动能生智,静能生慧。蔼然长者常常也是蔼然仁者。寺庙、道观一般都选择建在深山,为的是避开尘世的扰攘纷乱,僧人和道士可以在一种安静的状态下修身养性,成佛成仙。即使我们这样的俗人,走进山里,呼吸新鲜的空气,获得片刻的安宁,都会生出愉悦之感,于身心大有裨益。据说,隋文帝对独孤皇后十分惧怕,皇后一发狮子吼,隋文帝就拍马躲进山里,藏猫猫,让耳根清净一会儿,让颤抖的心平复一会儿。可见,大山犹如母亲温暖的怀抱,亘古如一,慰藉安抚了芸芸众生的心灵。

我庆幸,我所在的城市处于山麓一端,使我能够随时拥入大山的怀抱。

◎ 第二辑

物

大风吹过石头村

刚入冬不久,大地绿意阑珊,树叶大多变得焦黄,并不时飘落。这天,刮起了大风,落叶草屑随风在地面上哗啦啦游走,有的在空中旋舞。我走在于家石头村的小巷里,听到远处大风呼呼作响,却感觉不到寒风吹袭,像在房间里边一样。层层叠叠的石屋石墙阻隔了大风的侵入,俨然一座温室,心中暖意顿生。

石头村,也叫于家村,坐落于石家庄市井陉县太行山深处四面环山的小盆地。山虽然不高,当地人却讲究,称之为东岭、西垴、南坡、北寨,各有其名。如此奇特的地理位置显然便于隐藏,故有"不到村口不见村"之说,但如今,于家村敞开大门,迎接八方来客,是远近有名的古村落民俗村,河北省重点文物保护单位。

于家村吸引游客的不仅仅是石头村,明清时期的建筑风貌保存完好,更是与妇孺皆知的明朝大臣于谦密切相关。

于谦史称明代"救时宰相",在皇帝亲征被俘、外寇来势汹汹、朝廷人心动荡的情况下,坚决制止了首都南迁的动议,扶持新皇上位，经略大局，调兵遣将，坚决抗战，堪为国之柱石。经过顽强抵抗，一年后瓦剌被迫放回了英宗。几年后，发生"夺门之变"，于谦遭诬陷被杀，明成化初年平反昭雪。我们对于谦最熟悉的是他的诗《石灰吟》："千锤万凿出深山，烈火焚烧若等闲。粉骨碎身浑不怕，要留清白在人间。"一个刚直不阿、清正廉明的抗敌英雄形象已深深镌刻于国人心间。

据传，这于家村就是于谦死后其后人避难于此所建，"与木石居，与鹿豕游"，筚路蓝缕，筑屋开荒，发展繁衍至今已二十四代，现在村里有四百多户、一千六百多口人。于谦的"石灰吟"和"千锤万凿"建成的"石头村"有一种神秘的契合。

于家村不是很大，却布局规范，舒朗有序，东西称街，南北为巷，通往各户为胡同，在清代雍正年间，村内六街七巷十八胡同的格局已经形成。如今这古村落的原始风貌依旧，许多人家依然在原宅生活，也有些年轻人另辟新地盖了新居。古村落四通八达，没有断头路，没有死胡同，从任何地方都可以自由出入。街巷和胡同地面都用石头铺就，但不是石板，而是石块，细细碎碎的，也算平整。所有的房子全部用石头砌成，还有的利用地形做成石券窑洞。我们走进一户人家，男女主人有六十来岁，老汉低着头正在择韭菜，老太太在案板上剁肉，看来午饭是要包饺子吃了。我们随便参观，主人该干啥干啥，看来这样的情形已是常态了。特别引起我注意的是，这家的影壁墙根长着一簇竹子，虽已入冬，仍然绿意不衰。在北方尤其是农家植竹还是很少见的。我不禁想起苏东坡说过的话："可使食无肉,不可居无竹。无肉令人瘦,无竹令人俗。"这一簇竹子给这户农家平添了几分雅致。

其实,这种雅致或者说文化气息在石头村满目皆是。村子不大,竟然有三处戏台,戏台前方都有一口石井,是天然的"扩音器"。还有真武庙、全神庙、观音阁等建筑,都是明清时期的。我还注意到,每家门口都挂着木制的楹联,透着几分书香门第的感觉。我不禁想起于谦"书卷多情似故人,晨昏忧乐每相亲"的名句,这些都应该是于谦文化基因的传承吧。最令人称奇的是村东口的"清凉阁",是于家村标志性建筑。始建于明万历九年(1581年),据说是村民大力士于喜春一人所建。整座建筑建于巨石斜坡之上,不打地基,不用辅料,干打垒生生用大小石头垒砌而成。一位老汉用当地口音对我说,一个人,不用别人帮忙,干了十六年,了不起啊!我问那些巨石是怎样垒上去的?老汉说了,可惜他的方言口音太重,我没听明白。清凉阁共三层,巍然屹立在村口,有一种古朴粗犷、拙实厚野之美。

走出小巷,大风立刻卷着黄叶扑面而来,不禁打了个寒噤。回望于家村这个用石头砌成的村庄,几百年的风吹雨打只不过刻蚀了岁月沧桑的痕迹,却无法动摇它的坚硬顽韧,而比石头更坚固更久远的是精神的传承和文化的力量。

农事情稠

犁铧、竹耙、纺车、石碾、簸箩、箅子、提灯……诸多既熟悉又陌生的农家物件挤满了眼眶。熟悉，是因为几十年前还都是乡村日常的必需品；陌生，是因为如今已几近绝迹，很难看得到了。这些物件，与博物馆里堂皇的"国宝"相比，可能一文不值，一个用红荆条或紫穗槐条编成的"粮囤"除了拆了当柴烧，谁会放在家里？一盏锈迹斑斑的提灯，垃圾堆可能是它唯一的去处。因为时间太近，谁都不当回事；因为太过普通，谁都不放在眼里。然而，它们却是农耕时代的物证，留存久远或许就有了文物的价值。

河北清河县有一个农耕文化展览馆，收集了三百多种四千余件农村老物件，利用合乡并镇后原孙庄乡政府的房子做了十三个展室，有耕耘馆、纺织馆、交通运输馆、工匠馆、民居馆等。发起人是一名叫郑成明的退休干部，这是一个具有文化眼光和历史意识的老人，做着"抢救"和"留住"的工作。"抢救"的是物质实体，"留住"的却是一脉乡愁和精神记忆。

前两天刚下了一场小雪，融化后地面有些潮润松软，踩上去鞋子沾泥带土，地上留下一串清晰的脚印。空气清冷，鼻尖和两颊稍感冰凉。进入展室，那些或摆放地上或竖在墙上的旧物件，默默无语忍耐着冬日的清寒。这场景和感觉具有很强的"代入感"，记忆的闸门自然开启，往昔岁月哗哗奔涌，所谓的乡愁如纷乱的毛发——归附于肌肤之上。

煤油灯。我小的时候家里还没有电灯，点煤油灯照亮。有一个谜语："豆大豆大，一间屋子盛不下。"谜底就是煤油灯。一灯荧然，豆大的灯头火苗在空旷的房间中像小舌头四向乱舔，粗线做成的灯芯燃烧着冒出丝丝青烟，久之会结出灯花，需要拨挑一下，昏昧的灯光才又亮起来。故有民谚云"话不说不明，灯不拨不亮"。在学校上早课，自制一盏煤油灯，往墨水瓶灌入煤油，小铁片盖住瓶口，中留一孔插上灯芯即可。每天的鼻孔和两边鼻沟都是黑黑的。大约二十世纪七十年代初期，村里才通了电，有了电灯。但由于经常停电，煤油灯存续了好多年。

镰刀。我的童年时期是在村里度过的，那时常干的农活儿就是拿起镰刀、背着箩头去地里割草。割回来的草，一是喂家养的猪和兔子，二是晒干了卖给生产队或马场，三是沤肥。夏天割草让人难受，得钻进密不透风的庄稼地里，叶子拉得皮肤一道道红印，汗水一蜇生疼。秋天则比较惬意，游游逛逛，辽阔的田野小风一吹，毫无劳累之烦。有一次，我在苜蓿地割草，坐在那里玩耍，将镰刀高高抛起，再接住，可是玩砸了，镰刀正好落在腿上，立时腿上爬了一只红色的蚯蚓，疼得我嘴里嗞嗞哈哈。至今腿上留下的疤痕还清晰可见，可谓镰刀给我顽皮的童年刻下的纪念章。

镰刀除了割草，还用来割麦。开镰前先在磨刀石上磨，蘸些水，用力剌啦剌啦磨，用手指肚试试锋刃，这是必须的工序，所谓"磨刀不误砍柴工"。麦天怕下雨，还怕麦粒过熟会自动脱落，故趁天晴暴晒之时"抢收"，从日光熹微干到星光满天。一天下来，手上起血泡，腰杆要断掉。我大学毕业后回老家割过几次麦子，干一回病一回，深知所谓"谁知盘中餐，粒粒皆辛苦"一点儿都不夸张，又知"纸上得来终觉浅，绝知此事要躬行"多么要紧。

磨盘和碾子。在村里，我家与别人家不同，不是街门开向街道或胡同，而是一个场院。场院里有一架磨盘和碾子，这个物件虽然那时农村常见，却不是家家都有，所以经常被人家借用。随着吱呀吱呀声响起，麦子磨成面，谷子碾成米，磨道一圈一圈重复着生活的歌谣。推碾子拉磨，是辛苦劳累的活儿，不分人和牲畜，那份无休止的枯燥更叫人难耐，故牲畜拉磨时要戴上"捂眼"，眼不见心不烦，还以为走在康庄大道上。当然，白的面、黄的米、红的高粱被灰的石磙碾出来，用笤帚扫入紫的布袋里，人们身体的疲惫也一扫而光，心情自是五色绚烂的了。这架磨盘和碾子，除了是劳动工具，还是儿童的玩具，玩打仗、捉迷藏哪少得了它？

锄。"锄禾日当午，汗滴禾下土。"其实不是"锄禾"，而是锄草。锄地最怕的就是把禾苗锄了，把草留下，豫剧《朝阳沟》里那个不懂稼穑农事的银环开始就是这么干的，栓宝拿起她锄掉的禾苗心疼地说，看看，又被你判了死刑。锄草松土，乃锄之功用。"日当午"，是为了把锄掉的草晒死，不然白干。《左传》有云："为国家者，见恶如农夫之务去草焉，芟夷蕴崇之，绝其本根，勿使能殖，则善者信矣。"这便是成语"斩草除根"的由来。农事中有大道存焉。我在生产队参加过锄地劳动，农村的孩子，没吃过猪肉也见过猪跑，绝对比城里来的银环强。队长当众表扬我说，看这孩子，干活儿像这么个来头，长大了准是一个种庄稼的好把式！

织布机。"男耕女织"是中国农耕社会典型的劳作方式，牛郎和织女的传说具有很强的象征意义。《木兰辞》开篇即云："唧唧复唧唧，木兰当户织。"《孔雀东南飞》谓刘兰芝"鸡鸣入机织，夜夜不得息"。巧了，我大姐也叫刘兰芝，她和母亲是家中纺花织布的主力。我家有一台织布机，全用木头做成，机形庞大，织布的时候需要手脚并用，发出"硁硁"的声响。个中原理我也不懂，只知道有个物件叫梭子，用来牵引纬线，投来投去。那时写作文经常用的一句话就是"光阴似箭，日月如梭"，形容时间过得飞快。再大些，知道织布机和梭子合起来叫"机杼"，写文章布局谋篇巧妙构思被称作"自出机杼"。后来，大姐嫁了人，我和母亲也搬到了县城，那台织布机也不知所终了。

还有扁担、水筲、瓮、篮子、箩头……哪一件不是都有一段温馨的记忆？岁月的流逝，汰洗掉的是硌牙的沙砾，留下的都是些值得反刍回味的老橄榄。人是一个复杂的矛盾体，一边厢喜着新，使劲儿往前奔，一边厢又恋着旧，不住地回望。大抵这些旧物件如同古玩的包浆，浸进了个人的体温和感情，泛出温暖的光泽，从而让人眷念留恋。

自女娲抟黄土造人伊始，人类便确立了与泥土自然的亲密关系。人，土里生，又土里觅食。《击壤歌》曰："日出而作，日入而息。凿井而饮，耕田而食。"华夏族的祖先之一炎帝，也叫神农氏，是教会子孙后代耕作的好把式。人们祭祀土地神与五谷神，称之为社稷，社稷即国家，农事即国事。"仓廪实而知礼节，衣食足而知荣辱。"(《管子》)庄稼种好了，肚子填饱了，才有文明的事体。民以食为天，农事是天大的事。

如今在农村，割麦不再用镰刀，吃水不再用扁担，照明不再用油灯，文明形态倏忽间发生了巨变，农耕时代的物什渐渐被闲置，转而消失不见了。然而，农具家什变了，农事却是永恒的。不管是谁，不管身在何处，都会在那片泥土之中找到根脉，人类永远都是大地之子。

大陆泽梦寻

引　子

　　对于大陆泽，以前我是一无所知，初闻其名，也是近两年的事：大陆泽是古代北方第一大湖泊，南到任县，北到宁晋，比现在的白洋淀大多了。

　　2018年大年初三，我和妻子回了平乡，由侄子陪同直奔位于广宗县境内的沙丘平台遗址。如果事先不知道大陆泽的事，那么，就无法明白，在这么一个平畴原野、了无风景可言的地方，怎么会有"沙丘苑台""沙丘宫"的存在，三大枭雄商纣王、赵武灵王、秦始皇都在这座宫殿发生过耸动历史的传奇故事。有水的地方，才有美的风景，"苑台"嘛，建在水势浩渺、浮光跃金的大陆泽畔才靠谱。

　　大陆泽虽然早已消失了，却调动了我无穷的想象，引发了强烈的兴趣。我翻阅、检索了有关大陆泽的各种资料，慢慢地，大陆泽开始在我心里复活。在此期间，竟也意外得知，宁晋县新成立了大陆泽文化研究会，任县一些志同道合的人士也在做着相似的工作。更让人兴奋的是，这几个县都打着大陆泽的大旗，在建设湿地、恢复生态、改善环境方面擘画着雄伟的蓝图。2018年从仲春到初夏，我先后三次赴隆尧、宁晋、任县三地实地探访考察，寻找大陆泽可能存在的遗痕，让历史、想象与现实无缝对接，以我的心感受历史的厚度，以我的脚感受土地的湿度，以我的眼感受现实的热度。

我曾经因生在旱地却名字里边充满了水被人调侃，其实，我的村庄湾子就是处于当年项羽破釜沉舟的漳河湾。而今，我还可以说，我是大陆泽畔人，我与水有着天然的联系。

魂牵梦萦的大陆泽，你在哪里？

曾经的北方第一大湖

2018年暮春，我来到宁晋县东南地势最洼的地方，被当地称作"小南海"，据说海拔仅二十四米，被政府定为蓄泄洪区。

那天，偏偏下起了小雨，地上有积水，十分泥泞湿滑。来这里，是因为这里有座著名的奶奶庙，这奶奶不是别人，是明朝万历皇帝的母亲李太后。传说，李太后离开北京到大陆泽游玩观赏荷花，这里地处大陆泽北端，而且遍植荷花，景色非常优美。但不幸的是，李太后从船上跌落水中淹死了。万历10岁登基，全靠寡母一手抚育培养，故母子情深。万历闻此噩耗，大恸，下旨在当地敕建皇家级的庙宇永久纪念。我在大院里一个角落的地上看到几块残碑，上面雕有龙的图案。当然，石碑是旧物，尽管已残破，但庙宇却是新近几年建造的。有趣的是，我先前在隆尧的尧山上也看到一座奶奶庙，这个奶奶不是别人，也是李太后。故事是一样的，李太后游大陆泽，溺死。宁晋和隆尧都在大陆泽区域，讲一个同样的故事也是很自然的事。这个传说还有另外一个颇有宫廷黑幕味道的版本，是说，万历皇帝痛恨母亲与自己的老师张居正有私，大抵与秦始皇痛恨母亲与吕不韦有私一样。于是，安排母亲去距京城不远的大陆泽游玩，事先让人暗设机关，待游船划到湖心，抽去活板，船舱进水，致船沉人溺，一场悲剧就这样发生了。从故事的逻辑来讲也是有可能的，不然的话，堂堂一朝太后，皇帝的亲娘，曾一时权倾朝野，居然发生了溺亡事件，安保人员有一百个脑袋都不够砍的。当然，这只是当地一段野史，并不见于正史记载。

实际上，李太后游玩的大陆泽已叫宁晋泊了。从宋朝起，大陆泽开始萎缩，到了明朝，呈哑铃形，中间断开，南部的水域继续叫大陆泽，北部水域因以宁晋为中心故改叫宁晋泊。

往前回溯，亿年前，华北平原是一片大海，太行山是大海的西岸。

这个不是拟想，是普通的地质科学常识。还有一个科学实证似乎可以做个补充说明，近年在宁晋发现勘探出一处大型地下盐矿，储藏量大约千亿吨。此次来到宁晋，县委宣传部的同志专门带我去了宁晋盐化工园区参观。只见厂房都已建设完毕，各种机器轰隆隆地工作着。总工程师介绍说，很快就可以吃到这里的盐了。据《元和志》卷十五记载："泽畔又有咸泉，煮而成盐。百姓资之。"大陆泽地区地下储存着盐矿，看来古人今人达成了共识。

宁晋一直地势低洼，河水冲积慢慢形成了华北平原，海水逐渐后撤，在宁晋的地下却留下了大量丰富的盐矿储备。在大陆泽消失之前，谁能想到这里还消失过海水呢？更想不到这平淡无奇的地表之下居然埋藏着神奇的宝物，大自然神秘莫测，真是人类的造化！

在华北平原形成的过程中，以黄河水为代表的河流泥沙冲积扇逐步东扩，同时也生成了诸多坑坑洼洼的沼泽湖泊。在远古时期，黄河到了下游是没有固定河道的，更没有后来人工的河堤，都是大水漫流的状态，正是这种漫流带来的泥沙像摊大饼一样使大平原得以形成。人类社会肇始之后，治理水患成了极其重要的任务，河流有了较为固定的河道。纵使如此，黄河仍仿佛一个桀骜不驯的猛兽，几十次的大改道，使华北平原几乎每一个地方都曾是它的故乡。

黄河是华夏民族的母亲，也是大陆泽的母亲。没有黄河就没有大陆泽。

《吕氏春秋·览》记载："天有九野，地有九州，土有九山，山有九寨，泽有九薮，风有八等，水有六川。"又云："何谓九薮？吴之具区，楚之云梦，秦之阳华，晋之大陆，梁之圃田，宋之孟诸，齐之海隅，赵之巨鹿，燕之大昭。"这是春秋时期的九大湖泊——其中我们今天最熟悉的是云梦泽，即洞庭湖一带，唐代诗人孟浩然诗云："气蒸云梦泽，波撼岳阳城。"——这里又解释云："晋之大陆，犹赵之巨鹿也。"意思是大陆泽和巨鹿泽是一回事。大陆泽在不同时期有不同的名字，大麓、泰陆、广阿泽、大陆陂、杨纡等。《尚书·禹贡》记载："导河，积石，至于龙门；南至于华阴，东至于厎柱，又东至于孟津，东过洛汭，至于大伾；北过降水，至于大陆；又北，播为九河，同为逆河，入于海。"这里的"河"就是黄河，在古代，只有黄河称为"河"，其他河流称之为"水"。这段文字记载了黄河流经的途径，其中"北过降水，至于大陆"，降水，即漳河，大陆即大陆泽，说明黄河从漳河注入大陆泽，黄河是大陆泽最主要的水源。

《史记》《山海经》《水经注》《汉书》等史书都对大陆泽有明确的记载。从"大陆泽"这个名字可以看出，它既有陆地可耕作的意思，又有湖泊浩渺的泽国水域之意。白寿彝总主编的《中国通史》卷三指出，先秦时代黄河中下游地区，河湖水面宽阔，沮洳薮泽遍野，"凡鸿水渊薮，自三仞以上，二亿三万三千五百五十有九"。学者蒙文通先生在二十世纪三十年代发表《古代河域气候有如今江域说》，指出："古黄河流域河湖密布，气候适宜，盛产竹子、水稻，正有似今江南地带。则古时北方气候之温和适宜，必远非今之荒凉干亢者比矣。"多种证据证明，古代大陆泽地区气候不仅类似今之江南，甚至是亚热带、热带的气候。那时候，这里气候温暖，雨量丰沛，动物种类繁多，鸟鱼不可胜数，森林茂密，草木丰美。竹子肯定是有的，竹简作为最主要的书写工具，肯定是就地取材，不可能从南方运来。大象是有的，邢台就出土过象牙化石。麋鹿是有的，在华北地区有多个跟"鹿"有关的地名，如巨鹿、束鹿（今辛集）、获鹿（今鹿泉）、涿鹿等，足以说明鹿曾经在此地繁衍生息十分活跃。《诗经》云："呦呦鹿鸣，食野之苹。"正是当时情景的写照。在出土的殷周遗址中都发现这里曾经有老虎、犀牛、野猪、羚羊、巨驼等动物出没。《史记》载商纣王在今广宗平乡一带建造沙丘苑台，"益广沙丘苑台，多取野兽蜚鸟置其中"。商纣王选择在这里建造皇家园林，正是看中了这里地处大陆泽畔，湖光水色，禽兽汇集，林密草美。与今天风景迥然不同，如今的田野只有刺猬、野兔子一类的野物了。

从先秦到汉代，对大陆泽记载的文字比较多，地图上都有大陆泽的标记。这一北方第一大湖的规模在一个相当长的时期内保持了一个相对稳定的状态。大致是南到任县，北到宁晋乃至深泽一带，约一百公里长、五十公里宽。深泽的名字与大陆泽有关。历史上在深州一带曾设有"陆泽县"，唐先天二年（713年）置，为深州治，治所在今河北深州市西旧州村，北宋雍熙四年（987年）废，存在了274年之久。公元1128年，南宋东京留守杜充为抗金兵，就像抗战时期蒋介石为阻止日军一样，扒开了黄河大堤，肆虐的洪水像脱缰的野马，滔天巨浪滚滚东去，导致黄河发生了人为的一次重大改道。作为大陆泽最主要的水源，黄河从此失联，与大陆泽再无瓜葛。仿佛涸泽之鱼，离秧之瓜，断奶之婴，大陆泽开始慢慢走向萎缩和没落。

到了十七世纪明朝后期，大陆泽一统大湖的局面被改变，分解成两个相对独立的湖区。南部依然水深面广，保持了原来湖泽的面貌，故仍称作大陆泽，以任县为核心区域；北部却是平浅、散漫、湖河交错，因主要位于宁晋，故称作宁晋泊。到了1824年，大陆泽的形势发生逆转，南部急剧萎缩，而北部的宁晋泊一片汪洋，原因是雍正朝的十三爷怡亲王允祥受命整治直隶河道，将大陆泽的水疏通下泄到宁晋泊。表面看来，允祥治理了水患，一劳永逸，而今看来，这个王爷并不懂得水利和生态，只知道排水，不懂得蓄水，水固然可以为患，但更多的是可以造福。鱼儿离不开水，人能离开水吗？万物都离不开水啊！为了纪念怡亲王治水有功，任县当地的村庄改名为永福庄。真的是永福吗？1897年，漳河南移，滹沱河北移，大陆泽仅有的水源中断，呈苟延残喘之状，宁晋泊也没有了湖形。至1963年大水过后，大陆泽彻底消失。从此，中国历史上存在了数千年的北方最大湖泊走向终结，不留一点儿痕迹。

1963年，是我出生前一年。

黄河文明的肚腹

2018年仲春，隆尧县的杜家庄村北，这里有一座大陆泽庙。

由于前几天刚下了一场透雨，将天空洗得十分干净，瓦蓝瓦蓝的，风却有点儿大，将麦苗吹得起起伏伏，像绿色的波浪。田野之上孤零零地建有一座大陆泽庙，这座庙距杜家庄村有五里之遥，神奇的是，这座庙距周围的五个村都是五里。所以，站在这里放眼四望，十分空旷，越发显得大陆泽庙遗世而独立，令人崇仰。如今的农村，村庄扩建外延，许多村子连为一体，仿佛连体婴儿，像大陆泽庙这样始终保持与村庄五里的距离，如众星拱月，端的着实罕见。

　　大陆泽庙建在一片高岗之上，红砖卧顶，十分简陋，就像一座普通的农家房子。据说是二十世纪七十年代末所建，有三间大小，前有廊厦，里边供奉着三皇（天皇、地皇、人皇）和十大名医，塑像也较为粗糙，系泥胎彩塑，色彩艳丽。大陆泽庙原有清代咸丰七年重修的碑一通，上面写着："大陆泽之中，有大陆庙，在杜家庄北五里许，历年久远，不知其创建于何代也。"说明大陆泽庙早就存在。这块地方地势较高，据说以前是大陆泽的一个小岛。传说赵武灵王灭了中山国之后，来大陆泽游玩，在这个小岛上休息。小睡之时梦见一神女鼓瑟而歌，飘然而至。后来他把大陆泽梦神女的事讲给大臣们听。大臣吴广就把女儿献给了赵武灵王，模样才艺果如梦中神女，被封为惠后。此事司马迁在《史记》中也有描述。大陆泽庙专门有一老汉管理，县里同志专门派人从五里村接老人过来开的门。老人说，很早以前这里是大陆泽的腹地，四周全是水，明朝后期这里的水干了，那时还叫隆平县，人们由打鱼插秧改为种地。但人们并没有忘记大陆泽，我们是大陆泽的后人。几十年前我们几个村商量在这片高岗上重新修建了大陆泽庙,敬神拜祖,祈求保佑。每年七月初一这里举行庙会,四里八乡的人都来赶会,可热闹了。你看,这地里的麦子长得多好,风调雨顺,一是托共产党的福,再个是托老祖宗保佑啊。

来大陆泽庙之前,我先登临了尧山。

尧山因唐尧而得名,也叫唐山。在尧山西南不远处有"柏人城",尧曾都于此。魏晋时期学者皇甫谧《帝王世纪》载:"柏人城,尧所都也。"由此可知,大陆泽地区曾是尧主要活动区域。尧曾登此山而观洪水。这"洪水"就是泛滥暴涨时候的大陆泽水,在尧山东部。大陆泽在邢台区域内主要含括六个县:任县、南和、平乡、巨鹿、隆尧、宁晋。隆尧位于中段腹部。此次去隆尧考察,巧合的是,陪同的县委宣传部马副部长的家乡就叫泽畔村,而后来去宁晋考察,陪我一同前往的同事小孙,他是宁晋人,老家村名居然就叫"大陆"!大陆泽在这片地区留下的一鳞半爪的痕迹,竟然都被我巧遇了,这岂不是冥冥中的天意?!

有人说,如果说黄河是母亲,那么大陆泽就是孕妇的肚腹,孕育诞生了华夏文明。这话虽然有些夸大其词,却很精彩,说大陆泽是华夏文明发祥地之一倒也符合事实。如前所述,大陆泽一带气候温暖,物产丰富,动植物品类繁多,湖河交错,风光秀丽,有地可耕,有鱼可捕,有禽可狩,有兽可猎,特别适合人类居住生活。从发掘的仰韶文化、龙山文化、殷商文化遗址足可证明,我们的祖先在大陆泽一带创造的辉煌历史。上古时期的"三皇五帝"中有三帝在大陆泽地区留下了足迹。《新唐书》载:"黄帝少子受封于任,以国为姓。"黄帝少子名禹阳,任,即任县一带。任通壬,水多且大之意,任县得名应与大陆泽有关。黄帝将小儿子封于此地,应该是看中这个地方不错。尧的时代是传说中的大洪水时期,尧在四岳(四位德高望重的老者)的推荐下,派鲧治理水患,鲧采取修堤围堵的办法,历经九年结果失败,被舜流放羽山后死掉。舜后又派鲧的儿子大禹治水,采取疏的办法,大获成功。如今在威县一带仍然留存着"鲧堤"遗址,说明在大洪水时期大陆泽的水面曾东达威县一带。鲧与其子大禹采用不同的办法治水,效果大相径庭,从此,"堵"与"疏"成为人类历史深具辩证法意味的术语,是人类经过实践留下的智慧的结晶,这个故事,彪炳史册,人人皆知。

尧禅位于舜的故事也发生在大陆泽地区。尧没有将大位传给凶恶顽劣的儿子丹朱,而是经过四岳举荐,看上了以孝名天下的舜。按照司马迁在《史记》中的说法,舜是冀州人,尧舜禹三代即位的地方都在冀州,所以《尚书·禹贡》把冀州列为九州之首。尧禅位于舜,没有轻率做出决定,先是将两个女儿娥皇、女英嫁给舜,"尧乃以二女妻舜以观其内,使九男与处以观其外"(《史记》)。而后进行长达三年的考察期,尧试舜"纳于百揆""纳于大麓"。结果证明,舜经受住了尧严峻严格的考察考验,"舜入于大麓,烈风雷雨不迷,尧乃知舜之足以授天下。尧老,使舜摄行天子政,巡狩"(《史记》)。

最后，尧筑禅让台，举行盛大仪式，隆重将权柄交予舜。这是人类古代历史上最文明最民主的一次权力交接，没有传给子嗣，没有血腥争夺，没有私相授受，以天下为念，以苍生为念，可歌可泣，辉耀千古。

宁晋县有一个村叫尧台村，据《隆庆赵州志》载，尧台村即为尧举行禅让大典的地方。今天的尧台村已经没有什么遗存了，毕竟年代过于久远了，五千年，沧海都能变成桑田。我们一行将车停在一家门前，进入一座院落，据称此处就是尧台遗址。舜继位后，在这里建了一座尧王庙来纪念尧的巍巍功德。清朝道光二十六年（1846年）重修庙宇时，立了一块碑，上书四个大字：尧台古庙。如今，所谓的遗址只残存了这一个文物，所幸保存完好，没有破损。据说，二十世纪六十年代，尧台遗址上的许多碑石、廊柱等物件都被拉到地里用作农田水利设施了。近几年待大家有了文物意识，想找回这些文物时，已渺不可寻了。

尧台遗址的南侧是一个深坑，大约有两个篮球场那么大，坑里长着一些杂树乱草，上下落差有五六米，依稀可以看出遗址是处在高台之上。当我们驱车离开时，我才忽然发现，车子下坡走了很久，再回首一望，其实，尧台很大很大，根本不是我们想象得像演戏搭个台子一样局促简陋。记得我第一次看到秦始皇陵的时候，异常震惊，完全颠覆了我平时在田野上见到的坟丘的印象，这哪里是坟啊，分明是一座山呀！由此可以看出远古天子帝王的经天纬地的宏大气魄，他们所作所为根本不是我们升斗小民所能想象得到的。尧禅位于舜，这是惊天动地的大事情，为隆重举行盛典，所搭建的台子定然崇高阔大，庄严雄伟，与尧星月入怀的伟大胸襟相吻合。

　　与大陆泽有直接密切关系的另一处文化遗存，是位于大陆泽畔的沙丘平台。这个沙丘平台遗址位于广宗县的大平台村南，当年巍峨辉煌、连绵十数里的宫殿如今只剩下两米高、五六米宽的土台。如果不是台前立着河北省文物保护单位的石碑，你无法相信它是沙丘宫的残留物。沙丘宫最早为商纣王所建，名叫沙丘苑台，是其玩乐狩猎的地方，如前所述，之所以选址此处就是因为大陆泽的风光。商纣王这个亡国之君，在这里淫逸胡闹，留下了一句成语"酒池肉林"，成为荒淫误国的反面典型。赵武灵王接着在这里建造离宫别馆，名叫沙丘宫。之后在这里发生了宫廷政变，曾经以"胡服骑射"的大胆改革使赵国强大的一代枭雄，因在王位问题上犯了糊涂，竟被活活饿死在沙丘宫。中国历史上第一个皇帝秦始皇，第五次巡游发病，死在了沙丘宫，袅袅英魂随着大陆泽的阵阵涛声远遁而逝。平乡县有一个村庄名叫"王固"，实际上是"皇故"的转音。王固村与广宗的大平台村都属于沙丘宫的范畴之内。或许是由于三代帝王在这里折戟沉沙，被认为是不祥之地，从此再无帝王级别的人物光顾，沙丘宫逐渐倾圮荒废，成为野兔狐狸出没的乐园。

　　关于吟咏大陆泽的诗词，最有名的当属《诗经》中的《泽陂》：

· 124 ·

彼泽之陂，有蒲与荷。
有美一人，伤之如何？
寤寐无为，涕泗滂沱。
彼泽之陂，有蒲与蕳。
有美一人，硕大且卷。
寤寐无为，中心悁悁。
彼泽之陂，有蒲菡萏。
有美一人，硕大且俨。
寤寐无为，辗转伏枕。

据有关文献记载，公元前487年立夏日，孔子到大陆泽采风，宣扬仁爱，弘扬儒学，今广宗县件只乡尹村仍存有孔子弘儒台遗址。孔子还搜集到当地的民歌一首，就是这首《泽陂》，被孔子编入《诗经》的《国风》中。隋唐以后，大陆泽已失去了上古乃至先秦时期的规模和气势，已无法与南方的云梦泽等大湖相媲美，所以没有留下太有名的诗人的名篇佳章。但仍然吸引了不少文人墨客来此游玩，元代将领李京是河间人，写有一首《大陆澄波》是较有影响的作品：

汪洋千顷势何雄，九水同归一泽中。
波静天光分上下，浪翻地影失西东。
鱼龙吞吐争春雨，鸟雀攀飞向晚风。
明月兼阴杨柳岸，渔舟人唱藕花丛。

至清一季，有名周铃者尝游大陆泽，留下这样一段文字："当夫宿雨初收，晨风乍起，日上三竿，烟开千里。晴波潋滟而回环，软涨澄亭而迤逦。有鼓枻之傍人，偕打桡之舟楫，开蟹舍之渔庄，集鸥村于鹭市，荡白石兮粼粼，挹清涟兮弥弥。蠾首团云，龙鳞蹙水，月舵鸣榔，风帆结绮，听欸乃兮何来，唱咿哑而不已。又不觉心旷神怡，泛中流而叹观之。"（《大陆泽赋》）由此可见，在清代，大陆泽碧波荡漾，舟楫繁忙，鸥鹭翔集，鱼肥水美，仍是一处湖光水色美不胜收的胜地。

众里寻他千百度

2018年初夏时分，我来到了任县（现为邢台市任泽区）。

任县位于邢台市东邻、我的老家平乡县西邻。我曾在邢台市任教，后到石家庄市工作，无数次路过任县，从来没有深入腹地，故印象寥寥，感觉东部平原的县都差不多。这次因考察大陆泽，来到广袤的田野上，却让我大感震惊！任县河流之多，数倍于平乡，纵横交错，如网密布。任之通"壬"，水大且多之意，果然名不虚传。境内有八条行洪河道与一条故河道，分别是滏阳河、沙洺河、南澧河、北澧河、留垒河、顺水河、牛尾河、白马河及李阳河。

任县这个曾经的大陆泽核心，自觉打起大陆泽的品牌，提出"生态立县"，把恢复生态、绿化环境、美丽家园作为发展战略，利用县域内河流众多的优势，建设大陆泽国家湿地公园。2016年作为试点单位，这一项目被国家林业局正式批准。大陆泽国家湿地公园规划范围，主要包括牛尾河、顺水河、澧河、沙洺河和留垒河河道以及邢州湖和星点湖两个人工库塘，总面积983.2公顷，其中湿地面积416.58公顷。湿地类型包括永久性河流、季节性或间歇性河流、洪泛平原湿地和库塘。蓝图已经绘就，军号已经吹响，部队已经出发，经过一年多来的努力，大陆泽国家湿地公园已初见雏形。

这天上午，烈日当头，因前几天刚下过一场雨，空气中透着濡湿，更显闷热。

吃过午饭，我们从县城出发实地考察。沿着澧河河堤驱车西行，只见河道非常宽阔，有五六十米宽，是一条大河的模样。当然，现在河床大部已成耕地，种着庄稼，一侧有一条细细的河沟还有水流淌。而不远处的沙洺河二三十米的河道流水汤汤，微波荡漾，几乎到了河床的一半，而且水很清亮。最后，我们走到一个三条河流汇流处，即澧河、沙洺河与留垒河汇成一条新的澧河叫北澧河。其实北澧河是五河汇一，澧河在与沙洺河、留垒河汇流之前，在不远处刚完成了与牛尾河、顺水河的交汇。关于两河交汇，成语"泾渭分明"说的就是泾河与渭河交汇却清浊分明的自然景象。我在重庆朝天门看到过长江与嘉陵江交汇的苍茫博大的盛景。但三河交汇的景象却从未见到过，这次澧河所见让我大开眼界。澧河、沙洺河、留垒河分别从东南、南方、西南三个不同的方向迤逦而来，在交汇点形成两个"鱼嘴"（分叉处像鱼嘴的形状），然后合三为一，往北而去。新的澧河河道较宽，有六七十米，河床也较深，我们站在岸边往下看，有十几米，有三两只小船在边上搁浅停放。当然，这里的河流规模和长江无法相比，加上水流孱细，没有宏伟阔大的气象。不过，想一想，许多年前，我们缺乏"科学发展"的深谋远虑，陷入了掠夺式开发只顾眼前不管以后的窘境，几乎就是杀鸡取卵，竭泽而渔，从而造成"有水皆污，有河皆干"的局面。经过这几年强有力的治理和涵养，裸露的河床有水了，尽管多数水流不大，尽管多数河水不够清澈，但是毕竟与以前相比有了极大的改善，假以时日，"一条大河波浪宽，风吹稻花香两岸"的美景一定会重现。

宁晋县虽然没有像任县这样明确提出建设大陆泽湿地，因为特殊的地理位置，宁晋地势低洼，为九河下梢，担负着更为艰巨的蓄滞洪的重任，所以县里请水利部水利水电规划设计院帮助制定了一份详尽的《宁晋泊蓄滞洪区水生态分区建设与综合治理规划工作大纲》（初稿）。为了京津安全、河北安全，如果发了洪水，宁晋宁愿做出牺牲。但生态建设依然是规划的主旋律。另外，我查到了一份资料，2003年1月《中国水利》刊登了南水北调工程发布的"海河流域水资源规划简介"，其中第十三条"生态建设和环境保护"提到"结合南水北调修复宁晋泊、东淀等六处湿地"，这就很明确了。南水北调和引黄入淀都流经宁晋，这两个国家工程给宁晋湿地的恢复创造了条件。

2018年4月底，我在宁晋去小南海的路上，看到一条河水势很大，几乎满溢河床，而且河水清澈，波浪微卷，和两岸绿草如茵、杨柳青青相映成趣，组成一幅美丽的乡野风光。同行的同志告诉我，这条河是老漳河，河里流的水就是引黄入淀的水，经过这几年严格管理治理，再无污水废水排放到河里，故而才能呈现出"河水清且涟猗"的怡人风景。我的老家平乡县与广宗县的界河就是老漳河，距县城只有十几公里。上大学放暑假期间我曾骑着自行车专程看老漳河，据说是漳水的故道，故称老漳河，而史载，项羽破釜沉舟的故事就发生在漳水。实际上，漳水古时数次改道，破釜沉舟的洋洋大河早已堙没，跟现在所谓的老漳河没有关系了。人类生来"逐水而居"，对河流和水总是有一份天然的亲近感。老子云"上善若水""水善利万物而不争"，孔子云"仁者乐山，智者乐水"，等等，先贤大德多以水设譬做喻知人论世。我初见老漳河时还是二十世纪八十年代初，大规模的污染和排放还没开始，河流虽然细小，但很清澈，岸边有人垂钓，让人感觉很是美好。而今在宁晋看到从老家流过来的河水，真的是"一脉相承"，感到分外亲切。三十多年过去，终于又看到了清澈的河水了。

由于过度开采地下水，华北地区成了中国乃至世界最大的漏斗。现在打一眼井需要深到五六百米以下。记得七十年代我们村庄人工打井几十米即可，甚至1973年夏天连下了七天七夜大雨，在地里几锹下去水就漫出来了。而今才几十年啊。谁能想到，这片土地曾经是北方第一大湖？"一片汪洋都不见，知向谁边？"缺水带来的最大问题是干旱，沙漠不就是这样形

· 129 ·

成的吗？解决这个问题，一是补水，二是涵养。现在，引黄入淀和南水北调两大水利工程给大陆泽地区打了一针强心剂，清清河水重新润泽了这片干渴的土地。更重要的是"绿水青山就是金山银山"的生态文明的思想，彻底改变了粗放野蛮发展的落后思维方式，人们走在一条正确的道路上。裸露的土地披上了绿装，树木在招摇，小草在歌唱，小河流水哗啦啦。

大陆泽，这一古老的泛着水汽的名字，正如惊蛰时节的万种生灵，在经过漫长的沉睡之后悄然苏醒。

收　梢

当数位朋友听我说在写大陆泽时，莫不一脸茫然，大陆泽？什么是大陆泽？正如我两年前一样的神情。这也难怪，大陆泽毕竟不是现实的存在，早已消失在人们的视野，像是一个遥不可寻的旧梦。站在绿色的田畴之上，怎会想象它曾经碧波万顷、帆樯林立、芦花摇曳的盛大景象？又怎会想象我们的祖先黄帝、尧、舜、禹在这里创造出彪炳千秋的华夏文明？

我们视野所及只是普普通通的黄土地。

然而，"大陆村""泽畔村""深泽""鸡泽"等这些地名的存在，给人留下无限想象的空间，形没了，魂还在。而且，在当地县委和县政府的推动下，一些有识之士把大陆泽这块被遗忘的历史招牌，重新找出来，抹去灰尘，再度擦亮。如果历史和现实不发生对接，只醉心于故纸堆里钩稽爬梳，那这种努力是没有多少意义的。生逢其时，苍天发出了迷人的微笑。国家把生态文明作为五大文明之一写进宪法，比历史上任何一个时候都更加注重人类的生存环境。大陆泽，作为华北地区曾经浩渺阔大的水域、湿地，适时地出现在我的脑海里，无数次在梦里萦绕。无论从地理、生态、环境、文化等各个方面，大陆泽都会给我们太多的启示。或许，沧海桑田，陵谷变迁，重现大陆泽昔日的盛景已是不可能的事情，但是，建设湿地，修复生态，改善环境，让活在今天的人们与后世子孙宜居福居，却完全不是梦想，完全可以做到。所幸，我看到了大陆泽畔的子孙，正在用聪明和智慧实实在在地在这块古老的土地上描绘着最新最美的图画。

大陆泽美景，还会是梦吗？

筒 子 楼

儿子结婚那年秋天，我们一家回了一趟邢台。在我原单位的宿舍区，拜望了一位前辈回返的时候，我忽然心念一动，去看了看我最早住过的筒子楼。

筒子楼是学校青年教工的宿舍，在校园一个刀把状的位置上，楼西曾是一大片空地，长满了青草。这片空地有点儿公园的意思，孩子们天天在这儿玩。有一次我带儿子走过，五岁的儿子忽然说出一句满含诗意的金句："草是蚂蚁的森林。"一时让我惊叹不已。这片空地还是一片煤场，家家烧蜂窝煤，往往是买了煤粉，在这里脱制，青年人互相帮忙，说说笑笑，很快就是一大片。吃饭的时候，聚到一起喝一壶是自然的事了。

后来，这片空地盖了一栋单元楼，那是我离开筒子楼以后的事了。

午后的阳光挥洒着足足的热量，秋日的天空瓦蓝澄澈。院子里阒无一人，从墙角闪出一只花猫，怯生生地看了我们一眼，喵一声快步溜走。筒子楼在"刀把"的尽东头，楼北面靠墙耸立着一溜白杨树，粗壮高大，已高出三层楼顶许多。

走进楼洞，眼前一暗，有一股破败的灰尘气息直呛鼻腔。我们专门走到原先住过的二楼，楼道里不见一个人影，公共水房、厕所散落着墩布、痰盂、扫帚、破旧的脸盆，窗户的玻璃也是残破的。尽西头阳面是我原来的家，此时吊着半截门帘，脏兮兮的，推了推门，锁着。看样子，眼下这座楼没人居住，大概是要拆了。还好，赶在拆之前来了，没有白来。

筒子楼，是一种苏式建筑，中间楼道两头贯通，长长的像一个筒子状，两边分列着各个房间，故俗称筒子楼。是二十世纪五十年代到八十年代流行的建筑风格，开始多为办公用房，后来又多为青年职工宿舍，一俟结婚成家又成为家庭用房了。这筒子楼装满了几代国人的记忆。

二十世纪八十年代中期，我大学毕业分到这所高校任教，报到的第一天就带着行李住进了这座筒子楼的一楼。按规定，青年教师两人一间，和我同宿舍的那位比我高一届，刚结婚不久，屋里只放着他一张床。所以，我很幸运，这间房得以独自拥有。

从此我在此安营扎寨，开启了我的青年教师之旅。

然而不久，霉运降临。一天下班后，我打开房门，发现屋地上汪着水，抬头一看，居然天花板上不断有水珠滴落，靠门那一侧的墙角泛着光，沿墙壁往下流水。我有些发蒙，一楼的屋顶怎么会漏水？我急忙报告了后勤处。经过一番检查，得出结论，二楼的厕所管道破裂通过空心预制板渗漏到我的房间。管道暂时修好了，但修复预制板却是一个复杂的工程，需要把二楼厕所的地面刨开，告诉我先凑合吧。这以后的日子，我就经常伴着沿墙壁而下的小溪度过，我在门口用炉灰做成一条垄沟将水引出门外。又有人开我玩笑，谁叫你名字里那么多水，水不找你找谁？终于有一天管道再次发生大破裂，这次我整间屋子都成了水帘洞，被褥、书柜全被淋湿。我课间回到房间休息，看到如此惨状，不禁哭了起来。后勤处被迫给我调了房间，这样我住到了二楼的尽西头。

慢慢地，筒子楼由青年教工单身宿舍变成了一间一户的小家。结婚的喜酒一轮一轮喝完，小孩满月的酒又接着一茬一茬地喝。每家门口都是一样的装备：饭橱、炉子、蜂窝煤。每到饭点，楼道里便响起锅碗瓢盆交响曲，炒菜的刺啦啦声此起彼伏，不同味道的香气四处飘逸。相邻的两家一边翻勺一边聊天，忽然，咦一声，酱油没了，邻居赶紧递过去：先凑合一顿。有时吃饺子，忽然发现蒜没了，就顺手从邻居墙上挂着的蒜辫上拽下一头。如果第二天早晨炉子灭了，好办，提一块蜂窝煤给邻居，从他的炉膛中夹起烧得正旺的一块放到自家炉子里，一会儿就引燃了，根本用不着劈柴生火。有谁家做好吃的了，几家的孩子都聚到这家一块儿吃，都赶上小饭桌了。有时晚饭后，两家的小孩睡到一家，四个大人在另一家支起桌子，麻将一场了。

筒子楼的房间有十五六平方米，一张双人床，一套组合柜，一张办公桌，一个电视柜，就满满当当的了。有一个折叠圆桌，吃饭时打开，平时收起靠墙放着。一间斗室，客厅兼卧室，来了客人都是直接坐床上。那时候，请客吃饭都在家里，炒几个菜，加上肉罐头、鱼罐头、花生米等也是满满一桌，大家吆五喝六，猜拳行令，喝得不亦乐乎。日子虽然不富裕，这样的朋友相聚好像还蛮多的。儿子八个月就会说话了，一周三个月才会走路。一天擦黑，我和妻子忙叨叨忽然发现儿子不见了，慌得赶紧在楼道里喊，只听四五十米远的尽东头有人回应道：在这儿呢！原来儿子跑去找小伙伴了，突然之间就迈出了人生重要的第一步。

我在这座筒子楼住了十年，度过了职场生涯最初的年华。在这里娶妻生子，品尝烟火人生的酸甜苦辣。有明月照窗、灯下读书的自在风雅，也有鸡毛蒜皮、龂龂相争的粗鄙俗气。这些构成了日常生活的琐屑与生动，改用苏东坡的诗句来说，回首向来萧瑟处，也有风雨也有晴。

那天离开的时候，再回首，筒子楼在阳光下静静地伫立，白杨树在微风中哗啦啦响着，仿佛在替它诉说往日的喧哗。

而今又是几年过去，那座筒子楼早已不存在了。这种烙有鲜明时代印记的建筑放诸国内恐也难寻影踪了吧。然而，每当想起，留在心中的记忆总是深刻而温暖，那曾是我们这一代人孵卵啄食、遮风避雨的旧巢。

花映大石桥

在城市中心的皱褶处,隐藏着一座大石桥。颇有"养在深闺人未识"之感,春日暖阳打在用铁栅栏围着的桥面上,透出几分慵懒娴雅的味道。东端桥头伫立的一尊石狮子,被泡桐树的绿叶掩映,一簇簇淡紫色的花朵在枝头摇曳,令威武的石狮子平添了几分妩媚。

一座完全用石头砌成的大桥,东西横亘一百五十米,两头低中间高,仿佛一座彩虹飞架。我从西走到东,仔细数了数,共有桥洞二十四个,有的已经封住,有的敞开着,中间几个还象征性地铺着一截铁轨。四五个工人正忙着打扫,用水龙头冲刷桥洞中的尘土污垢,仿佛精心维护一处贵胄的府邸。

"大石桥"这个名字太过普通,就像张三李四,天下不知凡几。但这座大石桥却实在不同寻常,它是一座城市的纪念碑。每个城市都有它的原点地标,石家庄市的原点地标就在这里。

石家庄被称作"火车拉来的城市",清末有京汉铁路和石太铁路在此交会,设了车站,有了商贸,人来车往,建房筑屋，逐渐繁华起来，城市乃成。京汉铁路原称卢汉铁路（卢沟桥至汉口），由比利时投资修建，1902年在石家庄村东建站，取名振头站。石太铁路原叫正太铁路（正定至太原），由中国和法国合作修建，1907年通车。两条铁路由于属于不同的铁路局，而且石太铁路还是窄轨，所以相距百米分别建了两个火车站。在这个区域铁路、公路、人行路如蜘蛛网一样纵横交错，火车撞死人、畜的事情时有发生，甚至有一次连着三天撞死三人。解决的办法就是修建一座立交桥，火车从桥下穿越，行人和其他车辆从桥上通过。于是，有多方集资筹款，由唐山人赵兰承包工程，在石太铁路正式通车那一年，建成了这座载入历史的大石桥。石家庄紧邻西山，石材易得，价格低廉，遂用青石建成大桥。那时人们并未意识到这座桥的重大意义，也就没费什么心思特别取个雅号，随随便便呼之"大石桥"。

1939年，石太铁路由窄轨改成标准轨以后，并改线，两个火车站也合并为一个。火车不再从大石桥下通过，短短的三十余年，大石桥的光荣与辉煌便戛然而止。没有了轰隆隆的火车，没有了喷吐的浓烟，没有了铺陈的铁轨，大石桥如同寂寞的弃妇，遗世独立，形影相吊。所幸，大石桥没有被拆掉，它活了下来，在漫长的岁月中苦挣苦挨。拱券形桥洞类似窑洞，被商户租赁，最早的石家庄图书馆和博物馆也在桥洞诞生。大桥南侧成为公众聚会的广场式公园。1947年11月，解放军兵临城下，国民党军队将大石桥作为据点修成了防御工事，桥面上筑有碉堡，桥洞建有地下工事，负隅顽抗，最终警备司令刘英在这里被活捉。石家庄成了我党解放的第一座大城市。

大石桥见证了石家庄的诞生,也见证了它的新兴。这是上天赋予它的使命。

1980年,我考入石家庄一所大学,那时石家庄成为河北省会才刚刚十二年。记得报到那一天,下了火车出了车站,走了大约一百米,就看到了这座大石桥。它的南侧偏东有一个地下通道,连接了桥东桥西,车水马龙,人流如织。附近有一个有名的南三条批发市场。此时一旁的大石桥,已经不是桥,它只是一名寂寞的看客,甚至过往的人流都不会多看它一眼。后来,城市发展,火车站南迁,又南迁,那个地下通道被关闭,大石桥彻底归于沉寂,连看客都当不成了。如今,大石桥成为省级文物保护单位,以沧桑而又壮丽的面目展示给世人,供大家缅怀与追寻往昔的岁月。这是它新的使命。

大石桥南面,右前方是石家庄解放纪念碑,刻着朱德总司令《攻克石门》的诗篇;左前方是亟待修复的正太饭店,那座法式洋楼曾迎接过孙中山等风云人物。石家庄是一个开埠仅有百余年的年轻城市,大石桥、正太饭店、解放纪念碑,共同书写了一段不可磨灭的历史。

明媚的阳光洒满大石桥,像一幅写意的图画。我凝神朝桥洞里的一段铁轨望去,恍惚间,那铁轨铺展开来,往远处延伸,在太阳下闪着光亮,一列火车从遥远的深处隆隆驶来,咔嚓咔嚓,甩下一股一股的浓烟,继而声消烟散,火车变成了高铁,牵引着石家庄快速向未来奔驰。

滏阳河探源

上小学的时候从自然课里就知道，所有的大江大河发源地都在山上。山上都是石头，怎么会有那么多水？尽管有些好奇，但一直无缘看到江河的源头。印象中，长江啊、黄河啊等江河发源地都在人迹罕至的深山之中。

没有想到，河北滏阳河的源头竟然就在城市里头！

那天，去涉县娲皇宫游玩，距滏阳河的发源地黑龙洞不远，就想顺道去看看。滏阳河是冀南的一条名河，流经我的老家邢台平乡县，灌溉养育了一方土地。它长四百多公里，流经邯郸、邢台、衡水，到沧州境内的献县和滹沱河汇流，名为子牙河，从天津入海。据说，至二十世纪五十年代，还河水滔滔，往来商船不绝，是通往天津卫的重要航道。我的村庄离滏阳河较远，有四十多里，难得一见它的河貌水势，但一年之中总会吃到几回河两岸一带卤的酥鱼，异香扑鼻，骨酥刺烂，是平乡遐迩闻名的一道特产美味。后来，由于地下水过度开采，滏阳河断流了，母亲河裸露出干瘪的胸膛。近些年政府大力蓄水补水养水，滏阳河又焕发出生机，终于又见河水微波荡漾了。

黑龙洞位于峰峰新市区，开车跟着导航来到滏山脚下。滏山是太行山的一支余脉，不高，可以说就是一个小山包，黑龙洞在其南侧，故有滏阳河之名。如今山下是滏阳公园，河水变成了湖水。我从河岸沿阶而下，只见河面如镜，清澈见底，碧绿的水草漂浮着，水底不断咕嘟咕嘟冒出水泡，仿佛一锅水刚烧开了的情景。我想，滏原来就是釜吧，泉水如沸，倒也十分形象。只不过，现在锅里的水只是六分开，不够热烈。可以想象，当年人们之所以给它起这么个名字，定然如一口巨型大锅沸水恣肆如花绽放。山壁的缝隙有涓涓小溪流下来，雅致秀气，清亮得不染一点儿尘埃，让人不忍染指。

山壁凸处有一个石雕的黑龙探出脑袋，指示着黑龙洞的所在。我走近时，却发现洞口被一扇门锁着，正扒着门缝往里看，走过来一个六十来岁的老汉开了门。原来他是河道的管理人员，是当地的原住民。经过允许，我走进洞里。因石头都是黑色，故名黑龙洞。洞不大，约两米高，两米余宽，进深五六米，呈喇叭状，外阔里窄，再往里黑黢黢的，不知多深。这里成了一间工作室，亮着电灯，放着桌椅板凳，还有一些生活用品。却没有水。我问老汉，黑龙洞怎么没水呀？老汉说，现在地下水位那么深，早就没水了。我打量着他的模样，问，你是本地人吧，你小时候应该有水吧？老汉一听这个来劲了，说，那是，那时这洞里水大着呢，要不咋就有了这滏阳河啊！我回味着老汉的话，眼前的黑龙洞忽然就有滔滔汩汩的泉水喷涌而出，势不可阻，轰然有声；一堵面南的山壁或皱褶或罅隙到处都是流水淙淙；河底的无数泉眼如釜水鼎沸，呼突呼突。这些从石头里冒出的巨大水流，汇聚起来浩浩汤汤奔流而去。

"一条大河波浪宽，风吹稻花香两岸，我家就在岸上住，听惯了艄公的号子，看惯了船上的白帆。"滏阳河虽然不是大河，两岸飘香的也不是稻花而是麦浪，但那种情景大体仿佛。有河水的地方，土地就肥沃，庄稼就苗壮，树木就茂盛，女人就水灵，百姓就富裕。饮水思源，寻根溯源，一条河流源头是关键，源头旺则河水欢，源头竭则河水干，世上万事万物莫不如此。

滏阳河的源头，虽然距我的老家几百公里，却一脉相承，一河连通，令我生出如见亲人般的亲切感。尽管眼下还水势孱弱，水流羸细，但再经几年精心涵养，我相信，想象中的黑龙飞舞、喷珠溅玉的情形一定会出现。

沙丘平台

大年初三，天气有点儿阴冷，小北风呼地刮着，裸露的肌肤感受到刺骨的凉意。我的面前即是史上声名赫赫、如今却鲜为人知的沙丘平台。它地处河北广宗县大平台村南，距离我的平乡县老家只有二十里之遥。尽管之前我在网上看过遗址的照片，但真正到了实地，还是大失所望。所谓的"沙丘平台遗址"，只不过是一片稍微隆起的土地，最南端的高台只是两米高、五六米见方的土丘而已。土丘前竖着两块碑，一高一矮，标明这就是大名鼎鼎的沙丘平台，而且是省重点文物保护单位。看到"省保"字样，我不禁笑了，一方土疙瘩，连个残砖碎瓦的影子都看不见，还怎么保护？无非是告诉村民和来访者，这块土疙瘩是宝贝、别给铲平就是了。

我登上土丘，放眼望去，平展展的田畴向远处延伸，暗绿色的麦苗蜷伏着等待春天的召唤，灰黄的枯草在风中摇曳，青褐色的树木晃动着光秃秃的枝丫，脚下的黄土板滞而坚硬。我忽然想起《红楼梦》"好了歌"中那句："古今将相在何方，荒冢一堆草没了。"还有甄士隐的注解："陋室空堂，当年笏满床。衰草枯杨,曾为歌舞场。蛛丝儿结满雕梁,绿纱今又糊在蓬窗上。"沧海桑田,斗转星移,陵谷变迁,两千多年过去,谁能想到,这片毫不起眼的土地竟然也曾经书写过富丽堂皇、金戈铁马?竟然也埋藏了云诡波谲、惊心动魄?这片沙质的黄土地竟然也如此厚重苍凉?

我还有一个很大的疑惑,这里位于冀南平原,地势平坦,一览无余,没有丘陵的起伏,也没有山岭的高峻,附近只有一条漳河流经,可以说毫无风景可言,当年的"沙丘苑台""沙丘宫"怎么会选在此地?一般而言,古代帝王无论建筑皇宫行宫,还是构筑陵寝墓地,都会选择风景优美的风水宝地。依山傍水,无论是从欣赏美景角度还是从战略考量都是不二之选。显然,我眼前的这片土地不符合这个要求。如果说,历史上人称沙丘平台为"龙困之地",三个帝王在此"折戟沉沙",以此证明此地果然风水不好,也说得过去。但是,情况并非如此。我翻看资料,终于明白,两千多年前的此地地貌与现在迥然有异。那时,这里地处大陆泽畔,"大陆泽"是古代北方第一大湖泊,北到宁晋,南至任县,长达一百多公里,黄河等九条河水注入,水面辽阔,烟波浩渺。那个时候,北方气候温暖,竹翠林密,黄河故道还有大象出没。沙丘平台既然名"丘",就有地势蜿蜒起伏之妙。据载,沙丘宫是一片偌大的建筑群,连绵十多公里,宽三四公里。在平乡县境内有一村名"王固",是"皇故"的音转,当年秦始皇东巡死于此,当地也称是沙丘平台遗址。王固旧称王固冈,其实冈应为岗,高起的土坡曰岗，而冈为山脊，平乡域内并无山脉。光绪年间修订的《平乡县旧志》将"沙丘树色"列为平乡八景："沙丘台，旧传在邑东北三十里，即今王固冈。环冈数里外，枣杏成林，俱经年老树。复有椿槐之属，干霄蔽日。登冈四望，郁郁葱葱……"由此可知，先秦时期，此处沙地堆积隆起丘陵，起伏有致，草木茂盛，水清林秀，气候宜人，风景优美，说是风水宝地，应该没有问题，故此吸引了数代帝王在这里建筑苑台离宫并驻跸休憩。

此刻，让我们拨转时间的指针，走进历史的云烟深处。

商纣王"酒池肉林"

"酒池肉林"，这个香艳淫逸又臭名昭著的故事竟然发生在这里？我捧起一抔黄土，试图嗅出酒的气息，当然闻见的只是土腥味，自然明白，即便是一百度的烈酒深埋地下历经三千来年也会挥发殆尽。

《史记·殷本纪》有如此记载："（纣王）益广沙丘苑台，多取野兽蜚鸟置其中。慢于鬼神。大聚乐戏于沙丘，以酒为池，悬肉为林，使男女倮相逐其间，为长夜之饮。"这段短短的文字，却赋予巨大的想象空间，画面感强烈，令人浮想联翩。商纣王此人，本名"受"，又称"帝辛"，纣王是后人给他的恶谥，残义损善谓之纣。此人聪明机敏，能言善辩，尤其是力大无穷，文武兼备。司马迁《史记》谓之"材力过人，手格猛兽",皇甫谧《帝王世纪》谓之"能倒曳九牛,抚梁易柱",端的是天生神力。尽管作为一代君王,纣王在事功方面有所建树,比如像毛泽东说的他在经营东南、巩固东夷和中原的统一是有功劳的。但是,中国传统文化的"三不朽"中第一就是"立德",以此观之,商纣王实在是大德有亏,恶贯满盈。其"好酒淫乐,嬖于妇人""北里之舞,靡靡之乐",先在都城附近修筑鹿台,又在几百公里之外的沙丘建苑台,极尽奢欲;而且,发明了"炮烙"酷刑,因大臣比干劝谏惹毛了他,怒剖其心视之是否七窍,几次杀人后竟将其做成醢或脯,残暴之至,罄竹难书,是历史上与夏桀齐名的暴君。所以,这厮成为殷商末代亡国之君也是必然的事情。

古人饮酒有杯、盏、觥、爵等酒器,而纣王用"池"!即便豪放如绿林好汉大碗喝酒、大口吃肉,较之酒池肉林只能相形见绌,被甩掉十条街。据说,酒池肉林是纣王为博爱姬妲己的欢心而创,真是创意十足、别具匠心啊。男男女女光着身子在酒池中畅泳,美酒张口可饮;在肉林中奔逐嬉戏,美味随口可吃。酒催情,肉发性,醉眼蒙眬,肾上腺激素上升……纣王简直就是低俗的鼻祖啊,所谓荒淫窳败,莫此为甚。不知裸体男女中纣王和妲己是否也溷迹其间,与人同乐。不管怎样,纣王成为荒淫无道、残暴凶恶的君王的典型,妲己成为"狐狸精""女人祸水"的标签,这对男女被后世剥光了衣服钉在了耻辱柱上,被文人用笔墨一次一次"炮烙",体无完肤。

另外,"多取野兽蜚鸟置其中"一句,可以证实,沙丘平台草深林密,风景绝佳,有了这些飞禽走兽愈加生机盎然,增添了大自然的野趣。

赵武灵王"沙丘宫变"

殷商亡国之后近八百年,来到战国时期的赵国。

赵国的都城是邯郸,国君却仍然看上了距此不远的沙丘平台,在这里修建了离宫别馆,即"沙丘宫"。我没有从史料上看到,商纣王时期的沙丘苑台经历数百年风雨是否倾圮,沙丘宫是在原地重建还是改建修葺。不过,这些并不重要,反正在沙丘平台这个地方发生了一起惊心动魄的宫廷政变,载入史册。

《史记·赵世家》对"沙丘宫变"有较为详尽的描述。

赵武灵王是战国时期非常著名的人物,他的"胡服骑射"重大变革使赵国由弱变强,跻身战国七雄之列。如今在邯郸市丛台公园耸立着他的一尊雕像,身着胡服(非中原的宽衣博带),骑在战马上弯弓欲射,身形魁伟,威风凛凛。后世凡提到赵国,赵武灵王与"胡服骑射"必被提及,是为赵国最辉煌的人物、最著名的事件,影响之大,史不绝书,无出其右。但是,就是这样一位英明的君主,却在后期做了极其糊涂荒唐的事,事情最初又出在了女人身上。

赵武灵王原本立长子公子章为太子,后来他娶了"梦中情人"美女吴娃,十分宠爱,缱绻缠绵达到为之数年不离宫掖的地步。吴娃生了公子何，子因母贵，赵武灵王乃废公子章而改立公子何为太子。废长立幼，赵武灵王已犯了宫廷大忌，可这还没完，不知他是怎么想的，也许是脑袋让门板夹了一下，竟然年纪轻轻才四十二岁就把王位也让给了公子何，是为惠文王，他自号为主父，也就是后来的太上皇的意思。我想，英明的赵武灵王可能是觉得自己处在盛年，新君尚年幼，大臣们还是自己的老班底，自己不当王还不照样说了算？事实上前三年的确如此，赵武灵王让惠文王主持国政，他把主要精力用于军事外交，第三年灭了心腹大患中山国，战功赫赫，一切尽在掌握。有一天朝会，他看到长子公子章在朝廷上北面为臣，匍匐于地，向弟弟行礼，高大魁梧的身姿面露颓靡之色，不禁心生怜悯。他忽然又想出一昏着儿，欲把赵一分为二，让公子章在代地称王，终犹豫不决而放弃。但是，以后事情的发展就不以他的意志为转移了，事物本身有它自己的运行逻辑，种下祸因，就只能收获祸果了。

赵武灵王一日带着惠文王和公子章游沙丘宫，他是想在两个儿子间做些协调工作，通过控制儿子继而继续掌控国家。到了沙丘宫之后，分头住下。这时候出事了。

一位名叫肥义的老臣，早年为赵武灵王所倚重，又是"胡服骑射"的有力推动者，惠文王接班后，赵武灵王令其做相国。这位老臣忠于国家忠于君王，只认职务不认人，唯新王马首是瞻。他敏锐察觉到公子章有不臣之心，此次来沙丘宫暗藏杀机，因此事先做了安排，对同僚说，如果主父召见惠文王，我先进去搪塞，若无事，惠文王方可进去，如我回不来那就是出事了。果然，公子章假借主父的名义召见惠文王，肥义先入，被杀。这位叫"肥义"的老臣果然像他的名字一样，义薄云天，以自己的生命保护了惠文王。赵武灵王的叔叔公子成和大臣李兑闻讯起兵勤王，将沙丘宫团团围住，公子章的手下悉数遭砍。公子章急忙寻求主父庇护，赵武灵王让大儿子进到自己宫中，但已经没有能力保护他了，还是被冲进来的士兵杀死。公子成和李兑大呼："留在宫中的人一律处死！"于是，宫中的仆从宫女纷纷奔逃，偌大的沙丘宫只剩下赵武灵王一人。惠文王的大军谁也不敢承担弑君的千古骂名，就采取了围困的办法，使其不得出，不得食，三个月后，一代英主赵武灵王被活活饿死，才四十六岁！

嗟乎！历史上有不少帝王强于外而拙于内，朝廷之上杀伐决断，雷厉风行，宫廷内却有妇人之仁，儿女情长，面对众多子女姬妾，遇事左支右绌，优柔寡断，致使祸起萧墙，骨肉相残，甚至危及社稷江山。唐朝的"玄武门之变"广为人知，赵国的"沙丘宫变"也是相当典型的一例。司马迁为之感叹："犹豫不决，故乱起，以致父子俱死，为天下笑，岂不痛乎！"

沙丘平台的土地上，渗透了浓烈的酒液，也沉浸了殷红的血液。一岁一枯荣的荒草，在微风中默默摆动，你可嗅到这浸淫数千年的历史味道？

秦始皇驾崩沙丘平台

赵武灵王饿死数十年之后，沙丘宫又迎来了一个超级死魂灵——秦始皇。说起来也是机缘凑巧，秦始皇是赵国的外甥，本人出生于邯郸，最终又魂归赵地，岂不是冥冥中自有天意？令人嗟叹不已的是，又一次骨肉相残的血腥政变在沙丘宫密谋完成，历史再一次被改变了轨迹。吊诡的是，相似的事件总是不知疲倦地重复发生，甚至在同一个地点。

公元前210年，秦始皇第五次巡游，走到山东平原津病了，距都城咸阳有千里之遥，赶回去医治已是不可能的事情，好在赵国留下的沙丘宫不远，可以在此歇脚治疗。秦始皇一行进入沙丘宫，但病情愈发恶化。秦始皇本来是到东海寻求长生不老的琼枝瑶草、灵丹妙药的。作为一名皇帝，天下一尊，贵拥四海，要风有风，要雨有雨，可以为所欲为，没有办不了的事，但唯独在一件事情上一筹莫展，无能为力，那就是死亡，和庶民百姓一样终了都得死。因此，成为不死的神仙成了他终身追求的终极目标。他讳言死，群臣都不敢说死亡的事。但秦始皇是个明白人，自知大限已到，给公子扶苏写了一封信加了皇帝玺印，曰"与丧会咸阳而葬"，意思是，让扶苏到咸阳主持葬礼。秦始皇虽然生前没有立太子，但此信很明显要传位于长子扶苏。将信封好交给了太监赵高，还未及派人送出，"七月丙寅，始皇崩于沙丘平台"，终年四十九岁。

皇帝死曰"崩",意指天崩地裂,可是一件不得了的惊天大事,估计沙丘平台之沙闻之也会簌簌下滑,榖觫发抖。夕阳西下,夜幕降临,沙丘宫笼罩在神秘鬼祟的气氛中,一场宫廷政变再次发生。

这次阴谋的领衔主演是宦官赵高,"指鹿为马"的成语就是拜他所赐,是历史上著名的奸佞小人。他压下了秦始皇给扶苏的信,又动用三寸不烂之舌先后说服了胡亥和丞相李斯,秘不发丧,皇帝的死亡只有他们三人及身边的宦官五六人知晓。秦始皇有二十多个儿子,此次巡游只带了胡亥一人。赵高是胡亥的老师,两人自然交厚。丞相李斯原本是一位诤臣名臣,一篇《谏逐客书》名垂千古,为秦国一统天下厥功至伟,但此时一为情势所迫,同时私心作祟,明白扶苏继位后定拜大将军蒙恬为相,而自己恐怕得终老乡下,甚至有性命之虞,于是成了这场宫廷政变的同谋。也是他咎由自取,同赵高之类小人合谋为伍不啻火中取栗、与虎谋皮,最终也被赵高所害,并夷三族。在推向刑场与儿子一起被执行腰斩时,他凄然对儿子说:"我想和你一块儿牵着黄狗去老家田野追逐野兔子,还能实现吗?"父子俩相对大哭。

胡亥、赵高和李斯三人在沙丘宫一番密谋,那一刻决定了大秦的未来命运。他们毁掉了秦始皇给扶苏的信,伪造了皇帝给丞相李斯的遗诏,立胡亥为太子,重新写了一封给扶苏和蒙恬的信,历数其罪,赐剑勒令其自裁。其结果,死的不只是扶苏和蒙恬,更是大秦王朝的气数和江山。短短几年后,秦朝就画上了休止符，始皇帝的千秋大梦就此灰飞烟灭。

有诗曰："年年游览不曾停，天下山川欲遍经。堪笑沙丘才过处，銮舆风起鲍鱼腥。"最后一句是指，当时正值七月酷暑，为掩盖秦始皇的尸体臭味，用鲍鱼随车同载，遮人耳目。本欲流芳百世，却不承想身体和魂灵与一缕鱼臭相随相伴，造化弄人，这真是莫大的讽喻！

俱往矣。几段惊心动魄的历史瞬间转眼即是空，如果没有史书记载，一切仿佛都不曾发生。几番血雨腥风，让沙丘平台成为不祥之地，后世君王似乎都不曾涉足。沙丘宫渐渐倾圮，任田鼠野兔窜游出没，终于在时间之笔无数次的涂抹勾画之下，成了今天冀南平原一处普通寻常的田野。

在一个草黄树枯的季节来到沙丘平台遗址，与凭吊历史的心境十分吻合，似乎也是天意。历史只存活于时间深处，存活于典籍之中，现实里早已无踪无影，即如荒草也没有了生命的律动。但历史不是虚空，既然存在过就会成为现实的镜鉴，曾经的鼓角争鸣也会在耳旁回旋盘桓。德国哲学家雅思贝尔斯曾说："在历史中我们可以看见自己，就好像站在时间中的一点惊奇地注视着过去和未来，对过去我们看得愈清晰，未来发展的可能性就愈多。"（《什么是教育》）历史已镌刻在碑石之上不会改变，但正如这沙丘平台的地貌可以天翻地覆，现实的书写一切皆有可能。我站在沙丘之上，细心谛听，仿佛听到春天的跫音已咚咚响起，慢慢走来，不久展现在我们面前的定是满目的绿色葱茏。

响堂山石窟

很长一段时间，我对自己的孤陋寡闻一直耿耿于怀，我也算是个读书不辍的人，厕身新闻界多年，竟然不知道河北境内而且距省城只不过两个小时车程的范围内有一个南北朝时期的石窟，被人称作中国十大石窟之一的响堂山石窟！说起石窟，我去过洛阳的龙门石窟，也知道敦煌石窟、云冈石窟、麦积山石窟等，响堂山石窟？咋愣是不知道？

一个冬日，我去邯郸峰峰公干，事情结束之后时辰尚早，忽然想起，峰峰区域好像有个景点，石头会响之类的，不甚了了，不如去瞧瞧。驱车二十来分钟，到了，进门迎面有一块巨石上刻着几个红色大字：响堂山石窟。石窟？我一看就傻了，这里怎么会有石窟？

我结结巴巴地问讲解员（一位年轻的姑娘）："这，石头会响，是咋回事？"姑娘呵呵一乐，说："响堂山也叫鼓山，因为半山腰有大量的石窟，人走在里边脚步声、咳嗽声都会特别响，响声如鼓，所以叫鼓山，也叫响堂山，不是石头响。"

我感到我的脸在发热，也许是上山走喘了。

响堂山海拔约一千五百米，石窟在半山腰。沿着陡峭的台阶步步攀登，放眼望去，山势高峻，满山植被丛丛，只不过北方的冬天繁华落尽，一片萧索。

响堂山石窟分南北两处，现存石窟 16 座，摩崖造像 450 余龛，大小造像 5000 余尊，还有大量刻经、题记等。多凿于北齐时期，以后历代均有增凿。是河北省现存最大的石窟，也是中国十大石窟之一，1961 年被国务院确立为第一批国家级文物保护单位。1965 年周恩来总理曾来到南响堂参观。

佛教自东汉初年从印度传入，到南北朝时期已臻鼎盛，中国著名的石窟大多都是那个时期开凿的。中国的建筑主要是砖木结构，西方是石头结构，从建筑的寿命来讲，后者显然更为久远，所以，中国唐代以前的建筑早已湮没不存，而西方古希腊古罗马时期的建筑还残留着曼妙的倩影。而石窟正因为是石头雕刻，使一千多年后的我们得以欣赏到那精妙绝伦的佛教艺术和雕刻艺术。

北齐是个短命王朝，只有二十多年的历史。高洋是北齐的建立者，但实际缔造者却是他的父亲高欢。高欢的祖籍是今天的河北景县，他是在内蒙古大草原出生长大的，是一个鲜卑化的汉人。这个没落的贵族家庭在他手里得到复兴，经过战争的洗礼和锤炼他成为北魏的悍将，将北魏分裂成东魏西魏，并成为东魏的主宰。他将首都迁到河北的邺城，山西晋阳依然是他的统治中心，他时常在两地来回穿梭，鼓山便成为他歇脚的地方。这里有滏河的发源地，依山傍水，树木葱茏，景色秀丽，是一处风水宝地。于是，他在这里建造了行宫，崇佛的他还建造了寺院。

公元546年，高欢与西魏打了一场大仗，兵败，高欢郁郁生病倒下，为鼓舞士气，他拖着病体强打着精神，大宴群臣，并命部将斛勒律当场即兴演唱一首草原民歌《敕勒歌》："敕勒川，阴山下，天似穹庐，笼盖四野。天苍苍，野茫茫，风吹草低见牛羊。"歌声苍劲雄浑，惹起了众人的思乡之情，高欢情不能禁，泪流满面。从此，《敕勒歌》这首著名的南北朝民歌世代流传下来，谁能想到它产生的背景是如此悲怆呢？高欢死后，高洋便在鼓山开凿石窟，并以此为掩护，将他的父亲秘密安葬在石窟内（一说东魏末年即开凿）。所以，响堂山石窟的神奇神秘之处在于，它不仅是一座满含艺术珍品的石窟，还是一座一代枭雄的陵墓。这一点，是响堂山石窟在中国所有石窟中最独特的地方，也是最富历史感和引人遐想的地方。

走进响堂山石窟内，只见一座座佛像石刻工艺精美，仪态万方，栩栩如生，既有北方民族豪迈雄浑的庄严之美，又有引领隋唐风气之先的浑圆丰腴之美，衣袂纹络清晰，形体姿态生动，富有质感。其中大佛洞规模最大，正面龛是释迦牟尼坐像，通座高五米，造型匀称，庄重敦厚，雕刻精巧，装饰华丽，为响堂石窟中最大的造像，可谓北齐高超艺术的代表。还有一菩萨造像，扭胯鼓腹，单脚着地，姿态优美，十分可爱，给人留下极深的印象。更令人惊叹的是，石壁上有彩色绘刻，历经千余年时间的磨蚀而仍然依稀可见。还有刻在石壁上的经文，有些遒劲漂亮的字迹被人摸得发亮。响堂山石窟被人称作"北齐造像模式"，虽然规模不大，却奠定了它在石窟中独一无二的地位。稍感遗憾的是，石窟遭破坏比较严重，许多佛龛内的佛头、手臂被凿盗，被损坏，民国时期虽有增补，但做工粗糙，痕迹明显。欣赏了石刻造像，领略了北齐时代的响堂山石窟为其他石窟不可比拟和不可取代的艺术之美，浓烈吸引我的另一个谜团就是，高欢的陵墓在哪里？将帝王陵墓建在石窟内，真是一件异想天开不可思议闻所未闻大胆诡异的事情。讲解员把我引到塔柱形窟，指着一座佛像上边一处空空的洞穴，说那就是高欢的墓穴所在。太高了，距地面大约有五米，站在地上仰头只能看见洞口。建如此神秘的陵墓，当然是为防盗，但还是没守住秘密。据说，一个老工匠在石窟完工之后成功潜逃，将秘密告诉了他的儿子，这个儿子于是成了一个大盗贼，也从此将高欢墓的秘密大白于天下。

历史与艺术，与宗教，与传说，在这里神奇相遇。

值得一提的是，民国时期著名历史学家顾颉刚等学者，选择考察研究的第一个石窟不是敦煌、云冈，而是响堂山。鲁迅先生也很喜欢响堂山石窟艺术，曾到北平琉璃厂购买石窟造像和刻经拓片收藏，并记录在他的日记中。

走在石窟中，听到脚步声铿铿如鼓，那是历史的回响，更是历史的心跳。

铜雀春深

暮春时节，草翠树青，万木葱茏，铜雀台掩映在浓绿之中。

脑海中不由得浮想起唐代诗人杜牧的诗句："折戟沉沙铁未销，自将磨洗认前朝。东风不与周郎便，铜雀春深锁二乔。"此诗在季节上倒是应时应景，不过，今之铜雀台更准确地说是"金凤台"，至于"锁二乔"，只是风流诗人的浪漫绮想罢了。

铜雀台遗址在河北省邯郸市临漳县，全国重点文物保护单位。建安十五年（210年），曹操在邺城以城墙为基筑"邺三台"，名铜雀、金虎、冰井。"金虎"后赵时期因避皇帝石虎名讳，改名"金凤"。铜雀台为核心主台，另两台前后拱之。明代之后铜雀、冰井二台皆废，独遗金凤台留存至今，但铜雀台名气太大，是三台的代表性称呼，所以，这里仍被习惯唤作铜雀台。

临漳古称邺，记得上小学时有一篇课文《西门豹》，讲县令西门豹治邺，"河伯娶妻"的故事给我留下深刻的印象。这河，即漳河。西晋时因讳愍帝司马邺改名临漳，北临漳河是也，古代的名讳传统弄得许多地名改来改去。邺城有"三国故地，六朝古都"之誉，曹魏、后赵、冉魏、前燕、东魏、北齐都曾都于此，当然，曹魏是开创者。金凤台前面的广场上矗立着一尊曹操昂首握剑的雕像。

登上金凤台，上面有清代顺治年间依台而建的文昌阁，还有碑廊、瓦当、石螭等文物，院内还有一棵葱郁的古槐。

站在金凤台北端的高台之上，往北瞭望，一片苍茫。这天的风奇大，从北方漫天遍野狂啸而来，吹得一边的大树枝摇梢摆。我使劲儿躬着身子，几乎站立不定，怪不得曹植诗曰"高台多悲风"，仿佛有意让我体验一番似的。我努力支撑住身体，看到了台下约八十米远的地方，有蜿蜒数百米长凸起地面五米左右的黄土青砖墙基，那就是铜雀台遗址。历史就是过去，沧海桑田，陵谷变迁，近两千年了，能有遗址尚存已经很不错了。邺城繁华之时漳河在城北，如今漳河跑到南边去了。政权更迭，隋文帝杨坚一把火将邺城焚毁，以后漳河水又落井下石，伺机咆哮着将名闻天下的铜雀台夷为平地。不过，也得亏漳河的淹没，掩藏了它的一段地基，使遗址得以残留，不然，后人向何处凭吊？我正在凝神眺望间，有一排黑色的鸟在面前盘旋飞过，那鸟通体乌黑，不像麻雀，也不像乌鸦，我从来没见过，透着一丝神秘的气息，我脑海中忽然映现出汉朝官员的朝服，皂衣玄服。我脱口而出：看，汉魏的鸟！似乎它们从历史深处翩然飞来，流连寻觅那往日的繁华富丽。莫非，这

· 157 ·

些鸟就是铜雀台的"雀"？

《三国演义》写曹操某夜忽见一道金光从地而起，令人随光掘之，掘出一铜雀，以为吉祥之兆，于是乃造铜雀台于漳河之上。铜雀，即铜制的鸟雀，古代常用于建筑之上，视为祥瑞之物。古歌有云："长安城双阙，上有双铜雀。一鸣五谷成，再鸣五谷熟。"梁简文帝《和藉田诗》云："鳏鱼显嘉瑞，铜雀应丰年。"建安十七年春，铜雀台落成之后，曹操率曹丕、曹植等一干人登台，命各作《登台赋》。史载，曹植才思敏捷，援笔立成，连曹操都甚为惊异，怪不得后人谢灵运赞其"才高八斗"呢。当然，曹丕也不遑多让，二人联袂奉献出关于铜雀台的奇文华章，书写了一段同题作文的文坛佳话。从二人的赋中我们看到了铜雀台的壮丽模样："登高台以骋望，好灵雀之丽娴。飞阁崛其特起，层楼俨以承天。"（曹丕）"建高殿之嵯峨兮，浮双阙乎太清。立冲天之华观兮，连飞阁乎西城。"（曹植）铜雀台的高大、雄伟、华美如在眼前。铜雀台一侧还有铜雀园，登台游园、吟诗作文、唱和酬酢成为那时期文人们的一大雅兴，围绕曹氏父子荟萃了包括"建安七子"在内的邺下文人集团，创作了一批清新刚健具有"建安风骨"的作品，成为建安文学的渊薮。

《水经注》说铜雀台有屋百余间。据说曹操的姬妾歌伎也在此居住，所以就有了杜牧"铜雀春深锁二乔"的想象。《三国演义》可能受杜牧诗句的启发编出了一个精彩的桥段，让诸葛亮巧改曹植的《登台赋》，杜撰出"揽二乔于东南兮，乐朝夕之与共"的句子，智激周瑜，从而达成了吴蜀联盟。

俱往矣。曾经富丽堂皇、名满天下的铜雀台，如今呈现在我们眼前的只是一段倾圮的墙基，金凤台也非初时的模样。铜雀已逝，春深依旧，任何事物抵御不了的就是时间，永恒不变的唯有变化。还好，有那些遗存在，有诗文在，有故事在，我们可以和时间和解，在想象中让铜雀台复活，在春深处耸立。

邢台的桥

　　高庄桥路8号。三十多年前的初秋，我手持大学毕业派遣证到这个以桥为街道名称的地址报到，开启了我的职场生涯。

　　单位位于邢台市区北郊，门前是一条东西向的马路，往东约五百米斜着向东北方向延伸，不远处就是高庄桥。高庄桥是一座普普通通的水泥桥，牛尾河从桥下流过，河畔长满了芦苇、蒲草。过了桥，北面是一大片沼泽湿地，野鸭水鸟在芦苇荡扑棱棱啁啾不停。很长一段时间，我喜欢晚饭后在这一带溜弯，这种原生野趣实在是天赐的风景。不到两年，这片湿地成了果园和菜地。

　　沿着河边往西走三四里地，有座桥叫豫让桥。周围有一个以桥命名的市场，是我常去的地方，到那里买一些杂七杂八的日用品。豫让桥与高庄桥一样，也是一座毫不起眼的水泥桥，每日熙来攘往，川流不息。我无数次从桥上走过并无什么特别的感觉。直到有一天晚上，我在床头灯下读《史记》中的《刺客列传》，一个名字猛地跳了出来：豫让！天啊，豫让！我惊得半天合不拢嘴，我熟视无睹的豫让桥，居然是以刺客豫让的名字命名的啊!

邢台是一座古城,从商王祖乙迁邢始,至今已有三千五百年的建城史。春秋末年,为给主人报仇,豫让来到邢地,伺机向杀死智伯的赵襄子行刺。豫让是一名义薄云天的勇士,"士为知己者死,女为悦己者容"的名言就出自他之口。这天,他埋伏在一座桥下,待赵襄子路过突然跃出拔剑就刺,未果,遂自刎身亡。后人为纪念他,命名此桥为豫让桥。

《史记》"刺客列传"中有三位义士属于燕赵,除了豫让,还有荆轲、高渐离,共同书写了"慷慨悲歌",成为燕赵文化的一个重要符码。真是惭愧,一座如此有内涵有名头的桥竟被我忽略无视了。同时又深感幸运,英雄的气息氤氲在我们的日常生活中。

儿子五岁的时候上了一年的"育红班"(学前班),在离家最近的北关小学。这样又和一座桥旦夕热络起来,它叫北关桥,旧时叫鸳水桥。"小黄河"从桥下迤逦向东北方向流去。这桥打眼一瞧,即知是一座古桥,单孔,拱形,桥身的石头历经岁月磨蚀、风雨侵袭,已经千疮百孔、凹凸不平了,桥面的石板被磨得锃亮。这座桥建于元代,谁修的呢?郭守敬!他是距市区几十里的郭村人,据说当时才二十岁,被邢州太守慕名请来治水修桥,仅四十五天即大功告成。郭守敬一举成名,从这座桥一步一步走向了天文水利领域的事业巅峰。

郭守敬是邢台标志性人物。达活泉公园里边建有其雕像、纪念馆和观星台。周末我和妻子经常带着儿子到这里玩,在这位伟大科学家目光的注视下,科学的气息仿佛无处不在。

说起来，邢台是我平生到达的第一座城市。二十世纪七十年代，二哥在邢台上师范，母亲带着十岁的我借探亲之机逛逛城市。那时，东围城路（今开元路）还有护城河，沿河还有一溜残破的城墙。邢台是一座被水汽浸润的城市，它和济南一样，也是泉城，有"百泉"之称，邢台市文联办的文学期刊曾经就叫《百泉》。水多，河流多，桥就多。以前我见过的桥都是跨河而建，这回却不是，桥上跑火车，下面跑汽车和行人，人们叫它地道桥。也因为这座桥，邢台市被分作了桥东桥西。我在桥上第一次看见了火车——电影里见过无数次的火车，冒着浓烟，风驰电掣，呼啸而过，桥面被震得微微颤动。

我与这座城市的缘分从那时开始，十年后我成了邢台市民，继而在这里工作生活了十四年，娶妻生子，成家立业。我感觉生命的一条根须是扎到这里的。直到离开二十多年后的今天，我依然常常脱口而出：我是邢台的。

前不久，我回了一趟邢台，去我原来的单位宿舍看望一位老前辈。原以为闭着眼都能找到门口，结果却因为周边参照物建筑都变了，而颇费了一番周章，可是，哪里还有门啊！只有一道墙。踮起脚跟往院子里瞧去，原来的房屋楼舍都不见了踪影。跟老前辈打电话才知道，这块地方已经整体拆迁，卖给了开发商，正准备盖新楼盘呢。我有意往东北深处走了走，高庄桥还在，不过已是全新的了，宽了，长了，漂亮了。桥北两侧的大块地带耸立着一座座高楼。这是我调离邢台后首次重返高庄桥，一时恍如梦寐，这是我待过的地方吗？短短二十余年，时间像一个魔法师，令一切完全变了模样，旧时的影子半点儿都寻觅不到了。高庄桥东面大约一百米,"小黄河"与牛尾河在此交汇。交汇处的三角地带,草儿葱茏,花儿盛开,中间一片空地,矗立着一个偌大的凉亭,有几位大妈闲坐在那里,脸上都透着怡然满足的神情。

  探望了老前辈,老同事马庆自兴奋地对我说,我带你去看一个地方。他把我带到了一座桥的跟前,东西飞架,巍峨、雄伟,现代化气息扑面而来。它叫莲池大街立交桥,是运用现代高科技桥梁转体技术修建的大桥,是目前为止我国上跨京广铁路桥面最宽、转体重量最大的矮塔斜拉桥,去年建成通车。沿着大桥两侧的台阶,我攀上了桥面的人行道,只觉视野开阔,天地敞亮,与凹下去的地道桥相比,完全是高端、大气、上档次之感,时代发展与科技进步一目了然。马庆自手机里存着许多当时大桥转体至合龙的照片和视频,一张一张给我看,他是把这座大桥视为邢台地标性的建筑,引为骄傲,而我作为一个老邢台人同样感到自豪。

  邢台市还有白马河大桥、七里河大桥……一座座桥四通八达,将邢台与世界连通,也与现代化连通。桥东桥西已成历史,而襄都、信都又从历史深处走来。现代与历史之间搭建了桥梁,扩充了内涵,厚度的支撑使广度有了无限的可能性。桥是一个物质实体,又往往被人们赋予精神属性。从此岸到达彼岸,不断地跨越,不断地丰盈。邢台于我,又何尝不是一座通往诗与远方的人生之桥呢?

日照荒垣

雉堞荒凉秋水滨，萧条不复旧时春。
城头薄暮人吹角，堤畔黄昏鸟弄茵。
绿绿树重阴遮野，白云无际锁韩榛。
可怜一片纤纤月，曾照当年击筑人。

据说这是清朝一位叫王汝弼的诗人，凭吊一番宋子城之后吟咏的诗句。"击筑人"，即荆轲的朋友高渐离。荆轲刺秦失败后，高渐离逃到了宋子城藏匿。两千余年过去，宋子城完全倾圮成了"遗址"、国保单位，在赵县县城东北十八公里处。

时令甫过立冬，秋禾已经收割，一马平川的田野蜷伏着绿茵茵的麦苗。宋城村东南，几段土黄色残破的城垣兀立于旷野之上，遗世而独立，阳光照耀下格外惹人的眼。最东侧的一段保存较为完好，南北长有一百多米的样子，高也有三四米，虽然看不到一块砖，全是夯土，却很"有型"，保持着墙的形体，没有坍塌委地的颓败模样，仿佛一个风烛残年的老人，依然残留着一份硬朗在。

我沿着羊肠小道爬上了城墙,是真的"羊肠小道",狭窄且哩哩啦啦有遗落的羊粪蛋。时近中午,太阳正好,晴空中偶有白云舒卷。高低不平的城墙上荒草萋萋,已完全枯黄,那些密布丛生的荆棘和小槐树还顽强地绿着,尽管有斑驳黄色。我站在城墙上远望,发现南面和西面断断续续都遗存着一截一截的断壁残垣,合起来一座矩形城郭的大致轮廓居然出现在眼前。我由衷为之惊叹,这样一座荒弃的城垣,历经战乱兵燹、自然侵蚀,尤其是那些毫无文物意识的年代人为的破坏挖掘(比如平为耕地),竟然至今还能保存着大体的模样,殊为难得。要知道,西方建筑是石头结构,不易损毁,像古希腊古罗马的城堡遗址保存完好,而中国建筑是砖木结构,一把冲天大火就会将一座美轮美奂的建筑化为乌有。城墙荒废后有用的砖被捡走,唯余的就是夯土,夯土和土地一家亲,极易打成一片,而这些夯土能挺立着努力和脚下的土划清界限,一挺就是两千年,屹立不倒,即便肢残体破,身矮貌寝,也是有模有样。可谓一条土汉子!

这些断壁残垣有明显的夯土层,可看见白色的颗粒,是石灰块,我用手指抠了抠,抠不动。据说古代筑城墙用熟土和石灰,再浇之糯米汤汁,故十分坚固。更让我惊奇的是,有一处残垣比别处明显高一些,墙壁上布满许多圆柱形孔洞,典型的板筑方式,好像刚把木桩抽下,多少年的风沙尘埃居然也没能塞掩这些窟窿,仿佛一双双眼睛谛视着这世间的沧桑变迁,又仿佛一张张嘴巴要对来客诉说这座城池的千古传奇。一束阳光穿过矮树荒草直射到这面墙壁，像舞台上的一道追光，聚焦了一种荒凉的美。

是的，荒凉的美。我久久站在这堵残垣前，陷入了如三岛由纪夫当年在希腊雅典废墟前"悟性的陶醉"一样的陶醉里。我在想，这段有孔洞的墙壁原来是什么建筑？是城楼还是角楼？这些断壁残垣曾几何时呈现出繁华的城市模样？这些都哪儿去了？头上的太阳没变，还是那个太阳，它照耀过宋子城的兴盛，也照耀了宋子城今日的荒凉。太阳下的荒垣，无比真切地证实了宋子城曾经的岁月是真实的不是虚幻的。它的残破像一个留白等待想象的填充，又仿若一道闸门开启人类记忆之水的奔涌。残缺和荒凉别有一种审美的意味，或许就是日本作家厨川白村所说的"缺陷的美"。这让我想起了德国作家施莱格尔散文《莱茵行》中的句子："这里是莱茵河最美的地带，处处都因两岸的忙碌景象而显得生气勃勃，更因那一座座险峻地突兀于陡坡上的古堡的残垣断壁而装点得壮丽非凡。""那一系列德意志古堡废墟，它们将莱茵河上上下下打扮得如此富丽堂皇！"你没有看错，"壮丽非凡""富丽堂皇"是作家用来形容废墟之美的词汇。

被毁掉的美也是一种美，悲剧美，甚至是更深刻的美。面对荒垣废墟，我们常常用"凭吊"一词，总有一丝哀伤的意思在里头。其实，漫长的时光早已过滤了那种"悲"的情氛，更多的是别一种审美体验，对沧桑岁月的咀嚼和对旧事人物的感怀。

当地有一个传说，每隔六十年这片荒垣都会"起晕"，即出现类似"海市蜃楼"的景象，人们可以依稀看到宋子城店铺林立，车水马龙，人来人往，甚至可以听到市井的人声。我想，如果真是这样，那一定可以从人群中看到高渐离的身影。

公元前 221 年，秦始皇横扫六国，统一天下。秦始皇虽然戎马倥偬，国事扰攘，却对当年燕国太子丹派荆轲行刺于他耿耿于怀，他在宫中被荆轲追着绕着柱子跑，狼狈不堪，大仪尽失。要不是御医夏无且用药罐子砸向荆轲，要不是大臣们提醒他将长剑负在背后方得以拔出，砍断了荆轲左腿，嬴政就死定了。一想起这，他就怒火满腔，咬牙切齿。尽管荆轲和太子丹都已死了，但他仍然下令大肆搜捕太子丹和荆轲的党羽，要赶尽杀绝。这种情况下，高渐离隐姓埋名逃匿到了宋子城，做了一名酒肆的酒保。

高渐离是燕国人，而且是燕下都的原住民，擅长击筑。筑，是古代类似琴的一种乐器，演奏时左手按住弦的一端，右手持竹尺击弦发音，故谓之击筑，先秦时代广为流行。荆轲来到燕都，和高渐离成为好朋友。《史记》称其"爱燕之狗屠及善击筑者高渐离"，将高渐离与市井屠狗杀猪之辈相提并论，可见高渐离的社会地位当是底层的普通群众。他们经常在一起喝酒，喝醉了，在大街上高渐离击筑，荆轲放歌，有时笑，有时哭，旁若无人。荆轲离燕赴秦之时，一干好友与太子丹到易水边送行，荆轲高歌"风萧萧兮易水寒，壮士一去兮不复还"，高渐离击筑伴奏，羽声慷慨，壮怀激烈。二人是知己，

· 167 ·

是知音，联袂奉献出一曲冠绝古今的千古绝唱。

宋子城不知兴建于何时，但在战国时期已是一座有名的城市了。二十世纪八十年代，在山西平朔考古发掘出了一枚战国时期圆足三孔布币，正面有篆文"宋子"二字，背面写着"十二朱（铢）"，现珍藏于中国历史博物馆，被誉为稀世珍品。能铸造钱币的城市，足证其商业的繁华兴盛和经济地位的重要。宋子城曾属中山，后归于赵国。燕王喜四年（前251年），燕国趁长平之战赵国衰微之时，攻打赵国，"燕军至宋子，赵使廉颇将，击破栗腹于鄗。"（《史记·燕召公世家》）燕军侵入赵国北部边邑的宋子城，赵军由名将廉颇率领反击，燕赵两军在这一带展开激战，最终在鄗（今高邑一带）燕军大败，主将栗腹被杀。宋子城见证了战神廉颇的凛凛雄风。

高渐离就隐藏于这样的城市里。给人做酒保时间长了，也很辛苦。如果这样日复一日，高渐离就可能默默终老，永远都是荆轲刺秦大戏中的一名可有可无的乐师，或许在史书中连名字都不会留下，像那位"狗屠"一样，只写作"击筑"。一次偶然的机会，改变了这一切。

一天，高渐离在坊间忙活，忽然听到外面的大堂传来击筑的声音，心中一震，这久违的乐声仿佛一缕春风唤醒了枯萎的荒草，他激动地在堂外走来走去，侧耳倾听，嘴里喃喃自语：嗯，这个音调好，哦，那儿不是太好。一个仆役把这一幕看到眼里，就跑去告诉主人说："那个酒保是个懂音乐的人，我听见他在那儿偷偷议论呢。"店主很好奇，就叫高渐离到大堂当众击筑，大家纷纷叫好，赐给他酒喝。高渐离心想，这样隐姓埋名躲躲藏藏的日子啥时是个头啊，不能再这样下去了。他退下堂，在宿舍找出装在匣中的筑，换上自己好一点儿的衣裳，以焕然一新的面貌重新出现在大家面前。举座宾客大惊，纷纷离席向他行平等的礼节，待为上宾。请他击筑唱歌，宾客没有不被感动得流着泪离去的。

高渐离的击筑轰动了宋子城，成为明星乐师，人们争相邀请他到家中击筑做客。从隐姓埋名的藏匿到堂而皇之的亮相，高渐离明白等待他的会是什么，既然能豁出去，那就让该来的就来吧。或许在高渐离心底深处潜藏着一个使命等待他去完成。

高渐离高超的击筑艺术名闻天下，终于传到秦始皇的耳朵里。在那样一个最古老最原始的传播媒介时代，一个民间艺人的声名居然达于皇帝，可见高渐离的水准绝非等闲之辈。秦始皇召见了高渐离，有人认出了他，说："他就是高渐离。"高渐离是上了黑名单的人，这回算是自投罗网了。秦始皇实在喜欢他的击筑艺术，也可能时间冲淡了他的仇恨，就特别赦免了高渐离的死罪，然而为安全起见仍然用马粪熏瞎了他的眼睛。

秦始皇为高渐离的击筑声所陶醉，经常召他过来演奏，没有一次不击节称赏的。时间久了，秦始皇渐渐忘了这个人曾经是荆轲的"同伙"，痴迷中那根紧绷的弦松弛下来。当然，如果高渐离没有潜藏于心的"使命"，当个宫廷乐师，自然可以衣食无忧度过余生。但是，他面前的这个秦始皇，时时令他想起当年易水河边慷慨悲歌的一幕，想起好友荆轲的惨死和祖国燕国的灭亡都是拜眼前这个恶魔所赐，心中复仇的火苗熊熊燃烧：老天让我接近他，真是天赐良机啊，或许可以完成当年荆轲没有完成的任务。

秦始皇的陶醉使高渐离能离他更近些了，这样可以听得更真切嘛。高渐离进宫自然会被搜身，除了这把筑，不可以带任何东西，那年荆轲巧妙地将匕首藏在地图的卷轴里，"图穷匕首见"。高渐离也想到了一个好办法，在筑里加了铅块，增加了筑的重量，乐器即可变作武器。这天，高渐离再次进宫，虽然眼睛看不见，但他能闻到秦始皇的气息，觉得距离更近了些。高渐离开始了他的击筑，裂帛穿云，踔厉激越，他的心跳如催人奋发的战鼓，那团燃烧的火焰直冲头顶，那一刻仿佛好友荆轲附体，力贯全身，他像一头发怒的雄狮猛然将筑朝着秦始皇劈头砸去！

时间在那一刻停止了，凝固了，一尊英雄的雕像浑然而生。

在《史记·刺客列传》中，高渐离并非剑客武士，只是一名民间的乐师，相较于对荆轲的浓墨重彩，司马迁对高渐离的描写极为简略。但高渐离的命运与荆轲如出一辙，刺杀敌酋功亏一篑，事败身死。两位好友刺杀目标为同一人，前仆后继，毅然决然，不因时过境迁而中辍，堪为真正的人间传奇。那种面对强敌，明知不可为而为之的胆识、勇气，那种为国尽忠、为友践义、视死如归的豪侠之气，在历史上书写了感天动地的一页。司马迁赞叹曰:"自曹沫至荆轲五人,此其义或成或不成,然其立意较然,不欺其志,名垂后世,岂妄也哉!"太史公忽略了高渐离,或许他是把荆轲与高渐离视作一回事了吧,但高渐离依然当得起这个赞语。

在刺秦这一出惊心动魄的大戏中,除了荆轲和高渐离,还有四位义士田光、樊於期、夏扶、秦舞阳先后慷慨赴死。其中的夏扶,是太子丹的门客,在易水边众人为荆轲送行时,竟"当车前刎颈以送"(《燕丹子》),这种拿命来给人壮行,闻所未闻!春秋战国时期,这样舍生取义、杀身成仁、赴火蹈刃、死不旋踵的故事不胜枚举。他们似乎不把生命当回事,"其言必信,其行必果,已诺必诚,不爱其躯"(司马迁),一句话,一件事,一个信仰,一个承诺,就会让他们甘愿捧出大好头颅,眉头都不会皱一下。其实,人的命只有一次,谁不爱惜呢?只不过在他们心中有比生命更重要的东西,故而才能轻生忘死,绝不会贪生怕死如明清之交的钱谦益欲投水殉国却因"水太凉"而作罢。慷慨,仗义,决绝,壮烈,果敢,勇毅,这些品格就是他们给青春中国打下的人文底色。

是阳光灿烂的朗照,不是月光似水的朦胧。

此时,太阳高悬,大地一片光明。我沐浴着温暖的阳光,在这片荒垣间徘徊复徘徊,不忍离去。宋子城这座战国时期的名城,秦统一后实行郡县制成了宋子县,汉初一度封为侯国——至今周边还分布有数十座封土高大的汉墓,起起伏伏复置复废,直到隋朝大业三年(607年)并入平棘县(今赵县），遂渐渐衰微荒弃。也就是说，宋子城自生到灭也有近千年的历史，其中有说不尽的故事传奇，说不尽的人物风华，但我依然愿意称它为战国的城，高渐离的城。

开头所引那位清代诗人王汝弼的诗句"可怜一片纤纤月，曾照当年击筑人"，他用"可怜""纤纤""月"这样的词汇意象旨在表现高渐离悲剧的凄美。而在我看来，高渐离事败身死固然是悲剧，但漫漫岁月早已消解了其中的凄婉，呈现给我们的是阳刚、热烈、勃发和人间的浩然之气，正像此刻头顶光芒万丈的太阳。

日照荒垣。这片残破的古城墙阳光下呈现出一种荒凉的美，让人生出异样的流连不尽的陶醉。眼神向历史深处看去，高渐离正装肃容，在那大堂奋力击筑，忽而变徵之声，忽而羽声慷慨，似暴雨骤，似马蹄疾，似战鼓鸣，令人血脉偾张，豪气干云。

乡野上的花朵

小时候，跟着母亲赶年根儿的集，总能听到卖年货的人吆喝："闺女爱花，小子爱炮，老汉稀罕新毡帽。"人的天性就是如此，所以，农村长大的男孩子对花总是淡漠的，何况花在农村的地位远不如草。花对于农人来说，主要不是作为审美对象，而是果实它妈而存在的。乡野上的花朵，是自然的、朴素的、有用的，美不是它的第一选项。因此，我这个曾经的乡村男孩，对花的记忆需要刻意从底片上漂洗。

在北方农村常见的花，是果树的花，杏花、桃花、梨花等，开在村庄或田野，在春天一树芬芳，姹紫嫣红，装点得寂寞的乡村分外妖娆，热闹无比。多数村庄都种植着果园，杏园、桃园、梨园等，成行成排，花团锦簇。这些果园可是了不起，衍生了文化的渊薮——孔子在杏园设坛讲学，刘关张在桃园结义，唐明皇李隆基在梨园创造了戏曲。这些花虽然生在乡野，并不名贵，却足可登大雅之堂。可谓乡野上最璀璨的花，最文化的花，点燃了一代一代诗人的奇思妙想，留下不可胜数的名句雅词。我的村庄最多的果树是枣树，村北有一大片枣树林，挂果之后生产队还专门安排过我母亲看护挣工分。我家也有许多棵枣树，到了春天，枣树开出了黄色的小花，星星点点的，比米兰稍大一点儿。枣花虽然不起眼，不像杏花、桃花、梨花那么热烈奔放，但味道香郁，很远就能闻到，故十分招蜂引蝶，整日嗡嗡嘤嘤的。我们那一带遍植枣树，所以，养蜂人特别多，酿的蜜就叫枣花蜜。我的一个叔伯大哥养过蜂，送给过我们家两罐枣花蜜，齁甜特好吃。

还有一种花，开在树上，却不是果树，可以当食材，就是槐花（洋槐）。槐花开在盛夏，洁白如雪，香气逼人。槐花可以直接嚼着吃，还可以与面掺搅在一起，做成"苦累"，蒸熟了，拌着蒜汁吃，是一道开胃的美味。老家有许多槐树，摘槐花、吃槐花是小时候常干的事。拿着竹竿，顶端绑一根铁丝，弯成钩，够着槐花，一拧就下来了。如今离开老家几十年了，所幸我所生活的城市依然遍植槐树，使我对槐花的喜欢得以延续。几条街道都以"槐"命名，如槐北路、槐中路、槐安路，每到夏天槐花开到绚烂，空气中都弥漫着甜丝丝的味道，及至槐花纷纷飘落，路面上撒了一层，仿佛老天下了花雨。其实，这片地方原来叫槐底村，三十多年前我上大学时，校园外即为村庄和田野，如此说来，这槐树的根还在乡野，这槐花依然开在乡野之上啊。

除了果树的花，还有瓜蔬的花，更是纯粹为结果而开。如黄瓜、茄子、花生、西红柿、南瓜、山药等，这些花毫无美艳之处，像朴素的村姑，淡淡的，素素的，蔫蔫的，一点儿都不招人。谁会注意茄子的花是什么样子？红色的？黄色的？紫色的？这些瓜蔬的开花就像是分娩，更注重的是落花后的果实。现代作家许地山写过著名散文《落花生》，文中有句话至今我清楚记得："落花生，落花生，落花果就生。"如果说瓜蔬的花毫不起眼，那么庄稼的花就湮没不闻了。我问过一个农村出来的职员，你知道小麦、玉米、高粱、谷子开花吗？花是啥样的？一下子把他问住了，吭哧半天答不上来。其实不能怪他，这些庄稼给人类贡献的就是活命的粮食，它们从来不以花朵来招摇，默默无闻奉献着人类最需要的东西。庄稼当然是开花的，小麦开花也叫扬花，抽穗之后开出朵朵小白花，似雪似奶酪。玉米的花，开在顶端的穗上，乳白色，是雄花，开在棒子顶端的紫黄色絮絮，是雌花。高粱的花也开在顶端的穗上，有人鄙薄农民称之满脑袋高粱花子，自然不足为训。谷子开花是在夜里，时间很短，只有约两个小时，所以很多人认为谷子不开花。乡野上的花，以庄稼的花为最，最不起眼，也最珍贵。

还有一种花，不得不说，就是棉花。花朵和果实同叫一个名字，且果实不是吃的，这恐怕是植物中独一无二的吧。棉花盛开在深秋，真是苍天悯人，天凉了，人们需要棉衣服了，棉花就开了，就收了。冀南平原是产棉区，待到深秋时节，朵朵棉花像天上的白云，在田野盛放。棉花给予人们的不是美丽，而是温暖，是实实在在的有用。清人马苏臣诗云："五月棉花秀，八月棉花干；花开天下暖，花落天下寒。"（《棉花》）棉花和粮食一样是农民不可或缺的东西，棉布、棉衣、棉被、棉絮等，人们穿的用的，铺的盖的，纺花织布，都是拜棉花所赐。农村长大的孩子，哪一个不是在母亲或奶奶黑夜中嗡嗡嗡的纺车声里入眠的呢？

乡野上有两种可作油料的花开得忒好，一是油菜花，金灿灿，黄澄澄，像一片燃烧的火焰，绚丽，浓烈，壮观，它以群体列阵的方式宣示着它独特的美丽。如果到了婺源，油菜花简直就是兵团级的大阅兵了，美艳不可方物，叫人惊心动魄。再是向日葵，也叫葵花，"长相"很是奇特，花盘奇大，周遭花瓣环绕，颜色也是温暖的黄色，且"朵朵葵花向太阳"，它的脸永远对着太阳笑，太阳在哪里它就转向哪里，故人们又叫它太阳花。

当然，乡村也有供观赏的"没用"的花，常见的一种是喇叭花，学名叫蜀葵。这种花特别好活，撒一把籽儿在院落潮湿的泥土里，很快就长出了幼苗，到了夏天，齐刷刷地花就开了。因形状像喇叭，所以我们都称之喇叭花，多年之后才知道它原来叫蜀葵，太高大上了，像丑小鸭一下子变成白天鹅似的感觉。蜀葵虽然普通、平常，但它很会长，变着法儿开出不同颜色的花朵，像一个乖巧的女儿会讨大人的欢心。讲究一点的家庭，在院子窗前种上蜀葵，红的、白的、粉的、黄的，各种颜色的花儿一开，满园芬芳，煞是好看，给庸常的日子平添了几抹色彩、几多亮色。

大地上有许多名贵的花，如牡丹、菊花、兰花、海棠、梅花等，它们被称作国色天香，更多生长在宫廷、园林、植物园里，日常专门有园丁侍弄、养护，供人观赏，被文人骚客赋予许多精神的含义，成为美的化身。而乡野上的花朵，土生野长，风吹雨浇，自然舒卷，更多的是羞怯、小巧，几近于无，没有多少美感可言。但是，乡野之上的果树、瓜蔬、庄稼等实实在在奉献出累累果实，成为人类赖以生存的最基本的物质，从而瓜瓞绵绵，繁衍生息。所以，我们实在应该把欣赏赞叹的诗情画意更多地给予乡野上的花朵！

乡野上的昆虫

　　人常说城市长大的孩子不懂稼穑，不分五谷，其实，还有一个遗憾是没有和昆虫相生相伴，少了乡野之趣，少了自然的灵性。而对于农村长大的孩子来说，昆虫不仅是玩伴，是童年记忆，还是一种难以挥散的文化乡愁。

　　小孩落生之后，在土地上匍匐爬行，就认识了一种小小的生物：蚂蚁。蚂蚁可以说是世界上最卑微的动物了，有谁关注过它的生存呢？人们常用"蝼蚁草芥"比喻生命的低贱，到了极致。对于屠弱的小孩子来讲，蚂蚁常常成为被凌辱被杀戮的对象。记得小时候，看到蚂蚁排队前行，便粗暴地用树棍儿把它们隔开，或者，一把土把它们埋葬，一泡尿把它们冲得七零八落。更有甚者，用手扯下它们的脑袋，使之顷刻毙命，以此为乐。由此我对《三字经》所云"人之初，性本善"这句话是持怀疑态度的。当然，我们还从蚂蚁身上发现了正能量的东西，比如，"蚂蚁搬家"，小小身躯竟能举着数倍于自己重量的物体趔趄前行，让人惊叹它巨大的能量；再比如，"蚂蚁开会"，经常看到蚂蚁成群结队地穿梭往来，是为"蚁聚"，因为微弱，所以抱团。再卑微的生命也有自己的生存之道，你可以弹指间消灭它，却永远不可能打败这个族群。

我家的院子里有数株枣树，每当春天来临，米黄色的小花如繁星点点。枣花虽然微小，却香气扑鼻，引来蜜蜂嗡嗡嘤嘤采蜜忙。蜜蜂通体金黄色，在阳光下煞是好看，十分逗人喜爱。它在花丛中穿梭盘桓，被人们誉为劳动模范。唐代诗人罗隐诗云："不论平地与山尖，无限风光尽被占。采得百花成蜜后，为谁辛苦为谁甜。"没有蜜蜂哪有蜜呢？虽然可爱，蜜蜂却不可亲近，它的屁部有根针，且有毒，农村长大的孩子恐怕没有一个没被蜇过，裸露的肌肤一旦被蜇，立时就会红肿一片，且疼且痒，不过没有危险，一两天就会消肿痊愈。另外两种蜂——黄蜂、马蜂却让人怵惕，"捅了马蜂窝"可不是闹着玩的。

同样一身金黄色的昆虫是蜻蜓，其他颜色的较为少见，它和蝴蝶一样美丽。1973年发大水，在水塘边，我曾仔细观察蜻蜓是怎样从丑陋的幼虫羽化成美丽的模样的。像蚕、蛾、蝉等，幼虫时都是光秃秃的只会蠕动的蛹，长了翅膀立马仪态万方，妖娆妩媚了。可见，人之美在于"目"，虫之美在于"翅"，怪不得美丽的天使都生着一双翅膀呢。后来读到"小荷才露尖尖角，早有蜻蜓立上头"的诗句，一幅画面映在脑海，这只蜻蜓兀自活了起来，振翅欲飞。

北方田野上最常见的昆虫是蚂蚱和螳螂，两者都是草绿色，隐藏在草丛中很难被发现。蚂蚱，又叫蝗虫，有名的害

·179·

虫。庄稼人最怕闹"蝗灾",成千上万个蚂蚱像一团绿云,铺天盖地,席卷而来,所过之处,地面上的绿色植物寸毛不剩、片甲不留,有一种末日般的恐怖。农民对付蝗灾的办法一般是水淹、火烧、土埋。小时候最感兴趣的一件事情就是捉蚂蚱,蚂蚱虽小,却很难抓到。它有翅膀能飞,后腿发达,善于跳跃。抓到的蚂蚱除了喂鸡,还可以炸着吃,是一道不错的美味。螳螂却是益虫,与蚂蚱的后腿有劲不同,螳螂的两只前腿像两把刀,且有锯齿,腿的尖端还有钩,所以螳螂又叫刀螂,我们逮它的时候得小心翼翼避开那两把刀,不然手指会被弄破。螳螂的两条前腿举起来像少女作揖,故西方人称之的先知,又叫作祈祷虫,因此,螳螂敢以臂挡车,要不哪来的勇气啊!

蝉、蟋蟀、蝈蝈是昆虫中的三大男歌唱家,因为雄性天然带有发音器,雌性则没有。蝉依附于树,故褐色(在土里为蛹时为土黄色),蟋蟀隐于夜,故黑色,蝈蝈生活在草丛中,故绿色,大自然很神奇,根据每个生物的生命需要赋予它不同的颜色。这三者中,蝉独领风骚,它在树上就像在舞台上表演,占领着制高点,群蝉合鸣,声势浩大,响彻整个夏天。蟋蟀昼伏夜出,善于在深夜浅唱低吟,宛如舒伯特小夜曲,让人在静静的夜晚安享无边的安宁。母亲或奶奶常常在这个"小夜曲"的伴奏下纺花织布,要不蟋蟀怎么又叫"促织"呢?蟋蟀除了歌唱,还好斗,"斗蛐蛐"从民间斗到宫廷,成为农业文明时代最著名的娱乐项目。蝈蝈体壮声宏,雄霸炎夏的田野。人们用秫秸秆编成蝈蝈笼子,逮住之后,关到笼子里挂到树上养起来,成为蝈蝈的专场演出。

蜘蛛、蚯蚓、瓢虫、蚰蜒、蟋蟀、蝎子……乡野之上的昆虫难以计数,据资料显示,全球昆虫有一百多万种,比所有动物种类加起来都要多。我们的先民最早接触的就是草木兽虫,不管是相生相谐,还是相克相制,皆为大自然之子。即使人类讨厌的苍蝇蚊子,我们只能想尽办法防范,不可能将其彻底消灭。更多的昆虫成为我们美好的记忆,酿出了文化之蜜。《诗经》三百零五篇,其中有二十来篇写到昆虫,主要集中在《风》和《雅》。如《小雅·出车》:"喓喓草虫,趯趯阜螽。未见君子,忧心忡忡。"又如《齐风·鸡鸣》:"匪鸡则鸣,苍蝇之声"。"虫飞薨薨,甘与子同梦。"有一则关于美人的譬喻则人人耳熟能详了:"手如柔荑,肤如凝脂。领如蝤蛴,齿如瓠犀。螓首蛾眉,巧笑倩兮,美目盼兮。"(《卫风·硕人》)不只《诗经》,各种昆虫的身影跃动在古代诗文的册页中,成为文化典籍中活的标本。诸如:"今夜偏知春气暖,虫声新透绿窗纱。"(刘方平)"春蚕到死丝方尽,蜡炬成灰泪始干。"(李商隐)"西陆蝉声唱,南冠客思深。"(骆宾王)"银烛秋光冷画屏,轻罗小扇扑流萤。"(杜牧)……这样的诗句可以信手拈来。而俗语和成语中,昆虫也是不可忽视的角色,如"秋后的蚂蚱——蹦跶不了几天""热锅上的蚂蚁——团团转","噤若寒蝉""飞蛾扑火""作茧自缚""蚍蜉撼树"等,也俯拾皆是。甚至有专吃书籍的虫子叫蠹鱼,世人把痴迷读书的人叫作书虫。

　　庄子的"庄周梦蝶"具有深厚的哲学味道，人虫同体，人虫互构，庄周梦蝶，亦为蝶梦庄周，浑然如一，是为"齐物"。农耕时代，人和昆虫一样生活在乡野之上，朝夕相遇，声气共闻，共同奏响大自然的生命之歌。而今，虽然已是后工业文明时代，那些乡野上的昆虫依然亘古不变地蹦跳着，飞跃着，鸣唱着，皴染出一幅幅具有浓郁原生态气息的人间图画。

梅 之 韵

打小生活在冀南平原,常见的树花是杏花、桃花、梨花、枣花等,而梅树和梅花属于南方,故印象模糊。诗人多咏赞梅花凌寒傲雪,便笃定以为其在寒冬腊月盛开。我所在的这个北方城市,要赏梅花,只能去植物园。于是,腊月的一天,我跑到植物园"凌寒"赏梅。结果,只见梅园里那株株梅树在寒风中伫立,枝丫光秃秃的,连个花苞影子也没有。问正在侍弄园子的园丁梅花啥时开,园丁呵呵笑着说,你来早了,咱这儿梅花得正月十五以后才开呢。

一过十五,我给植物园打电话,问梅花开了没。那头说,这几天天冷,气温上不来,还得一星期哩。

梅花暂时没见到,倒是先赏了蜡梅。

小区院里有数株蜡梅,在冬日一片萧瑟里兀然开放。那些日子,新冠疫情在这座城市闹得正凶,闭环式管理,我的脚步只能局限在小区不大的院落里,心情不免有些焦躁和黯然。这时一树蜡梅花开得灿烂,色泽金黄如蜜蜡,花朵状如编钟样的筒形,散发出浓郁的香气,让人精神为之一振。宋以前人们称蜡梅为黄梅花，大抵是视为梅花的一种了。其实，蜡梅和梅花从植物学分，不是一个种类，蜡梅是蜡梅科蜡梅属，梅花是蔷薇科杏属。蜡梅之名还是由苏东坡、黄庭坚所定。苏东坡诗云："天工点酥作梅花，此有蜡梅禅老家。蜜蜂采花作黄蜡，取蜡为花亦其物。"黄庭坚《戏咏蜡梅》诗自注："京洛间有一种花，香气似梅花，亦五出，而不能晶明，类女功撚蜡所成，京洛人因谓蜡梅……"估计古代许多人也傻傻分不清蜡梅和梅花之别，清人李渔就说"蜡梅者，梅之别种"，因蜡梅在腊月开花，又被人称作腊梅。

一周时间到了，我不再电话问询，直奔植物园的梅园。

还是来早了些，有一半的梅树还沉睡着，保持冬眠状态；但另一半梅树中，一半含苞待放，只有花骨朵，一半已是一树芬芳、花团锦簇了——这样正好，这样才好，各种形态的梅全在眼底里了。放眼四望，植物园自然状态下只有梅花一花独放，果如元代诗人杨维桢所言"万花敢向雪中出，一树独先天下春"。李渔也说："花之最先者梅，若以次序定尊卑，则梅当王于花。"（《闲情偶寄》）梅花堪称迎春第一花。

我看到的梅花有红梅、白梅、绿梅，还有绿萼梅，没有任何绿叶的扶持，在光秃秃的枝条上傲然绽放，像是绑上去的一般，空气中弥散着淡淡的香气，人称之"暗香"。王安石赞其"凌寒独自开"，陆游咏其"一任群芳妒"，都是说梅花在百花畏寒而寂寥之时，开得不管不顾，开得无拘无束，开得率性放任。而且，都云好花还得绿叶扶，主角还得配角及群演衬托，但梅花不管这些，性子急，枝丫只是由黑褐色泛绿，等不得叶子生出了，就好像大姑娘上轿，不待别人扶持，自己噔噔噔迈开大脚直接掀开门帘径自坐上去了。"俏也不争春，只把春来报"，梅花是美丽的，它有这个底气。而那些欲开未开的花蕾，在枝头一串串排列，似乎更有韵味，故"梅韵四贵"之一便是"贵含不贵开"，给人以无限的希冀和想象的空间。

目光从梅花下移，便是梅树的枝干。我想起了上中学时有一篇课文是清人龚自珍的《病梅馆记》，其中有句子印象深刻："梅以曲为美，直则无姿；以欹为美，正则无景；以疏为美，密则无态。"尽管是批评此乃梅的病态，但我们仍然当成了梅韵所在。宋代诗人范成大在《梅谱》中谓："梅，以韵胜，以格高，故以横斜疏瘦与老枝怪奇者为贵。"也是奇怪，梅树的确与别的花树不同，树干黑黢黢的，纹路粗糙，一如老人嶙峋的手臂，枝条也干硬如铁，横生斜逸，没个正形，但却给人以奇特的美感，一种沧桑之美，坚贞之美，不羁之美。

梅之韵，在花里，也在树里。

梅之韵，还在艺术家的诗里画里。

据有关专家统计，在《先秦汉魏晋南北朝诗》里出现的植物排序，梅在第十四位，没进入前十。那时梅的主要功用是果实当食品调料，《尚书》云："若作和羹，尔惟盐梅。"这里把梅当醋用了，曹操的"望梅止渴"酸酸的让人流口水，亦是此意。到了《全唐诗》，梅出现的次序位列第九，排在柳、竹、松、荷、桃、苔、桂、兰之后，而在《宋诗钞》中，梅一跃到了第三位,仅次于竹、柳,在《全宋词》则排第二。据称这与宋代"偃武修文"的风气有关,莳花弄草成为时尚,梅便由以果实为主转为以赏花为主,由实用层面升华为艺术层面了。梅花广为风雅文人所优宠喜爱,纷纷吟咏并赋予其人格化的审美属性和精神特质。王安石、苏东坡、陆游等诗人都留下了诸多咏梅的名篇名句,而且,范成大和张功甫还分别撰写了《梅谱》和《梅品》专著。

其中,宋代林逋写的《山园小梅》最为人激赏,其诗云:"众芳摇落独暄妍,占尽风情向小园。疏影横斜水清浅,暗香浮动月黄昏。"允称"千古咏梅绝唱"。何也?盖其用情最专、最深也。林逋是南宋隐士,终身布衣,品行高洁,不慕荣利,安然于湖光山色之间徜徉,一生不娶,喜欢植梅养鹤,自谓"以梅为妻""以鹤为子",世称"梅妻鹤子"。别人咏梅,是观,是赏,是品,而林逋,是爱,是生气灌注的眷恋,是性命依托的厮守。

自宋代始,梅便以独特的魅和韵赢得国人特别的喜爱,"花中四君子"(梅兰竹菊)有之,"岁寒三友"(松竹梅)也有之,甚至有人视之为"国花"。人们欣赏的不仅是它的芬芳绚丽,更有其所蕴含的高洁坚韧的精神品质。二十世纪六十年代,词作家阎肃为歌剧《江姐》写的主题歌《红梅赞》,将梅花纳入了红色精神的范畴,赋予了鲜明的时代色彩,影响了几代人。想想看,我们身边有多少名叫"红梅"的女子?

"不要人夸颜色好,只留清气满乾坤。"(王冕《墨梅》)这是梅最高雅的品格,最深长的韵味。

兰 之 香

　　我家与兰有缘。尽管北方的原野难觅兰的踪影，少时家贫也没有在室内庭院养兰的闲情逸致，兰花却开在我哥哥姐姐的名字里：兰芝、兰彩、兰彬、兰雪，姊妹六个四个有兰，只有老大和老幺的我没有。父亲是教师出身，给孩子以"兰"取名当是有讲究的，惜我从来没有探问过缘由。

　　其实，国人名字带"兰"的很常见，谁个熟人中没有几位呢？兰香、兰玉、秀兰、春兰、淑兰……还有那大名鼎鼎的梅兰芳、刘兰芳、吕玉兰、刘胡兰等。可谓兰花遍开，香满神州，中国人都喜欢兰啊。

　　梅兰竹菊，人称花中四君子。兰的君子之喻源自至圣先师孔子，老先生喜兰，常常以之设譬作喻。孔子曾周游列国，向诸侯宣讲自己的安邦治国之策，可惜处处碰壁，无人喝彩。一次，自卫国返回鲁国，路过一处幽谷，见有一簇兰草独茂而花开，不禁喟然而叹："兰当为王者香，而今却在这里独自盛开，与众草为伍，譬如贤者生不逢时，和那些蠢汉鄙夫混在一处啊。"孔子以兰自况，境遇差可比拟。有一句名言也出自他之口:"君子之道,或出或处,或默或语。二人同心,其利断金,同心之言,其臭如兰。"(《周易》)"臭"即"嗅",指气味,同心同德的君子说出的话就像是闻到了兰花的芬芳。这句话还衍生了一个词叫"金兰",异姓兄弟姐妹结拜称作"义结金兰"。还有一句话为人熟知,"与善人居,如入芝兰之室,久而不闻其香,即与之化矣。"以兰花比喻善人,有人格的芳香,相处久了对人产生潜移默化的熏染与影响。

一株植物被赋予了人格化品质:君子,贤者,善人。这些皆因兰花——香。

花之美,在于其色、香、形、韵种种,所谓"鸟语花香",香乃花之本性。不过花之香有馥郁和清淡之别,比如梅花的香被称作"暗香",似有若无,若隐若现。而兰花以香最著。

在屈原的笔下,兰是最典型的香草。他所创造的香草美人的意象,成为君子的隐喻和符号。《离骚》中的兰,如花在野格外出挑,如"扈江离与辟芷兮,纫秋兰以为佩""余既滋兰之九畹兮,又树蕙之百亩"等。在这里,兰与其他香草皆为高雅、隐逸、清洁的象征,与其"举世皆浊我独清"的自我认知高度暗合。不止于精神层面的譬喻,屈原还将兰花编成串佩挂在身上,编成花冠戴在头上,自己就成了香草美人——哦,原本这"美人"最早指的就是男人。三闾大夫让兰的芳香从里到表、从内到外肆意四溢!

有一年初夏,我去绍兴的兰亭游访。书圣王羲之写过一篇

《兰亭序》，永和九年暮春，他邀请朋友们在此做"修禊"之事。修禊，古代风俗，指临水洗濯，祓除不祥，常以香草涂身。兰亭位于会稽郡山阴县兰渚山上，据说因越王勾践在此山遍植兰草，因而人们将山上的驿亭名之兰亭。王羲之在文中说此地有"崇山峻岭，茂林修竹"，没说兰。我跑到景区外的山上，满眼都是青翠的竹海，也没有留心有无兰草。不过，王羲之爱兰却是确凿无疑的。我们日常赏花，桃花、杏花、梅花，几乎都是在光秃秃的枝头傲然绽放，没有绿叶相扶相持。而兰不同，是花叶一体，密不可分。不只是淡黄绿的花朵色美、味香，那叶子的修长、挺拔、飘逸、流畅，给人以洒脱、俊秀、雅致之感。据说王羲之就是在长期赏兰中逸兴遄飞、灵感迸发，遂有《兰亭序》这"天下第一行书"灿然问世。

《书幽芳亭记》是宋代诗人黄庭坚写兰的名作，堪与周敦颐的《爱莲说》相媲美。"士之才德盖一国，则曰国士；女之色盖一国，则曰国色；兰之香盖一国，则曰国香。……兰甚似乎君子，生于深山薄丛之中，不为无人而不芳；雪霜凌厉而见杀，来岁而不改其性也。"黄庭坚称兰之香为国香，评价之高，可谓无与伦比了。而君子之喻，出自孔子"芝兰生于深林，非以无人而不芳"，渊源有自，一脉相承。

历代诗人墨客多有咏兰者，而又多赞其"香"。如陶渊明"幽兰生前庭，含薰待清风"（《饮酒》），"薰"，香气也；又如苏轼"时闻风露香，蓬艾深不见"（《题杨次公春兰》）；再如徐渭"莫讶春光不属侬，一香已足压千红"（《兰》）……香，是一种令人清爽愉悦的气味,芬、芳、馥、馨等都是指香气。香是君子的味道,"流芳百世"是每一个人的梦想。

一日,我和妻子去花市闲逛。整个大厅绿意葱茏,花团锦簇,暗香浮动,美不胜收。有一家花店专卖兰花,品种繁多,有春兰、建兰、蕙兰、墨兰、蝴蝶兰等。兰花不似牡丹那样明艳,也不似桃花那般绚烂,而是纤小、内敛,多呈浅淡的黄绿色,也有紫褐色、白色等,并不扎眼,但那浓郁的香气在空中氤氲弥散,令人神清气爽。兰叶之美与兰花不遑多让,青翠欲滴,疏密相间,有飞扬之势,又有摇曳之姿,一派清幽的娴雅之态。

离开花店走远了,兰花的清香似乎沾满了衣裳,盈盈可闻。

竹 之 品

一朋友在微信"朋友圈"发了几张图，说市区有一个小公园别有洞天，几乎就是竹园。这令我好奇心顿起，我本喜竹，怎奈竹生南方，北方间或看到，也是细如芦苇，片片簇簇，点缀而已，难成气候。这个竹园会怎样呢？

一天下午，我按图索骥，找到了这个竹园。在闹市区民心河畔的一隅，名叫友谊公园。外面车水马龙，走进去一派清幽，果然是一个竹世界。有一块立石上刻着一联："风声度竹有琴韵，月影写梅无墨痕。"红漆勾勒，十分醒目。沿着曲径深入，倏然一暗，白天转入黄昏，只见竿竿翠竹直插天空，浓密坚挺的竹叶层层叠叠、遮天蔽日。公园不大，却有竹子数种，分成不同区域，都有标牌注明，有巴山木竹、淡竹、花竹、枸杞竹、慧竹等，还有阔叶箬竹，比一般竹叶都宽阔，这个大家熟悉，包粽子用的就是这个。我分不清竹子种类的区别，只是惊奇地看到有一些竹子粗如茶杯，苍翠遒劲，不是常见的羸细的"竹竿"，这在北方是比较少见的。

我不禁想起南方的竹林。那年暮春去绍兴，游览了书圣王羲之当年"流觞曲水"的兰亭。在园林的一角，发现一个豁口可通往山野，便偷偷溜了出来。正是一片竹林，印证了王羲之《兰亭集序》所言："此地有崇山峻岭，茂林修竹。"偌大林子，阒无一人，只闻鸟声啁啾，愈添其幽。这些竹子挺拔高大，莽莽苍苍，气势雄壮，且青翠葱郁，节节分明，也不是密密匝匝，而是疏朗有致，阳光透过缝隙斑斑驳驳斜射下来。湿润的地面铺了一层厚厚的竹叶，已变成土褐色，大大小小的竹笋拔地而出，尖尖的笋顶好像黄庭坚所云的黄牛犊角，又仿佛布在地上的锐器。小时候写作文经常用一句话"新生事物有如雨后春笋"，其实只是人云亦云罢了，此时方得见春笋真容。我在竹林盘桓了许久，摸摸，拍拍，摇摇，流连忘返，舍不得离开，因为回到北方，就难得一见了。

　　因为气候、土壤的缘故，竹子在北方少见种植，但它却与我们的生活息息相关，可以说身边就隐藏着一片看不见的竹林。譬如，筷子，河北深泽一带至今仍古风犹存称"箸子"，它长在我们的饭碗里；譬如，扫帚，用竹枝扎成，长在我们的庭院里。小时候，家家有竹竿，用作支蚊帐、晾衣裳；有时候，在竹竿顶端绑上铁钩，够树上的槐花或红枣，一拧就下来了；炎热的夏天，我还用竹竿在树上逮知了，或用弓针射，或用马尾套，或用白面团粘，竹竿长且直，非它不可。凉席是消夏用品，竹席居多，美称玉簟，光滑清润如美玉。小学练过一阵毛笔，笔杆自然是竹子做的了。到了初中，一度痴迷竹笛，横在唇边，手指翻动，也是有模有样。你看，北方虽然不产竹子，却是无处不在。

实际上，古代北方曾是竹子的家园，那时气候温暖，雨量丰沛，适合竹子生长。黄河流域是中国文化的发祥地，《诗经》所反映的生活也是以此为核心，里面有多处写竹子的诗，如，"如竹苞矣，如松茂矣"（《小雅·斯干》）；如，"瞻彼淇奥，绿竹猗猗"（《卫风·淇奥》）。卫国，即在黄河北岸，今河南新乡一带。春秋战国时期的书写，竹子是最主要的材料，被称作竹简。因为北方产有大量的竹子，就地取材，不可能从南方运来。竹做的笔写在竹片上，留作青史，这是竹子对中华文明无与伦比的贡献。文天祥有名句曰"人生自古谁无死，留取丹心照汗青"，"汗青"是指青竹做简的时候，需要用火烘烤，淌出水珠如同出汗，代指"史册"。"册"是象形字，多像联结起来的竹片。古代称音乐为"丝竹"，即弦乐和管乐，后者有笛、笙、箫、竽等，主要是竹子做的。

从生物学上说，竹子是禾本科植物，中空，有节，如同秸秆，与小麦、稻子、玉米、高粱等这些粮食作物同科。哈，有趣吧，可以说竹子也是粮食作物，只不过它生产的是精神食粮。

竹子是一株上天赐予人类的文化植物。

历代文人对植物各有所好，如陶渊明爱菊（也爱桃）、林和靖爱梅、周敦颐爱莲等，但一提竹，都高高举手，留下的诗句繁星点点。"一丛萱草,几竿修竹,数叶芭蕉。"(宋·石孝友),瞧瞧,多么风雅高致。在庭院植一丛绿竹,青翠挺立,或密或疏,婆娑摇曳,别有一番清雅之气。一辈子生活或写诗作文跟竹不沾点儿边,都不好意思在文人堆里混。苏东坡谓:"可使食无肉,不可居无竹。无肉令人瘦,无竹令人俗。"(《於潜僧绿筠轩》)他留下了"门前万竿竹,堂上四库书。""疏疏帘外竹,浏浏竹间雨。""累尽吾何言,风来竹自啸。"等咏竹的诗句。成语"胸有成竹"也是拜他所赐,是他对表兄兼好友文与可画竹的赞语,原话是"故画竹,必先得成竹于胸中"。清代扬州八怪之一郑板桥可谓一个竹痴,一生爱竹、咏竹、画竹,简直成了竹的代言人。他的几首咏竹诗可谓脍炙人口,影响深远,如:"咬定青山不放松,立根原在破岩中。千磨万击还坚劲,任尔东西南北风。""衙斋卧听萧萧竹,疑是民间疾苦声。些小吾曹州县吏,一枝一叶总关情。"郑板桥为何如此钟情竹子?他说:"盖竹之体,瘦劲孤高,枝枝傲雪,节节干霄,有似乎士君子豪气凌云,不为俗屈。"这是将竹子完全人格化了,竹子的品格与君子的品格融为一体。唐代诗人白居易写有《养竹记》一文,从竹子的"本固""性直""心空""节贞"来类比贤人君子,不吝赞词,喜爱之情溢于言表。白居易和郑板桥对竹子的品赏和寄寓的深意,正是历代文人喜竹爱竹的深层原因。后人将梅兰竹菊称作"四君子",又将梅竹松称为"岁寒三友",竹文化的形成实在是其来有自，源远流长。

　　王维诗云："独坐幽篁里，弹琴复长啸。深林人不知，明月来相照。"（《竹里馆》）我非常喜欢"幽篁"二字，幽篁，即幽深的竹林。竹，本雅，篁，更雅。文人的清雅、淡泊、率直、宁静、孤标粲粲、磊磊情怀，此时只有竹子能够相配，当然还有，明月。

菊 之 蕴

在北方,"花中四君子"之梅兰竹菊,最容易见到的是菊花。当然,我说的是野菊花。田畴、路边、河畔、坡坡坎坎,只要有草的地方就有野菊的倩影。野菊多为黄色,也有的花心是黄色,花瓣为白色,一丛丛、一簇簇,兀自在草丛中随风摇曳,格外亮眼,没有哪一种野草能开出如此绚丽的花朵。其实,野菊和菊花几乎别无二致,同是菊科菊属,只不过野菊花小,是野生,菊花大,多是人工培植。清代生活艺术家李渔颇知其中玄机,"菊花之美,则全仗人力,微假天工。……否则同于婆娑野菊,仅堪点缀疏篱而已"。确如是,我们观赏到的菊花,其花色、品种、姿容美于野菊不知凡几。

"四君子"恰代表了四季,冬梅,春兰,夏竹,秋菊。每一个季节都不能让君子缺席嘛。君子之雅,各怀其德。梅之韵,兰之幽,竹之直,菊之逸,合之四美。梅傲雪,菊斗霜,皆有凌寒之志,不过,梅是迎春花,孕育着希望,菊却是"百草摧时始起花"(苏轼),总是多了些萧瑟寥落的凉意,所以,爱菊的黄巢,誓愿"他年我若为青帝,报与桃花一处开",意思是有朝一日,我若当了司春之神,一定让菊花和桃花一起在春天盛开。然而,菊花的意义就在于它是秋花,"季秋之月,菊有黄华"(《礼记》),秋菊是一个鲜明的月令符号,在百花凋零之时,傲然独放。

喜欢吟咏"香草美人"的三闾大夫屈原,自然不肯遗漏菊花。"朝饮木兰之坠露兮,夕餐秋菊之落英",饮木兰露,食秋菊花,风雅之至,令人想起庄子笔下吸风饮露的姑射仙子。三国时期的钟会对菊花情有独钟,尝作《菊花赋》,称菊有五美:"圆花高悬,准天极也;纯黄不杂,后土色也;早植晚登,君子德也;冒霜吐颖,象劲直也;流中轻体,神仙食也。"这里用了"天极""后土""君子""神仙"这样高端的词汇来形容,从花形、花色、花时、花品、花用五方面使劲儿夸,可见菊花之美在钟会心中已达极致。大家注意,菊花"君子"之谓,大抵滥觞于此。

依王阳明的心学理论,开在旷野之上的植物花朵,倘若无人留意欣赏也可以说是不存在的,因为有了人的生气贯注、深情注视,花之美才为美,才有了溢出植物之外的意蕴。所以,植物之美只有和人紧密绾结在一起,才赋有了文化的气象。菊文化的标志性人物无疑就是陶渊明,正如辛弃疾所谓"自有渊明始有菊,若无和靖即无梅",尽管实际上陶渊明更钟情的是桃花,世外桃源比采菊东篱更能代表他的人生理想。

有研究者稽考出陶集中共有六处吟咏菊花,其中最有名的是:"芳菊开林耀,青松冠岩列。怀此贞秀姿,卓为霜下杰。"

(《和郭主簿·其二》）"采菊东篱下，悠然见南山。"（《饮酒·其五》）"秋菊有佳色，裛露掇其英。泛此忘忧物，远我遗世情。"（《饮酒·其七》）其主旨表现很明显，一高洁，二隐逸。由此赋予菊花人格化的灵魂，对后世影响深远，以至诸多诗人都以"篱菊""陶菊"代称菊花。宋人周敦颐《爱莲说》说的是莲花，却多处说菊，"晋陶渊明独爱菊"，"予谓菊，花之隐逸者也"，算是陶渊明的知音吧。陶渊明在国事蜩螗、战乱频仍的浊世，不为五斗米折腰，归隐田园，荷锄种地，篱边植菊，生活虽然困窘，却保持了内心的独立和清净。秋天爽朗的天空下，篱边那盛开的金黄的菊花，映照出他那悠然自适的性灵。种菊，采菊，赏菊，食菊，饮菊花酒，成为陶渊明日常的一部分，"秋菊盈园"，"三径就荒，松菊犹存"，陶渊明简直就是活在菊花丛中。

周敦颐云"菊之爱，陶后鲜有闻"，与辛弃疾的"自有渊明始有菊"一唱一和，大有言其前无古人后无来者之意，尽管不免失之绝对，却也道出了陶渊明与菊花的至密关系。后世咏菊诗多有，且不乏精彩名句，如"不是花中偏爱菊，此花开尽更无花"（元稹），"待到重阳日，还来就菊花"（孟浩然），"耐寒唯有东篱菊，金粟初开晓更清"（白居易），等等。但精神源头其实都在陶渊明这里，其表达的心灵诉求如出一辙。菊花成了陶渊明胸前的一枚徽标。

曹雪芹也是一名爱菊者，《红楼梦》第三十八回写大观园海棠诗社的才子佳人咏菊，一口气写了《忆菊》《访菊》等十二首，并借黛玉之口吟出"一从陶令平章后，千古高风说到今"，"孤标傲世偕谁隐，一样花开为底迟"，向先贤陶渊明致敬。

但也有剑走偏锋、出人意表者，比如唐末的黄巢，他笔下的菊花毫无隐逸之气，而是豪气冲天，咄咄逼人。"待到秋来九月八，我花开后百花杀。冲天香阵透长安，满城尽带黄金甲。"（《不第后赋菊》）黄巢虽然科举落榜，但并非粗通文墨的一介武夫，这首咏菊诗不落窠臼，别出心裁，拓展了菊花的文化蕴涵，故能脍炙人口，广为传诵。毛泽东《采桑子·重阳》一词写道："岁岁重阳，今又重阳，战地黄花分外香。"黄花即菊花，这个意象更是意境高远，气势恢宏，充满了革命的乐观主义精神，自有高格。

秋色愈浓，花开正妍。我家河对岸是一处公园，平台上摆放着十数盆菊花阵，"暗暗淡淡紫，融融冶冶黄"（李商隐），争奇斗艳，撒着欢儿迎风怒放，有散淡的逸致，又有烂漫的恣肆。

◎ 第三辑

志

玉兰花香

正值初冬,一阵阵寒风逼得绿色淡去,树上斑驳的叶子已大半凋落。这里触目可见玉兰树的倩影,虽然只剩下枝枝丫丫,也不是花开的季节,空气中却似乎隐约飘着玉兰花的香气。

在吕玉兰巨大的半身雕像前站定,心中暖流涌动。对二十世纪六十年代出生的人来说,劳模吕玉兰这个响当当的名字真可谓如雷贯耳。而且,临西县和我的老家平乡县同属邢台辖区,地缘相近,乡俗相类,颇有亲近感。这天,带着对传奇的追寻、对模范的崇仰,我专程拜访了吕玉兰的故里——临西县东留善固村。抚今追昔,仿佛一组组蒙太奇镜头,将壮美瑰奇的画面转换连接。

几十年过去,岁月流逝人留情,人民没有忘记吕玉兰,人民共和国没有忘记吕玉兰,新中国成立七十周年之际,吕玉兰被授予"最美奋斗者"称号。

记得小时候,我对东留善固这个村名很是好奇,因为一般村名都是两个字或三个字,而东留善固是少见的四个字,但也因此牢牢地记住了。原来，除了东留善固，还有一个西留善固。东，是方位；固，原本有个提土旁，是河堤、高地之意，这一带有许多村庄都含有"固"字；留善，传说古代这里有座寺院，有两个和尚在村庄遭受暴风雨袭击时出手相救，做下善事，和尚圆寂后，人们将村名改为"留善"以示纪念。可见，这个村子有善缘，是出好人的地方。

吕玉兰出生的时候，东留善固是一个"滴水贵如油，风起飞流沙，种一葫芦收一瓢"的穷沙窝。临西原属山东省临清，1964年被辟成新县，划归河北省，因在卫运河以西，故名。东留善固地处省、市、县三界边缘，在旧中国属于"三不管"地带。这里曾是黄河故道，黄沙遍地，村北几里地有一条清凉江，又叫老沙河。所以，吕玉兰这个当年全国最年轻的农业合作社社长，上任之后就带领大家平整土地、打井抗旱、防风治沙、植树造林，为改变家乡落后贫穷的面貌开启了一段艰苦卓绝的奋斗史。

在村东北有一片约一百亩的树林，原名"三八林"，后改为"吕玉兰纪念林"，路边竖着石碑。树木多为榆树、槐树，有碗口粗细，林密树高，直插蓝天。尽管初冬时节，叶子稀稀拉拉掉了大半，只残存着些许绿意，但仍然仿佛一堵坚实的屏障，抵御着寒风的侵袭。

这片树林几毁几种，是吕玉兰眼泪和血汗、困苦与拼搏的真实写照。当初村里没钱买树苗，吕玉兰就带领大姑娘、小媳妇们上树捋榆钱，自采树种。跐凳子，攀墙头，爬梯子，干得风风火火，不仅冒着受伤的危险，还遭受一些封建老脑筋夹枪带棒的风凉话。但吕玉兰不管这些，硬是采了榆钱一大囤，后来培育树苗，还真成了！吕玉兰征询了老农的意见，一改春季植树的习惯，利用冬闲开展造林。天寒地冻，冷风刺骨，干活儿的时候，身上出汗，头冒热气，一歇下来，北风一吹，衣服又硬又凉。一连十来天，吕玉兰母亲见她睡觉不脱鞋，就有些纳闷。原来，吕玉兰的脚上生了冻疮，流了黄水，袜子和鞋粘到一块儿，一脱鞋就会撕裂般疼，干脆不脱。几年奋战，一共栽了十一万棵树。这片林曾被人为破坏，又遭洪水冲淹，命运多舛，却成为玉兰精神的象征，打不垮，毁不掉，坚韧顽强，不屈不挠，硬是耸立起一道绿色的丰碑。由此，植树绿化成了东留善固的一门必修课。如今一到夏天，村庄被绿荫掩映，郁郁葱葱。

这片树林的一侧是果园，果树之间的空地套种着棉花。只见果树的叶子已经落尽，棉花柴梗还密密匝匝地挺立在地里，白花花的棉花早已摘掉了。这种套播的方式，可谓充分利用地块，果子棉花两不误。

原东留善固党委书记、全国劳模吕廷祥回忆说，以前村里是从来不种果树的，他八九岁那一年，一次跑到吕玉兰家里玩，大他一轮的玉兰姐给他切了一块苹果，这是他第一次吃苹果，也是第一次见苹果，那种又香又甜的感觉真好。后来他才知道，这是吕玉兰外出开会时带回来的苹果，让乡亲们品尝，就是为了在村里栽种苹果，成为农民致富的重要一途。吕廷祥感慨地说，老书记为了东留善固的发展真是用尽了心思啊。

我这次在东留善固没有吃到苹果，却品尝了他们将本地品种和库尔勒品种嫁接的梨，个大皮黄，被称为金梨，又脆又甜，咬一口汁液满嘴。吕玉兰这种多种经营的创业思路被后任者创造性地继承下来，如今村办企业有酒厂、纺织厂、污水处理厂、养猪场等二十多个，实现了农村工业化、农业产业化、农民城镇化，人均收入不断攀升。

一个胡同里，我们找到了"吕玉兰故居"。说是"故居"，其实也才四十来年历史，整个村庄是吕玉兰规划建设社会主义新农村的产物。从1976年实施到1980年基本完成。利用冬闲，村里组织村民拆旧房，盖新房，统一标准，自盖公助，队里出檩条，拆盖记工分，年终再统一核算。站在宽敞整洁的街道上看去，白墙红瓦房，整齐划一，一溜排开，两侧种着行道树和冬青，放在那个时候绝对令人羡慕，即使今天也不算差。主街道有十八米宽，当时有人说，建这么宽有啥用，多浪费地啊，如今不能不佩服吕玉兰的远见，她总是能走在别人前面。

故居不旧，新居更新。村南如今建起了"玉兰小区"，除了灰色的高层单元楼，那一排排连体别墅更是分外惹人注目，二层小楼，依然是白墙红瓦顶，跟村里的房子异曲同工，但更高级、更舒适、更先进，呈现出生态式、园林式新式建筑的时代特点。

在玉兰小学，也伫立着一尊吕玉兰雕像，有真人大小。吕玉兰头扎白手巾，双手挂锹站立，微笑着目视前方。非常巧的是，校长乔培服是我在高校任教时的学生，憨厚诚恳，因教书育人有方，九年前被村里从县城"挖"了过来。

吕玉兰在东留善固的户籍一直保留了四十年，即便她到省里工作，依然是不拿工资，只在村里记工分。她把根深深扎在故乡的热土上，长成一棵枝繁叶茂的大树。有一个感人的细节让人动容：有一回她一连数天忙得顾不上洗脸梳头，头发里藏了一颗麦粒，在汗水浸泡下居然生了芽！她有句话说得特别好，"农业要上去，干部要下去"。而且干部下去，"不能做浮在水面的葫芦，要做沉到水底的秤砣"。她有个习惯，常年扎着白毛巾，保持着朴实的农民本色。她对此解释说："这是北方农民参加劳动时候的习惯打扮。北方风沙大，头裹毛巾，可以防风沙，冬天还可以御寒，夏天热了还可以擦汗。俺从小喜欢扎白毛巾。"这个十五岁高小毕业毅然回乡务农的姑娘，早在心中描画了一个奋斗的目标和理想，她曾在一篇文章中写道："什么是新农村？俺想象的是，村里是一排排的红砖房子，有的人家盖上了两层三层的小楼，楼上楼下，电灯电话；村北的那片沙滩地里，是一片碧绿的果树，秋天村庄的孩子和妇女都去采摘那红红的果子；东留善固两千多亩坑坑洼洼的土地变得一马平川，轰轰的拖拉机在田野里奔驰；一望无际的麦海，翻滚着波浪；白花花的棉花，像云朵一样；红澄澄的高粱，像支支火把；丰收的玉米，露着喜庆的大牙；乡亲们在一望无际的田野，愉快地劳动着，妇女们欢快地唱着她们喜欢的歌；春节了家家都能吃上香喷喷的饺子，小朋友们都能穿上新衣裳，老人们由于生活好了每天都笑得合不拢嘴。"这段优美的文字，就是吕玉兰的梦，是她的初心和使命。

如今，放眼东留善固，而且不仅仅是东留善固，吕玉兰的梦想和愿望都实现了，甚至超额实现了。吕玉兰纪念馆前的雕像，脸上所流露出的微笑似乎都显得那样满足、那样酣畅、那样甜美。

玉兰，花如玉，香似兰。吕玉兰生于春天，正是玉兰花开之时。我想，待到春风再度吹拂时，这里的玉兰花一定会绽放得更加烂漫，更香更浓。

英雄没有末路

一

邙山之战，兰陵王高长恭一战封神。那年他二十三岁。

关于这次战役，史书有一段简略记载："邙山之战，长恭为中军，率五百骑再入周军，遂至金墉之下，被围甚急，城上人弗识，长恭免胄示之面，乃下弩手救之，于是大捷。武士共歌谣之，为《兰陵王入阵曲》是也。"（《北齐书》）

公元564年冬，北周十万大军将北齐重镇洛阳团团围住，洛阳万分危急，势若累卵，一旦城破，北周大军必将挥师东进直逼北齐国都邺城（今临漳）。皇帝高湛急派兰陵王高长恭为中军、大臣段韶为左军、大将军斛律光为右军驰援洛阳。何谓"中军"？主力大部队是也，左右皆为两翼，率领中军的则为主将。段韶、斛律光皆为朝廷股肱之臣，久经沙场，皇帝却让高长恭一个毛头小伙儿担纲中军主将，何也？实在是这位小王爷太能打了，少年英雄，武艺绝伦，先前力敌突厥入侵已然战功赫赫，名动朝野，上下一片赞叹。顺便交代一句，兰陵王高长恭，是皇帝高湛的亲侄子。

援军火速抵达邙山脚下，只见战事正酣，周军攻城不绝，洛阳分分钟可破。形势紧急，顾不了那么多了，高长恭亲选五百精锐骑兵，组成敢死队，齐声呐喊，玩命杀入周军阵中，左劈右砍，蹚开了一条血路，直杀到洛阳护城金墉城下。高长恭高喊：快开城门，援军到了！城上守军没有认出是谁，疑有诈，大喊：来者何人？高长恭摘掉头盔，露出脸来，守军一看是兰陵王，大喜，急令弓弩手向围困王爷身边的周军射箭。守军士气大振，打开城门，一拥而出，与援军里外夹击，包了周军的饺子。周军抵挡不住，大败，从邙山到谷水三十里的川泽之地，到处是周军遗弃的营帐辎重，丢盔卸甲，战死的，掉到河里淹死的，坠落山谷摔死的，不计其数。

邙山之战，北齐大捷。兰陵王孤军杀入敌阵，一骑当先，浑身是胆，左冲右突，如入无人之境，真乃天神下凡也！战士们衷心拥戴，编了一曲歌谣传唱，名为《兰陵王入阵曲》。高长恭这一本事，与三国赵子龙可堪媲美。

在此，必须要说的是，高长恭还是一超级大帅哥，有书为证：《北齐书》《北史》言其"貌柔心壮，音容兼美"，《兰陵忠武王碑》言其"风调开爽，器彩韶澈"，《旧唐书》言其"才武而面美"，《隋唐嘉话》言其"白类美妇人"。人们将兰陵王与宋玉、潘安、卫玠（一说嵇康）称作古代四大美男。

《旧唐书·音乐志》从文艺角度对邙山之战又作如此记载："歌舞戏，有《大面》等戏。《大面》出于北齐。北齐兰陵王长恭，才武而面美，常著假面以对敌。尝击周师金墉城下，勇冠三军，齐人壮之，为此舞以效其指麾击刺之容，谓之《兰陵王入阵曲》。"这里是说，高长恭虽然武艺超群，但面貌柔美像个女人，两军对阵不足以震慑敌人，所以常常戴着假面出现，令对方闻风丧胆。《北齐书》《北史》都说的是兰陵王到了金墉城下"免胄示之面"，即脱下头盔，到了《旧唐书》却成了假面具。我们知道，中国戏曲于唐勃兴，唐玄宗被奉为梨园祖师爷，邙山之战太有戏剧性了，加上兰陵王人少貌美，武功高强，本身还有《兰陵王入阵曲》的文艺歌舞因素，想象空间巨大，把美男子手中的头盔变成假面，不是既符合人物特征又更富有传奇色彩吗？因此，唐代诗人温庭筠女婿、音乐理论家段安节谓："戏有代面，始自北齐。……有胆勇，善斗战，以其颜貌无威，每入阵即着面具，后乃百战百胜。"——兰陵王的面具成为戏曲脸谱的起源。

瞧瞧，盖世英雄，四大美男，脸谱起源，凭此三点高长恭想让历史遗忘都难以办到。

邙山大捷，皇帝论功行赏，加封高长恭为尚书令。然而，庆功酒的温热气息尚未散尽，转过年春天，皇帝换人了！二十八岁的高湛将皇位禅让于九岁的儿子高纬，当起了太上皇。这个高纬，就是最后鸩杀兰陵王、断送北齐的昏君后主。

某年某日，高纬和堂兄高长恭谈起了邙山之战，"后主谓长恭曰：'入阵太深，失利悔无所及。'对曰：'家事亲切，不觉遂然。'帝嫌其称家事，遂忌之。"你看，小皇帝对堂哥挺关切的嘛,你孤军深入,太危险了,如果失利了该咋办,后悔都来不及了啊。高长恭有点儿小感动,想都没想脱口而出,这不是咱家的事嘛,当时没想那么多,自然而然就冲上去了。唉,美丽的兰陵王啊,你打仗可以一门心思猛冲,你不知道伴君如伴虎的道理吗?怎么可以和皇帝说话口无遮拦呢?一个"家事"种下了祸根,自古兄弟阋于墙,争夺皇位的大都是"家事"。惹皇帝猜忌,高长恭自知失口,但真的"悔无所及"了。

悲剧由此开始。

二

高长恭的悲剧由来,当然不只是说错了一句话这么简单,偶然里包含着必然,红墙宫闱里的水实在太深,深不可测,太涸,涸如茅厕。

高长恭(541—573),名高肃,又名高孝瓘,祖籍河北景县。

高氏家族可以说是鲜卑化的汉人。高长恭祖父高欢是鲜卑人建立的北魏王朝的权臣,北魏后期分裂成东魏、西魏,高欢成为操控东魏朝政的宰相,是北齐的实际奠基人,有点儿类似曹操之于曹魏的意思。

高长恭是高欢长子高澄的四子,在他的弟兄们中,唯有他的母亲无名无姓(不得母氏姓),没有任何记载,从高长恭的美貌可知其母是一位绝代佳人是毫无疑问的了。但这种蹊跷的史无所载，证明其母身份卑微，可能连个妓女都不如。可以想见，高长恭的童年不可能在母亲的怀抱中长大，没妈的孩子像根草，虽然生在皇家锦衣玉食，但没有爱的阳光雨露，终归是落落寡合的孤寂凄凉。

高长恭八岁这一年，发生了一件对他来说是天崩地裂的大事，二十八岁的父亲高澄被家中厨子杀死，从此可以依靠的大树也轰然倒掉。本来，祖父高欢死后，作为长子的高澄承继职位，成为东魏的宰相，权倾朝野，正欲雄心勃勃做第二个曹丕，谋取帝位，不料却没有曹丕的皇帝命，阴沟翻船，竟然轻易死在一个小人物手里。这样，建立北齐政权的人就变成了其二弟高洋。要命的是，据说高澄曾兽性大发，强奸过高洋的妻子李祖娥，这件事令高洋对高澄的孩子充满了仇恨和嫌恶。

不知母亲是谁，父亲又早早死去，这一切不幸都降临到了高长恭身上。小命能活下来已属万幸，还奢望有一个幸福烂漫的童年吗？

一个人的成长，童年的经历至关重要，甚至对人的性格和命运形成决定性的影响。高长恭的世界，是一个飘舞着血雨腥风的世界，每一分钟都可能厄运降临。朝不保夕的感觉，令其内心充满恐惧，毫无安全感，这无疑铸成了他既强悍又怯懦、既英勇又犹疑、既阳光又阴郁的痛苦矛盾的性格特征和人生悲剧。

北齐是一个短命王朝，国祚二十八年，却有六任皇帝，而且没有一个活过三十四岁。手足相残，血肉横飞，秽行宫廷，

· 213 ·

腥臭盈室，史称"禽兽王朝"。

高洋二十四岁即从东魏手中夺得大宝，成了北齐的开国皇帝，干了他的父兄没有干成的勋业，没有大本事是不行的。他早期的业绩称之"一代英主"当不为过。然而，好端端的一个年轻有为的皇帝，突然就变坏了，行为乖张，残暴荒淫，杀人如麻，简直就是一个疯子。曾经赤身裸体不管是严冬还是酷暑，当街招摇过市，上演一出现实版的"皇帝的新衣"。由于饮酒纵欲无度，三十三岁就"崩"了。史书给了个"差评"："纵酒肆欲，事极猖狂，昏邪残暴，近世未有。"

高洋传位于太子高殷。本来高殷从小很敏慧，有一天高洋为了锻炼他的胆子，令其亲自手刃一个囚犯。高殷面有难色，在父亲的威逼下，砍了三刀都没将囚犯的脑袋砍下来。高洋大怒，一顿马鞭抽过去，却造成了严重的后果，高殷受此惊吓，从此说话口吃，脑筋也时昏时醒。高洋很明白，儿子这个样子，当了皇帝也难以长久，因此死前对六弟高演留下遗言："夺但夺，慎勿杀也。"你可以夺去帝位，但请不要杀他。高殷即位不到一年，六叔高演就迫不及待将其废掉，自己登上了皇帝宝座。他本来答应不杀侄子，但心里不踏实啊，老是担心高殷卷土重来。于是，某日悄悄来到高殷府中，拿毒酒令高殷喝下，高殷不从，坚决不喝，高演就凶狠地将其掐死了。时年高殷只有十七岁。俗言"不做亏心事，不怕鬼敲门"，高演背信弃义杀了侄子，心里总是嘀嘀咕咕，很快就病了。有一天外出打猎，被一只野兔惊了马，高演从马上跌落，摔断了肋骨。

他的母亲娄太后闻讯前去看视，心里还惦记着孙子高殷，数次问高演，高殷在哪儿。高演默然，低头不答。太后明白了，大怒，你把他杀了？我的话你就是不听，你真是该死！不久，高演也"崩"了，享年二十六岁。

高演死前没有传位于太子高百年，而是直接传给了九弟高湛，就是怕重蹈覆辙，悲剧重演。谁知，饶是如此，高湛登基后依然杀掉了侄子，以绝后患。高演给儿子起名"百年"，也难逃夭亡的命运。这种残杀侄子的游戏仿佛一个魔咒，在高家皇室不绝上演，这也成了高湛的一块心病。他想来想去，为保全儿子，借口天象，宣布逊位，让九岁的太子高纬提前登基。做了四年太上皇之后，荒淫无度的高湛也"崩"了，享年三十二岁。

高纬成了葬送北齐江山的"后主"，诛杀兰陵王高长恭的刽子手。

高纬是南北朝时期有名的昏君，其荒谬程度较之高洋后期更甚。高家的人可能是胡汉混血吧，除了高洋颜值砢碜点儿之外，其余男人都长着一副好皮囊。高纬也不例外，可是除此皆乏善可陈。言语涩讷，性情懦弱，大臣朝堂奏事时不许直视他，只能低着头，略陈其事，赶紧走人。可有时却极为疯狂，亲自弹着琵琶高唱《无忧之曲》，数百人和之，被人称作"无忧天子"。至于骄纵奢华，大兴土木，荒唐胡闹，滥杀无辜，那是不输于任何一个帝王。他最有名的是给历史留下了一个成语："玉体横陈。"他有一个宠妃冯小怜，本是皇后的一个贴身女婢，皇后为了争宠，将冯小怜献给了高纬。没想到这冯小怜天生尤物，将高纬狐媚得五迷三道，如胶似漆，形影不离，连临朝也要腻在怀里，抱在膝上。这犹嫌不够，还让小怜脱光光，横卧朝堂，令大臣们观赏，当然不是免费的，要千金看一回，不看不行。唐代诗人李商隐有诗云："一笑相倾国便亡，何劳荆棘始堪伤。小怜玉体横陈夜，已报周师入晋阳。"(《北齐二首》)实际上不是晋阳（今太原）而是平阳（今临汾）。

高长恭生活在这样的时代，这样的家族，又摊上了一个无道昏君、奇葩皇帝，注定了他必然走向一条不归路。

三

高长恭貌美，心善，作战勇敢，几乎就是一个完美的战神形象，在乌烟瘴气、污浊不堪的北齐，不啻一股清流让人赏心悦目。因他不是帝王，史书给他的篇幅并不长，却充篇不吝赞词。

高长恭身为王爷、大将军，对属下平等相待，没有一丝残暴凶恶的影子。一些细节为史册增添了几许温暖和明亮。譬如，每次有了好东西，如新鲜的瓜果之类，他都拿给士兵共享。有一次，高长恭入朝，随从人员居然途中开溜，散朝的时候，高长恭独自一人回府，无人跟从，他也没生气发怒，谁都没有责罚。他也不搞骄矜奢华那一套，因战功赫赫，皇帝奖他二十个美女，结果他只接受了一个，没准不是怕驳了皇帝的面子可能一个都不要。临死之前,他把千金的债券一把火烧了,别人欠他的钱全部免除。

还有一件事体现了他宽宏大量,体恤人心。当初他任瀛洲牧的时候,被参军阳士深举报贪赃受贿,导致高长恭被免职。这个举报并没有冤枉高长恭,史载其"历司州牧、青瀛二州,颇受财货"。后高长恭率军进攻定阳时,阳士深恰好被朝廷分到军中做事。真是冤家路窄啊,阳士深心想上回告密弄得人家丢了官,这次必大祸临头,在劫难逃,被高长恭狠狠报复一把那是一定的了,因此,惴惴不安,心里小鼓天天敲个不休。高长恭闻听此事,说,我哪有报复的意思啊?但事情在那儿摆着,阳士深头上仿佛悬了一把达摩克里斯之剑,说不定何时就落下来。为了安其心,高长恭随便找了他一个小过错,打了他二十板子,这事就算过去了,阳士深的心也终于踏实了。在那样一个命若草芥、嗜杀成性的年代,一个将军杀一个属下简直就是指顾之间的事,何况这个属下还有旧怨,即使不杀,加以折磨虐待有的是办法。像高长恭这样不仅没有报复,还替对方思量,其人性之善之美真如荆山之玉、隋侯之珠稀缺罕有。

此时我们不禁要问,这么好的人怎么会贪赃受贿?他的下属亲信尉相愿也为此疑惑,问高长恭:"王既受朝寄,何得如此贪残?"但尉相愿不愧是兰陵王的心腹,他找到了答案:自秽!

请看《北齐书》一段描写:

相愿曰:"岂不由芒(邙)山大捷,恐以威武见忌,欲自秽乎?"长恭曰:"然。"相愿曰:"朝廷若忌王,于此犯便当行罚,求福反以速祸。"长恭泣下,前膝请以安身术。相愿曰:"王前既有勋,今复告捷,威声太重,宜属疾在家,勿预事。"长恭然其言,未能退。及江淮寇扰,恐复为将,叹曰:"我去年面肿,今何不发!"自是有疾不疗。

自秽,即自污,往自己身上扣屎盆子。自打高纬和高长恭那一次关于邙山大捷的对话,高长恭说"家事"犯了大忌,他就处于惶恐不安的状态。为求自保,他想到的办法是"自秽",装出一副贪婪爱财、胸无大志的样子,让自己清白的名声有了污点,威望打了折扣,皇上该放心一点儿了吧。应该说,他的这种办法还是起到了一定效果,有人(阳士深)举报了,职务被解除了。但这种办法也有相当大的危险,如尉相愿所说,如果朝廷找碴儿,正愁没借口呢,你这样做反而授人以柄,递过了刀把子,避祸不成反招祸。在战场上无所畏惧、所向披靡的兰陵王,闻听此言,心乱如麻,六神无主,不禁哭了起来,扑通一声给尉相愿跪下,请他想想办法。一个王爷给下属下跪求救,情何以堪!尉相愿给高长恭出的主意是:装病!哈,"称病不出"这一桥段历史上都被人玩滥了,所以,高长恭虽然听从了尉相愿的这个建议,但未能成功。等到江淮一带发生边患时,高长恭又担心朝廷派他为将,摸着自己的脸长叹一声,我去年这个时候脸肿了,如今咋不复发了呀?从此,有病也不治。由装病盼着真病。

封建时代,君叫臣死,臣不得不死。除非铤而走险,逆天改命,杀个鱼死网破。高长恭不管想尽什么办法,自秽也好,装病也罢,他最恐惧的那一天终于无可避免地到来了。

573年初夏,后主高纬派人送来了毒酒。高长恭愤然又凄然地对王妃说,我忠心事主,苍天可鉴,却要遭到鸩杀!王妃流着泪劝说,还是求见皇上一面吧。高长恭一声叹息,皇上哪能说见就能见啊,罢了!遂慨然饮下毒酒。这一年,兰陵王高长恭三十二岁。

《北史》曰:"若使兰陵获全,未可量也。而终见诛翦,以至土崩,可为太息者矣。"高纬在鸩杀高长恭之前,已设计将另一员虎将斛律光杀害,自毁长城,愚不可及,就像明末崇祯皇帝诛杀袁崇焕一样,唯恐帝国垮得不快。没几年,北齐连同后主高纬及幼主高恒就灰飞烟灭,化作尘埃。

四

美人迟暮,英雄末路,此为人生两大无可奈何的悲剧。红颜易老,匆匆把韶光抛,这是自然规律,再粉嫩吹弹可破的肌肤最终也要如草萎叶枯,忧伤自怜也无济于事。英雄末路却是人造的悲剧,被政治和命运双重绞杀。明知前面是个坑,也要闭着眼睛跳进去,明知头顶悬着绳索,也得将头颅伸进去。如果是一个普通人或一介懦夫也罢了,偏偏是气吞山河、横扫三军的盖世英雄,那种把牙槽咬烂、把眼眶瞪裂,犹如笼中困兽一般的无力、无助、无奈、绝望、悲怆,真叫人扼腕叹息。大英雄项羽遭垓下之困,绝望之时仰天长啸:"力拔山兮气盖世,时不利兮骓不逝。骓不逝兮可奈何!虞姬虞姬奈若何!"真是上天无路,入地无门,徒叹奈何。如果说项羽是战败而死,也怨不得别人,而岳飞、袁崇焕等正处于人生事业巅峰之时,被封建皇权的私利或阴谋残忍地杀害,纵使"莫须有",纵使千古奇冤,又有什么办法呢?

在古代四大美男中,宋玉、潘安、卫玠都是文弱书生,只有高长恭是赳赳武夫。在人们的印象里,漂亮男人总是一副阴柔气的,今即称为"娘炮"。卫玠以美闻名,但凡出门,每每观者如堵,柔弱小身子骨承受不了这番劳累折腾,竟一命呜呼,故留下"看杀卫玠"的典故。高长恭却是"貌柔心壮",是一真正的男子汉。然而考其一生的行状,其实他的"壮"是在军事上、战场上,而在政治上、生活上他还是"柔"的。战场厮杀勇猛向前,无人可敌,政治处世却是退缩隐忍,得过且过。他没有像有些将领居功自傲,更没有生出丝毫的不臣之心、篡逆之志,他本也可以像他的几个叔叔一样,依靠实力和势力废帝自立,甚至杀掉小他十五岁并已产生猜忌的小皇帝堂弟,但他恐怕连这个念头都从来没有萌生过。他所能做的,就是处心积虑地"自秽""装病",以自我保全。当他感叹说"去年面肿,今何不发"时,多么像我们小时候逃学盼着生病一样的心理啊，真实到令人心酸。对未来的人生，高长恭把决定的权力交给了皇帝，交给了时局，交给了命运，恰恰没有交给自己的手里。哈姆雷特面对命运的抉择，尚有"生存还是毁灭"堪称人类之问的彷徨和犹豫，而高长恭只有消极、忍让，人为刀俎，我为鱼肉，被动地等待那只达摩克里斯之剑的落下。

美被丑扼杀了，善被恶摧毁了，英雄的末路奏响了一曲历史的挽歌。

然而，英雄毕竟是英雄，正如托尔斯泰所言，雄鹰有时飞得比鸡低，但它依然是雄鹰。他们在历史的册页间永远耸立着伟岸的身躯，而当初成功剪灭他们的"胜利者"却被永远钉在历史的耻辱柱上，跪拜匍匐在他们的脚下，接受世世代代人们的唾弃和嘲笑。看似英雄无路可走，其实有一条路直接通往人们的心里。兰陵王高长恭，这个貌美如妇人的英雄，千余年后依然活在舞台上、荧屏上，活在各种传说里，甚至活在异国他乡。

真正的英雄，永远没有末路。

2020年夏天，我专程赴磁县拜谒了兰陵王墓。坟丘不是很大，用砖围护起来，上面长满了绿树、灌木和青草，密密匝匝，已看不见封土。看墓的老汉说，以前的坟丘比现在大了好多倍，他小时候经常在上面爬上爬下，打秃噜玩。墓前有一尊兰陵王汉白玉塑像，穿着战衣盔甲，左手握剑，右手提着狰狞可怖的面具，目视前方，眉头微蹙。我感觉这个塑像英雄气不足，距其惊为天人的美更是远逊。或许是在我心中，兰陵王高长恭的英雄形象太过完美，人间恐怕难以找到能工巧匠将其复原吧。

其实，在兰陵王墓前静静地伫立，就仿佛启动了历史的按钮，穿越时空，那云谲波诡的昔日场景一幕一幕鲜活地漾动起来，如在眼前。兰陵王高长恭就活成了我心目中的模样。

一 把 土

故事发生在二十世纪七十年代,那时我八九岁。

那天下午,我背着箩头去地里割草,其实也带有半游逛的性质,就这样到了村西靠近公路的一片开阔地。只见那里搭了一顶帐篷,有数十个箱子散落在地上,我曾听人说过有外地养蜂人来这里养蜂,便产生了好奇心,兴头十足地走了过去。

此时,太阳西斜,地平线上起了淡淡的红霞,有微风轻轻吹拂。养蜂人是两个男人,一个四五十岁,一个二十多岁,像是父子俩或者叔侄俩。年轻人正在收蜂,一身防护服,遮得严严实实,头顶大檐帽子,下垂着像窗纱一样的面罩。那些蜜蜂嗡嗡嘤嘤,打着蛋儿在蜂箱上面蠕动,还有的从远处飞回来,钻进箱子里。我警惕地站远一点儿,生怕被蜜蜂蜇一家伙。我曾被蜜蜂蜇过,皮肤红肿,又疼又痒了好几天。那个年长者已经脱了防护服,在帐篷外面给炉子生着火,收拾着要做晚饭了。

我们冀南平原一带,乡野上从春到夏开满了鲜花。春天有油菜花、枣花、桃花、杏花、梨花,夏天有各种瓜果的花、庄稼的花、大片大片的苜蓿花，等等。常有南方人来此养蜂，过了一阵就走了，不知去了哪里。本地人很少养蜂，所以见到养蜂人穿着那些奇怪的衣服、那些箱子，就有些稀罕。我知道蜜蜂是带蜜的，曾经捉过一只蜜蜂，小心翼翼地将其尾部的针拔掉，挤出蜜汁，用舌头舔了，真是比糖都甜。这些养蜂人养这么多蜜蜂，得酿出多少蜜啊。

养蜂人见我一个小孩站在一边怯生生地看他们，也不搭话，径自忙着。年长者在炉子上面坐上锅，添上水，往里边放了一把大米，看样子要熬粥。

这时，又走过来一个男人。这人有三十来岁，穿着白衬衫，白白净净的，很英俊，按现在的话说，很帅，浓眉大眼，有几分电影明星赵丹的模样。他也和我一样，背着箩头，筐里边有青草。我不认识他，我猜他可能是邻村的，长得这么洋气，倒不像一个农民。这人嘴唇很薄，据说嘴唇薄的人能说。他果然能说，像熟人一样和养蜂人拉家常，问他们是哪里人，为啥到我们这个地界养蜂。不知道养蜂人能否听懂他的问话，反正养蜂人说的话，太侉了，我一句都听不懂，简直和外国话差不多。"薄嘴唇"听不懂养蜂人的话，自然认为养蜂人也听不懂自己的话，突然就笑眯眯地说："你妈个×。"说完还冲我眨眨眼。我吃了一惊，"薄嘴唇"怎么骂人啊？人家没招你惹你的。我急忙往养蜂人的脸上瞧去，还好，并无异样，看来真是互相听不懂对方的话。

既然无法交流，就无话。

年轻人还在不远处往一堆箱子里收蜂,年长者返身进了帐篷,可能是取什么东西。天色有些暗淡了,我准备回家。此时却发生了一件不可思议的事情。"薄嘴唇"趁人不注意,迅速在地上抓了一把土掀起锅盖扔进正咕嘟的锅里!我一下傻眼了,想走却脚下钉子一样钉在地里,腿拔不开。"薄嘴唇"又笑眯眯地冲我眨眨眼,背起箩头大摇大摆地走了。

我紧张地朝帐篷外的年轻人望去,他背向这面忙碌着,对这边发生的事情浑然不觉。年长者也还待在帐篷里没有出来。事情的发生只是一瞬间,我却觉得有一万年那么久,时间在这一刻停止了。我有些害怕,有些迷惑,有些难过,我不明白"薄嘴唇"为啥要这么做,锅里放了土,那粥还能喝吗?会不会很牙碜?我要不要告诉养蜂人?可他们听不懂我的话呀。

年长者从帐篷里出来了,手里拎着一张案板和一棵葱。他如果仔细瞧,肯定会发现我的慌张和涨红的脸,但他仍然没有理会,自顾自忙起来。我松了一口气,也赶紧脚底抹油,溜之大吉。

晚霞映红西边天际的时候,我回到了家中,将筐里的草摊在场院,坐在门前的碾盘上回想刚才发生的事。两个养蜂人吃饭的时候,一定会发现不对劲,那么肯定会怀疑是我这个小男孩干的,一我正是调皮捣蛋的年龄,二我是最后一个离开的,三那个"薄嘴唇"是个大男人,没道理无端发这样的孬嘛。如果我当场向养蜂人"举报",说出真相,肯定就不会遭受怀疑了。可是,当时我心虚得厉害,好像就是我干的,哪里有勇气"举报"啊。

多年之后,我每当想起这事,就会觉得那个漂亮的"薄嘴唇"男人无比丑陋,他将一把土扔进人家煮饭的锅里,同时牵累于在场的我,好像我是他的同谋。这世界上总会有这样的人存在,以无端作恶寻求快感,损人为乐,人性的卑劣一遇机会像白蛇喝了雄黄酒,便会显露原形。

这一把土,扔进锅里,也扔到我的心里。

遇 险 记

那还是我九岁时发生的事情。

一个夏日，我在村里西邻胡同的小伙伴家里玩，日头正午，小伙伴家长喊吃饭啦，我的肚子也咕咕叫起来，于是回家。他家和我家，从直线距离说，我家在东面胡同的斜对面，很近，翻过墙头穿过一个院落到胡同往北走二十米就到了；如果走"正道"，从这条胡同走到头，再折回我的胡同，就远多了。我决定，走捷径，抄近道。

从他家出来，大门对面是一片空地。其实那是我家的祖宅，生产队曾经做过挂面房兼队部。如歌里唱的"天上布满星，月牙儿亮晶晶，生产队里开大会"就在这里，后来老房子坍塌了，就废弃了。邻居在这空地上修了一个猪圈，养了一头大花猪。墙东边是我本家一个叔叔的宅子，因他在外地工作，宅院也荒废了，满院子杂树、荒草，乱堆着邻居放置的秫秸、麦秸。面朝我们胡同开的院门是一个用树枝树棍儿编成的栅栏，门闩用一个铁搭拉扣着，摘下来一推就开，等于门常关而虚设。

我若走近道，面前最大的障碍就是这堵墙。这堵墙还比较高，以我九岁的身手是不能直接翻上去的。好在有这个猪圈，猪圈墙和高墙形成了一个阶梯，高墙那边的下面都是秫秸，直接跳下去也摔不着。猪圈墙虽然矮一些，但我还是爬不上去，这时我又发现了一个"阶梯"，一个直径约一米多长的碾盘作为猪圈门戳在那里，碾盘的中心有一个凹槽正好用来让我攀登。

这时候，出事了。

我刚用脚蹬上那个凹槽，却忽略了这个碾盘几乎是直立的，稍一用力，就一下子倒了下来。巨大的危险像一头凶猛的野兽，顷刻间向我这个九岁的小孩扑来，如果碾盘倒下砸中我的双腿，结果必然是粉碎性骨折，不走"正道"有可能让我付出惨重的代价——一生瘫痪，不能行走。感谢苍天有眼，尽管我忽略了危险的存在，却能在刹那间迅疾做出反应，在碾盘倒下的瞬间，我本能地将双腿朝两边迅速奋力跨开，碾盘倒地，我的双腿正好骑在碾盘两侧！我没有被碾盘砸到下面！此时，仍然出现了一个令我心惊肉跳的可怕情景：我的两个腿肚子由于被碾盘猛烈挤压从后面翻到了前面！我的脑子一片空白，脸色也肯定一片苍白，所做的一切全靠本能。我把双腿从碾盘边缘拔出来，坐在地上，玩命把腿肚子往后边推，推完一个再推另一个。我心里充满了恐慌，不知道这样使劲儿推，能否使腿肚子归位"扶正"。同时，恐惧、紧张还有疼痛，使我出了满头大汗，顺着下巴滴答滴答落到地上。使我感到万分庆幸的是，我的一番自救行动居然成功了，两个腿肚子乖乖地回到了自己的岗位，只是留下了一片瘀青。我坐在地上，呆愣半响,终于魂兮归来,从洞开的猪圈门看到大花猪正好奇地看着我,嘴巴一挺一挺哼哼着,还以为我是来给它喂食的呢。我靠墙歇了一会儿,慢慢一瘸一拐地走回家,当然,走的是"正道",哪里还有心思翻墙走捷径啊。

多年以后,每当忆起此事,还心有余悸,更多的是暗自庆幸。

大家熟知一句名言,叫作"君子不立危墙之下",原话出自《孟子·尽心》:"莫非命也,顺受其正。是故,知命者不立乎岩墙之下。尽其道而死者,正命也;桎梏死者,非正命也。"意思很明白,人都有自己的命,顺从接受,就是正常的命运,懂得珍惜的人不会站在即将倾塌的墙下。一切遵守人生规律而死的,是正常的,而犯罪被诛,就是不正常的,即死于非命。孔子还有一句嘱咐,叫作"危邦不入,乱邦不居",意思也明白,有危险的国家不去,发生战乱的国家赶紧离开。人的一生,路途迢迢,漫也长也,会有无数个叫作危险的怪兽蹲伏在路边,伺机而动,给你的安全甚至生命造成威胁。怎么办?孔孟二圣教导我们,一要发现隐患,规避风险,防患于未然。比如,你若不傻乎乎站在危墙之下,墙倒了,肯定砸不到你;事情发生了要临危不惧,快速反应,正确应对。比如,这个国家爆发战乱了,三十六计走为上也!

以此为镜鉴,我九岁时的遇险,有一教训,一经验。教训是,顽劣太甚,不走"正道",没有安全意识,遂致危险发生;经验是,反应迅速,处置得当,遂致幸免于难。九岁这一课,一生受用。

一只哲学蝉

　　整个夏天，盈满自然界的天籁之音是蝉鸣，自始至终，不曾消歇。蝉伏在绿树浓荫中的样子很安静，像是画家笔下的写生。那么小的身躯俨然一个巨大的音箱，发出的声音高亢嘹亮，有高低，有起伏，有节奏，且蝉联一片，形成和声，连绵不绝，不知疲倦。

　　蝉存乎于世最大的标识就是吟唱。不仅如此，它还是一只哲学的蝉。

　　"知了，知了……"蝉的叫声大体是这种音调，故民间称之为知了。这名字却不得了，禅意萦绕，意味深长。何谓"知了"？知，智也，觉悟；了，空也，完结。《心经》云："色即是空，空即是色，受想行识，亦复如是。"在此则可为：知即是了，了即是知。起于智慧，又不纠结于智慧，不为所累，不为之役，拿得起，放得下，这便是知了。巧了，《西游记》中和尚唐三藏即为金蝉子转世，那么也可以说唐僧就是一只知了。蝉禅缘深，蝉禅一味，此之谓也。咋样？静下心来，仔细谛听，是否能够领悟到声声蝉鸣的缕缕禅意？

蝉产卵之后，幼虫在地下的生活一般要长达数年，短则三五年，长则十来年，最长的要达十七年之久。而爬出地面，攀上树干树枝，阳光下放声高歌的日子只有六七十天。也就是说，蝉要熬过漫漫长夜，才能换来短暂的光明。这煎熬的过程，即可谓修炼的过程，修炼的时间越长，积蓄的能量就越大，不飞则已，一飞冲天，不鸣则已，一鸣惊人。蝉说，耐得住寂寞，守得住光阴，熬得住黑暗，才能云开日出，在属于自己的舞台上享受盛世的繁华。

小的时候，最喜欢看蝉蜕。在树底下潮润的地面细心寻找一个圆圆的小孔，用手一抠，一只蝉蛹就从土里扒拉出来，带回家放到一个树枝上，观察其蜕皮的全过程。先见蝉蛹背部裂开，头部和上身挣脱出来，然后是下部及整体脱离，余下一只黄色的空壳。新蝉乍一脱壳，样子最为漂亮，全身呈碧绿色，所谓"玉蝉"是也，双翅薄薄的透明，所谓"薄如蝉翼"是也。一只丑陋的蝉蛹，瞬间变成了一只美丽的新蝉，原本只能在地上蠕动、爬行，蜕变羽化即能展翅在树木蓬蒿间飞来飞去。《史记》谓："蝉蜕于浊秽，以浮游尘埃之外。"本出于污泥，蝉蜕却使之一变为拔尘脱俗。蝉说，蜕变，即重生，蜕变的过程可能伴随挣扎和痛苦，迎来的却是更为高级的全新的生命形态。

唐代诗人虞世南《蝉》云："垂緌饮清露，流响出疏桐。居高声自远，非是藉秋风。"这是无数咏蝉诗最有名的一首。诗人以蝉自寓，自抒怀抱。在古人眼里蝉吸风饮露，如同凤凰栖息在梧桐树上，清高旷远，不同俗流。后两句包含哲理，蝉居于高处吟唱，自然声至远方，并非凭借秋风传送。蝉说，一个品行高洁的人，清雅自守，自然声名远播，为人敬重，并不需要外力的依恃。

庄子是一个哲人，《逍遥游》有云："朝菌不知晦朔，蟪蛄不知春秋。"蟪蛄，即寒蝉。意谓朝生暮死的菌类不知道黑夜和黎明，夏生秋死的蝉不知道春天和秋季，光阴倏忽，生命短暂。《诗经》也云："如蜩如螗，如沸如羹。"蜩螗，即蝉。意谓喧闹纷攘就像蝉鸣，又仿若滚开的沸水热汤，后来人们以"蜩螗"比喻国事的纷乱不宁。小小一只蝉居然和国家大事联系在一起，岂能让人小瞧？庄子"不知春秋"是谓之小，《诗经》"如蜩如螗"隐藏之大，无论大小，蝉皆可负载也。

《楚辞》有云："悲哉秋之为气也，蝉寂寞而无声。"蝉是属于夏天的，喧嚣，热闹，尽情释放，而在不属于自己的世界，噤声，莫言，自持，静俟生命终结。果如其名，知了，"知"而后"了"，如此之蝉，不亦君子乎？

语　文　课

十岁那一年冬天，我和母亲随父亲开始在县城生活，我转学到北牌小学上四年级。

班里一半是本地的孩子，一半是县直单位的干部子弟，从穿衣打扮就能看出截然分明的两类。那些干部子弟，无论男孩女孩都很洋气，外罩的确良褂子，里边穿毛衣毛裤，有的还将一条雪白的口罩吊在背后。我虽然属于干部子弟，但来自农村，和那些本地孩子一样土里土气，一身粗布衣裳，套着棉袄棉裤，臃肿得像狗熊，棉袄不附身，对襟朝前撅撅着。我初次转学到县城，眼拙胆怯，更显得呆头呆脑。

班主任兼语文课老师姓郑，本地人，个子瘦高颀长，白净脸，脾气不太好，说"干啥"总说成"嘎"，他一拧眉说哪个同学"嘎"，那个同学立马就木在那里了，像老鼠见了猫。几次见郑老师说"嘎"，尽管不是说我，我也慌慌的，害怕。但是郑老师课讲得真好，很投入，神采飞扬、活灵活现的，有时讲着讲着还哭了，弄得底下唏嘘一片。

这天是语文课，郑老师布置了一篇作文让大家写。我有点儿蒙,啥是作文啊,我在村里上学从来没学过,也没写过啊。但我不敢跟老师说我不会,我怕老师眉毛一拧说"嘎"。那就瞎写吧。题目是什么,如今我已想不起来了,但写完之后我在末尾留的几句话仍然记得清清楚楚:"老师,我不会写作文,写得不知对不对,请您指正。"下课的时候,我心里忐忑地把作文本交到讲台上。

再上语文课的时候,郑老师抱着一摞作文本上了讲台,说,这次作文写得最好的,他顿了顿,眼光瞟向了我,手一指:就是这个新来的同学。唰地一下,教室所有的目光都朝我投来,我有些猝不及防,完全没有想到,脑袋嗡的一声,一张脸立时涨得发烫,呆愣愣的手足无措。接下来,老师开始念我的作文,我的身体不停地颤抖,手心里汗津津的。老师念完了,说,还有呢,最后把我留下的几句话也念了,引起哄堂大笑。

而今想来,这算是我第一次公开"发表"文章吧,尽管读者只有四五十人。那几句留言,颇像投稿时给编辑的客套话。不管怎样,从此我喜欢上了语文课,同学们也喜欢下课后主动找我玩了。我依然眼气城里孩子的洋气,但家里条件不好也没办法,至少语文成绩好让我打消了乡巴佬进城的自卑感。

其实,我第一次写作文就撞了头彩是有原因的。虽然我以前一直在农村长大,但"阅读"并不比城里孩子少。父亲是教师出身,后来在县文教局工作,每次回家他都会带一摞子报纸回来,还有一些杂志,这些当然不是让我看,是给母亲糊墙、糊窗户、打袼褙用的。可我天生是与文字有缘的,见了这些报刊,上面还有照片和图画,就看着玩,久而久之竟学到了不少东西。我和母亲去县城父亲那儿或赶集的时候,一定会去新华书店买几本连环画,记得有《闪闪的红星》《小英雄雨来》《鸡毛信》《小兵张嘎》等,自己看完了,还要给村里的小伙伴们边看边讲,甭提有多神气了。所以,虽然是第一次写作文,也能够比葫芦画瓢对付一气的。

后来语文课一直是我的最爱。朗读课文、解词+造句、分析段落大意、总结主题思想,每一个环节对于有些同学来说可能枯燥乏味,对于我却是津津有味。尤其是作文每被老师念一次,那一天就成了我快乐的节日。我还喜欢朗读,朗读是语文课的最大特点,没有朗读哪来的"琅琅读书声"?直到今天偶尔走到学校外面,听到教室里传出的整齐洪亮的读书声,依然感觉十分亲切,那声音带着稚气,充满朝气,如银瓶乍破,如珠落玉盘,如翠鸟初啼,不是天籁胜似天籁,是人间最美妙的乐音。

有一次语文课令我终生难忘。课本里有一课是《东郭先生》,这个故事大家都熟悉,讲的是战国时期有一个东郭先生,很迂腐,救了一只被猎人追杀的狼,结果狼反而要吃了他,他让路过的一位老农评理,最后老农设计打死了那只狼。郑老师按照正常的课程要求讲完了课,别的同学下课了,他把我和另外几名语文好的同学带到了他的办公室,神秘地告诉我们说,他把《东郭先生》排成了节目,一个短剧,叫我们几个分别饰演其中的几个角色，秘密排练，一个星期后在语文课上演给全班同学看。郑老师分派了角色，把东郭先生给了我，让我们分别抄了台词，讲了怎么演，叮嘱大家保密。大家都很兴奋，有一种电影里地下工作者的感觉。之后一放了学，我们几个就跑到一个没人的地方偷偷排练。一周后的语文课，终于在班里响了一个"大炸弹"，把全班同学都"炸"晕了，天啊，语文课还可以这样上，太有意思了啊！

　　几十年过去了，每当想起小学时候的语文课，想起那个瘦高个、白净脸、说话总爱把"干啥"说成"嘎"的郑老师，想起那次有趣的《东郭先生》表演课，心中总会盈满温馨。人的一生，有许多事情都是机缘巧合，有时一句话、一个人、一堂课，都有可能是点燃生命、照亮旅程的火种，值得一生去回忆，去珍惜。

赵郡苏轼

一

封龙山上，一棵古树深深地黏住了苏轼的目光，是他喜欢的槐树。这棵树据说是东晋高僧释道安在此静修时所植，有七八百年了。树冠如巨大的伞棚，浓荫蔽日，树枝如蟠龙蜿蜒，与翠绿的叶子交叠相映，风吹过，如龙舞动。槐树的高大、雄壮、繁荫、坚实大抵是他喜欢的原因。他写过《槐》诗，为学生王巩家族写过《三槐堂铭》，咏赞槐树的品德。眼前的古槐，让他想起了迩英阁的双槐，想起了他写过的"日高黄伞下西清，风动槐龙舞交翠"的句子。

友人在一旁见苏轼的目光久久在这槐树上流连，且知东坡先生喜佛，此槐又为释道安亲手种下的，真是机缘巧合，便请苏轼题字留念。

苏轼欢喜不尽，待友人笔墨伺候，早已胸有成竹，援笔立就，"槐龙交翠"四个行草大字喷薄而出。接下来题写落款，他稍微沉思了片刻，落笔"赵郡苏轼"，钤上篆体"子瞻"印章。

这个情景来自于我的想象。当我登上距石家庄市只有二十多公里的封龙山，看到那棵依然枝繁叶茂、郁郁葱葱的古槐，看到树旁苏轼题写的"槐龙交翠"的石碑，不禁浮想联翩，霎时千年穿越。苏轼有没有登临封龙山，我没有查到有关记载，但碑刻的字迹确凿无疑出自苏轼的手笔。苏轼出知定州期间，曾到过太行八陉之一的井陉关隘土门关，有"千峰右卷矗牙帐，崩崖凿断开土门"（《雪浪石》）和"嶔崟土门口，突兀太行顶"（《紫团参寄王定国》）诗句为证，而土门关距封龙山只有咫尺之遥，因此，我的一番苏轼登山题词的想象，当不至于齐东野语、荒腔走板。

其实，这些并不要紧，我们的目光聚焦在"赵郡苏轼"四字上面。

"赵郡苏轼"！

苏轼不是四川眉山人吗？为何自题"赵郡苏轼"？成了河北人？实际上，这并不奇怪，也不是苏轼心血来潮、偶尔为之，这对他来讲是常有的事。如为亡妻王弗写的墓志铭云："治平二年五月丁亥，赵郡苏轼之妻王氏，卒于京师。"他的朋友曾巩也称其为"赵郡苏轼"。不只是苏轼，其父苏洵、其弟苏辙都有自称"赵郡某某"的习惯。苏辙于宋哲宗元祐七年被封为"栾城县开国伯"，其著述干脆自名为《栾城集》。

原来，苏轼的祖籍是河北栾城。

苏轼去世后，苏辙给"抚我则兄、诲我则师"的哥哥亲撰《墓志铭》，其中明确告知人们"苏自栾城，西宅于眉"。

栾城县长期为赵郡所辖，赵郡东汉建安年间改置，北齐有了赵州之名，其后历朝历代在赵郡、赵州之间改来改去，多有反复，民国二年（1913年）赵州改为赵县，天下闻名的赵州桥就在那里。栾城县今已改为石家庄市栾城区。

苏轼给他的祖父苏序写过一篇《苏廷评行状》，云："公讳序，字仲先，眉州眉山人，其先盖赵郡栾城人也。"因祖父名序，故苏轼写序一律将"序"改作"叙"或"引"。

欧阳修为苏轼父亲苏洵写的《墓志铭》，云："有蜀君子曰苏君，讳洵，字明允，眉州眉山人也。苏显唐世，实栾城人。以宦留眉，蕃蕃子孙。"

欧阳修是苏轼的恩师，成语"出人头地"就是讲他提携苏轼的故事。他的这个苏氏渊源说法实际上出自苏洵。《三字经》里有一句"苏老泉，二十七，始发愤，读书籍。"这说的就是苏洵。苏洵在族谱中发现了祖籍栾城的秘密，他在《苏氏族谱引》中谓："唐神龙初，长史味道，刺眉州，卒于官。一子留于眉，眉之有苏氏自此始。"

苏老泉找到眉州苏氏的始祖老根儿了——唐代栾城人苏味道！这段话简言之，即唐代神龙初年，苏味道任眉州刺史，死于任上。他有一子留在眉州，从此有了眉州苏氏一族。

二

这天我偶尔抬头望向窗外，天空蓝莹莹的异常晴朗，没有一丝风。我突发兴致，说走就走，开车直奔栾城区苏邱村。

· 239 ·

苏味道墓在苏邱村。邱，原作丘，因讳孔丘而改，苏丘即苏家的坟丘墓地。村口矗立着一座苏味道雕像，街心则有一个巨型毛笔雕塑，下端笔毫弯曲呈书写之状，动感十足，笔杆上书"一代文豪苏东坡"。满街两侧墙壁上都是苏味道和三苏的诗文，营造出浓浓的文化气息。

苏味道墓被包围在房舍之间，四周都是人家，空地被辟成了一处小公园，有几位老人在那儿晒太阳闲聊。墓的封土不大，上面覆盖着枯黄的杂草。墓前立有三通石碑，中间略高，上写"大唐凤阁侍郎同凤阁鸾台平章事苏味道之墓"，两边略低，左书"三苏发祥"，右书"眉山发迹"，为崇祯年间兵部右侍郎范志完所题。

苏味道在唐代绝对是声名显赫的大人物。唐初文坛有"苏李"两大才子并称之誉，这个"李"即是写出"解落三秋叶，能开二月花。过江千尺浪，入竹万竿斜"名句的李峤，也是苏味道赵州的同乡；还有"文章四友"之说，除了苏味道、李峤，另有崔融和杜审言，后者即是杜甫的祖父。《全唐诗》存苏味道诗十六首，其中最有名的诗是《正月十五夜》，留下"火树银花"一词。

苏味道诗文写得好，官也做得大，曾两度为相长达七年，位极人臣。从其官名"凤阁鸾台平章事"可以看出浓郁的女性色彩，当是武则天女皇当国时期了。苏味道为人处世圆滑世故，常对人说："处事不欲决断明白，若有错误必贻咎谴，但模棱以持两端可矣。"人们私下给他起了个绰号"苏模棱"，

· 240 ·

成语"模棱两可"即拜这位老先生所赐。因阿附武则天宠臣张易之，唐中宗李显复位后被贬眉州刺史，没过多久又迁益州大都督府长史，但未及赴任死在眉州。据《苏氏族谱》记载，苏味道死后葬于眉山西南十公里的杨梅山。苏味道有四个儿子，其二子苏份留在眉山守墓，繁衍子孙，于是有了眉山苏氏，到了苏洵已是第十代。

古人有叶落归根、魂归故里的传统，但也有"青山处处埋忠骨，何须马革裹尸还"的洒脱。按苏味道留子于眉的做法，应该是当地落葬，老家栾城的墓应为衣冠冢。

苏味道是苏邱村南边五六里的南赵村人，两村之间有一座三孔拱桥清明桥。传说苏家后人为清明节到苏味道墓祭祀方便，在洨河之上搭建了一座桥，名之清明桥。专家鉴定为唐代建造，宋明清皆有重修，桥头立有康熙二十年（1681年）重修由知县撰文的石碑。二十世纪六十年代洨河改道，桥也就停止使用，渐趋倾圮，但所幸保留下来了。至今每年的清明节，苏氏后人尤其是侨居海外的后人都来苏味道墓祭祀，香火不绝。

三

宋哲宗元祐八年（1093年），"赵郡苏轼"来河北当官了，以两学士（端明殿学士兼翰林侍读学士）出知定州。这年，苏轼已是五十七岁。

此时，苏轼在朝廷的保护神宣仁太后死了，哲宗亲政，党争加剧，苏轼又遭弹劾，为逃离是非旋涡，主动也是无奈要求外放。离京的时候，皇帝连面都不肯见，苏轼只得写了一封信向皇帝辞行。十月二十三抵达定州上任。八月，妻子王闰之刚刚去世，苏轼正是在这种官场失意、贤妻亡故的双重打击下，来到定州的，其沮丧、失落和伤痛的心情可想而知，他写给苏辙的诗中有"今年中山去，白首归无期"的句子，伤感之情溢于言表。"中山"即定州，为春秋管仲所筑，战国时期曾为中山国国都，汉时为中山王刘胜的首府，宋时属河北西路，为宋辽边境重镇。所以，苏轼做定州知州，也兼"军分区司令"。按照宋朝体制，军事将领都由文官担任，武将担任副职。

由于承平日久，北疆无战事，定州军政腐败，纪律松弛，士兵骄惰。苏轼到任后，予以大力整治，严惩贪污，修缮营房，禁止喝酒赌博，待军中衣食稍微改善，又加紧操练，部队面貌焕然一新。有不安分者，见苏轼惩治贪腐，便密告自己的长官，苏轼说："这事我自有处置，不劳你们操心，如果士兵都可以密告长官，军中岂不乱套了？"将告密的人一并处治，军中大定。苏轼举行阅兵，自己穿着帅服坐镇营帐，其他将官一律着戎装按官阶大小排列，改变了以前不识上下的乱象。副总管王光祖自恃是老将，带兵久了，不大瞧得上文官苏轼，称病拒不出席阅兵礼。苏轼唤来秘书写出奏疏，将上奏朝廷，王光祖怕了，赶紧乖乖听命。

按照官场惯例，他写有一篇《定州到任谢执政启》，其中谓：" 燕南赵北，昔称谋帅之难；尺短寸长，今以乏人而授。幸此四夷之守，忘其一障之乘。坐食何功？扪心知愧。"意思是说，燕南赵北这个地方，过去认为找一个镇守宋辽边疆的将帅很难，尺有所短寸有所长，而今乏人派我戍边。幸好四方边关都有人把守，可以忘掉定州这个边塞。我在这里天天坐而食之，哪有什么功劳，扪心有愧啊。这当然是苏轼的自谦之语、官样文章。苏轼在《与钱济明》尺牍中尝谓："出守中山，谓有缓带之乐，而边政颇坏，不堪开眼，颇费锄治。近日逃军衰止，盗贼皆出疆矣。"出知定州，本来是想散散心的，谁料情况如此糟糕，还好，费了一番努力，不再有逃兵了，盗贼都跑到疆外去了。字眼中溢出苏轼的自得之色，苏知州、苏司令干得不赖嘛。

苏轼是一名官员，更是一名文人，还是一个可爱有趣的生活家，他走到哪儿都仿佛携一缕春风，令荒草泛绿，柳芽吐翠，活色生香，机趣百生。

因了苏轼，我曾两度到定州寻寻觅觅，这个宋朝文人深深吸引着我，又加之祖籍河北这一"老乡"身份，多了一重亲近感。

定州市南城门楼有些破旧，倒给人以一日入宋城之感。文庙里古树森森，有两棵槐树格外"显老"，相传是苏轼手植。树上贴着2019年做的标牌，树龄为925年，倒推则为1094年，那年正是苏轼在定州任上。两树皆呈老态龙钟状，有多根柱子支撑，但依然和封龙山的古槐一样老树新枝，生机盎然。

东侧的槐树树枝向两边伸展，如凤凰展翅，人喻之"舞凤"；西侧的槐树则挺拔高耸，如神龙游天，人喻之"神龙"。合之人谓"龙凤双槐"或"东坡双槐"。我的目光久久在双槐游弋，东坡虽然早已远去，而他种下的槐树仍然活着，并且还要长久地活下去。好像东坡的魂魄就在这个树上寄托着，萦绕着，人与树俱存。每次去定州，我都要看看这两棵槐树，看见了槐树，就仿佛看见了苏轼。

定州至今保存着苏轼留下的雅石"雪浪石"，在武警医院，可惜我去了两次都未见到。第一次忘了怎么回事了，第二次是因新冠肺炎疫情不对外开放。我只好从网友发的图片上欣赏了，雪浪石的真容历历分明，如在眼前。苏轼非常喜欢这块石头，写了一诗一铭，并记述了得石的经过："予于中山后圃得黑石，白脉，如蜀孙位、孙知微所画石间奔流，尽水之变。又得白石曲阳，为大盆以盛之，激水其上，名其室曰雪浪斋云。"据《名胜志》载，雪浪斋就在文庙的后边。苏轼在寓所的后花园偶然得到这一块奇石，如获至宝，黑色的石头，白色的纹路，颇像四川两位画家孙位、孙知微画的《石间奔流图》。又从曲阳托人运回一块白石，雕成芙蓉盆，专门盛放奇石，以水激其上，水珠飞溅，似雪花飞，似浪花卷，故名之雪浪石，连自己的书斋亦名之雪浪斋。

苏轼离开定州后，雪浪石就好似被遗弃的孩子，无人理会。元符年间，张芸叟知定州，重新将雪浪石置于盆中，正想赋诗一首奉寄苏轼，却听闻苏轼去世了，遂作哀辞，云："石与人俱贬,人亡石尚存。却怜坚重质,不减浪花痕。满酌山中酒,重添丈八盆。公兮不归北,万里一招魂。"一块雅石,历经千年能保存至今,没有湮没于荒野沟渠,完全得益于苏轼的魅力奇大,像张芸叟这样爱之敬之的忠粉太多,历代绵延不绝。

张芸叟提到"满酌山中酒",大抵就是"中山松醪酒"。

"松醪酒"古已有之,1974年平山县三汲乡挖掘中山王墓时,出土了两壶老酒,其中一壶呈褐绿色,散发出一股醇香。唐代诗人刘禹锡,自称中山靖王刘胜之后,留有"橘树沙洲暗,松醪酒肆香"的诗句。苏轼到了定州,自然也好这一口。苏轼在古代文人中是有名的美食家,按现在的话说就是吃货一枚,他也自嘲为"老饕"。他不仅好吃,还会做,留下好几种名菜,"东坡肉""东坡豆腐""东坡羹"等。他写过《猪肉颂》,有这样的句子:"净洗锅,少著水,柴头罨烟焰不起。待他自熟莫催他,火候足时它自美。……早晨起来打两碗,饱得自家君莫管。"类似打油,实在有趣得紧。苏轼酒量不大,但"日欲把盏为乐,殆不可一日无此君"(《饮酒说》)。对于"松醪酒",一品之下,逗出了"老饕"先生的馋虫,他咂摸咂摸,觉出有些地方不太对口味,或者少了些许劲道,加以改造,自酿出新品"中山松醪酒"。他不仅自饮,还与朋友们分享,比如曾寄给属河北东路的雄州知州王崇拯,并附诗一首纪念。苏轼酿酒也算是老手了,曾自酿过"蜜酒""桂酒"等,著有《蜜酒歌》《桂酒颂》《东坡酒经》等。林语堂称他为

"一个不可救药的乐天派""造酒试验家""酒仙"。自得之余，苏轼作《中山松醪赋》，文采烨然，奇诡超拔，大有《离骚》气象，而且还详细叙写了制作的方法、过程以及效果："取通明于盘错，出肪泽于烹熬。与黍麦而皆熟，沸春声之嘈嘈。味甘余而小苦，叹幽姿之独高。""曾日饮之几何，觉天刑之可逃。投拄杖而起行，罢儿童之抑搔。望西山之咫尺，欲褰裳以游邀。跨超峰之奔鹿，接挂壁之飞猱。遂从此而入海，渺翻天之云涛。"呵呵，每天饮上几杯，一切病痛都逃之夭夭，扔掉拐杖行走自如，也不用小童捏腿捶背了。西边的太行山近在咫尺啊，可以穿上运动服游玩去。

走在熙熙攘攘、人流如织的定州仿古街，远远就看见一家店铺，门楣大书"中山松醪酒"。我走进去，看到除了货架上摆着盒装的松醪酒，地上堆放着一坛一坛的罐装酒，大小不一，颇有古风。可惜我平时不善饮酒，故兴致不高，过过眼瘾而已。想想李太白、苏东坡皆喜饮酒，从酒仙而诗仙，故能天马行空、汪洋恣肆，我辈心向往之而愧不能至，憾矣哉。

苏轼在定州忙忙碌碌，从他的奏议上可以看出，他整顿军政，恢复增修弓箭社，赈济灾民，修葺曲阳北岳庙；民间还传说他教农民种水稻，传唱秧歌，以纾解乏累。政务之余，他也四处游历，饱览北国风光。他渐渐摆脱了朝政的纷扰，淡化了丧妻的伤痛，一颗有趣的灵魂在河北这块土地上安妥下来，赏石，酿酒，写诗，作赋，悠哉游哉。苏轼就是这样一个旷达、豁达、通达的人，看得破，识得远，想得开，"此心安处是吾乡"、"天涯何处无芳草"。每一个灾难降临时,他会像常人一样,痛苦沮丧,但他有超强的化解和转换的能力,挥一挥衣袖,抖去伤痛,满血复活,满眼看到的都是"湖中月,江边柳,陇头云"。

然而,苏轼在定州的这段好日子刚刚开始就戛然而止了。绍圣元年(1094年)闰四月,朝廷下旨将苏轼贬谪至岭南的英州(今广东南雄)。满打满算,苏轼在定州任职才六个月。有人是见不得他过上舒适的日子的。林语堂在他的《苏东坡传》写道:"四月章惇拜相,他的巨斧首先落在苏东坡身上。"章惇和苏轼是老朋友,年轻时同游陕西诸山,胆子奇大,苏轼戏言章惇将来会杀人,后来两人成为政敌,章惇得势,对苏轼痛下辣手。

四

苏轼离开定州,再次开启颠沛流离的漫漫长路。岭南,被称作化外之地、瘴疠之地,苏轼朝着未知的地方和命运出发了。

从定州一路向南,过真定(正定),行至临城,西望太行,灵感突至,遂作《临城道中作并引》:

予初赴中山,连日风埃,未尝了了见太行也。今将适岭表,颇以是为恨。过临城、内丘,天气忽清彻。西望太行，草木可数，冈峦北走，崖谷秀杰。忽吾叹曰：吾南迁其速返乎？退之《衡山》之祥也。书以付迈，使志之。

逐客何人著眼看，太行千里送征鞍。

未应愚谷能留柳，可独衡山解识韩。

这段小引和诗很有意思。说当初赴定州上任走的也是这条道，当时风沙弥漫，看不清西边的太行山，颇为遗憾。此次南下到了临城、内丘，忽然天气晴朗，太行山的草木历历可数，秀丽风光一览无余。苏轼很高兴，觉得这是一个吉祥之兆。想起唐代韩愈（退之）遭贬，遇赦北归衡山时忽见阴霾尘埃一扫而空，秀峰突现，和自己今天所遇十分相像，这是否预示着自己南迁也很快就能回返呢？遇事总是朝着好处想，给自己正向的心理暗示，总是活在希望中，苏轼的乐观达观无处不在。

有一个问题我想了许久，苏轼的祖籍地栾城，正好在正定和临城之间，是苏轼南下的必经之地，但为何没有留下苏轼返乡祭祖或有感而发的文字？苏轼一生如此顾念"赵郡"，怎么到了家门口反倒恝然置之，默然而过？不免令人疑惑。我揣度大抵两个原因吧：一是，古人讲"衣锦还乡""荣归故里"，而苏轼此时恰是被贬谪的"戴罪之身"，灰溜溜地躲还来不及，哪有心情祭祖还乡？二是，行色匆忙，无暇他顾。可以想象，苏轼途经栾城地界时，"栾城"这个在他笔下无数次出现、既熟悉又陌生的名字，一定会令其心潮涌动，五味杂陈。

行到临城又缘何诗情大发？除了天气突然放晴令他想到韩愈的吉兆之外，这里边其实应该还有个深层的因由。

临城也隶属赵州，有一王氏家族，与苏家关系至为密切，非同一般。王适、王遹兄弟二人皆先后师从苏轼和苏辙，王适还娶了苏辙的女儿为妻。元丰二年（1079年），苏轼在湖州任上遭谤，罢官，并被缉拿，"余得罪于吴兴，亲戚故人皆惊散，独两王子不去，送余出郊，曰：'死生祸福，天也，公其如天何！'返取余家，致之南都"（《王子立墓志铭》）。灾祸突然降临，连苏轼也十分惊慌，许多亲戚朋友避之唯恐不及，王适兄弟两个却临危不惧，泰然自若，忠心不改，不仅给老师送行，予以安慰，还把家眷送到苏辙那里。而王适为苏家女婿之事颇具传奇色彩，据苏轼所记："余为密州，子立未尝相识，忽告同舍生曰：'吾梦为密州婿，何也？'已而果以子由之子妻之。"子立是王适的字，苏轼知密州时，与王适还不认识，王适在徐州求学，有一天忽然对同舍的同学说，我梦到我成了苏轼的女婿了。后来果然成了苏家的女婿。这不能不说是姻缘天定啊。苏轼到了琼州之后，还亲自作《求婚启》，为孙子苏符（长子苏迈的次子）向王蘧求婚，王蘧是王适的哥哥，王适已故，女子是王适的女儿。两家姻亲关系更是亲上加亲。这是后话了。

我们都有一个经验，坐火车路过某个城市时，都会情不自禁地想起这座城市自己最熟悉的亲朋好友。苏轼过临城，怎会不想起自己关系至密的学生和亲戚呢？

· 249 ·

除苏轼外，在河北地界，苏辙曾做过大名府推官，苏轼长子苏迈做过河间县令，三子苏过做过定州通判。苏家数人都和祖籍地河北有缘，或许是冥冥之中有牵引。古代中国是宗法社会，特别重视郡望和祖庭，讲究出身和来历。屈原高吟"帝高阳之苗裔兮，朕皇考曰伯庸"；陶渊明唱诵"悠悠我祖，爱自陶唐"；杜甫也自负地说："诗是吾家事，人传世上情。"他以远祖晋代大将杜预、祖父初唐诗人杜审言为家族荣耀。这也是不忘来处的根脉意识，那块祖居地或许压根儿就没有踏足过，但依然被视作精神故乡和心灵家园，魂牵梦萦，不可或忘。

"心似已灰之木，身如不系之舟。问汝平生功业，黄州惠州儋州。"这是苏轼临终前两个月写的诗，颓唐中有自嘲，更有看穿世事的诙谐超然。苏轼一生漂泊，四海为家，随遇而安，一颗伟大而有趣的灵魂如空中的明月，朗照人世间。如果把苏轼也比作一棵老槐树，那么河北栾城是树根，四川眉山是树干，所行止之处则形成树冠，郁郁乎，洋洋乎，枝柯交错，槐龙交翠，老而弥坚，历久弥新，巍巍然挺立在中华大地上。

赵郡苏轼，眉山苏轼，中国苏轼。

拾遗麦穗亦清香

我与杨振喜老师有缘，对他我谨执弟子礼。

杨老师的第一篇论文《田间的早期诗歌漫评》写于1961年，当时他读大三，此文是经我手发表的，这么说，是否有点儿时空倒错？有文字为证："九十年代初，由好心的刘江滨在他当时任教的《邢台教育学院学报》正式刊出。"杨老师"不悔少作"，且将此事写到文章里，可见他的重视。

我1984年大学毕业分到邢台教书，那时杨老师尚在邢台地区文联《百泉》工作，不过我在文学上尚未起步，无缘识荆。第一次见到杨老师是1990年全省文学评论会议上，那时他已调到省里任《文论报》主编。我是初出茅庐，虽然以前也零星地发表过文章，包括上过《中国青年报》，实际上，我的写作生涯真正的第一篇作品是文学评论《人性悲剧的深层剥离》，1988年4月5日在《文论报》发表。在我心里，按现在的话说，杨老师是省内评论界的大咖。他个头不高，略胖，头习惯微微仰起，总是笑眯眯的，像弥勒佛，给人和善、易亲近之感。因为杨老师和浪波老师都是从邢台走出的作家，人们经常谈起，不经意间成了我追随的目标。我这人天性内向，不善交际，见了领导、名人不会主动往上贴。所以，这次会议，只能说是"见到"，不能说"认识"，估计杨老师对我恐怕也是蜻蜓点水，印象浅浅。

1991年《文论月刊》（时《文论报》改为月刊）第8期"河北评论作者专号"，我写的《走出虚幻的迷雾——苏童小说艺术转换窥视》赫然在列，说明我已经成为河北评论阵容中的一员了，看到刊物后很是兴奋。旋即给杨老师写了一封信表示感谢，杨老师回信对我这篇文章评价很高，认为是该期最好的文章之一。此文用西方叙事学来研究苏童小说的艺术转换，立意、观点、方法都比较新颖，应该说站在了文学理论的最前沿，至今看来也是我所有评论中最满意的文章之一。我当时二十七岁，正在文学评论上发力，杨老师把拙文编入"专号"以及对我的评价，其重要性怎么说都不过分。

人的一生充满了许多意外和偶然的因素，有时某一件事或者某人的一句话都有可能改变人生走向，甚至命运。这一件事、一句话对某人来讲可能是不经意的，属于蕞尔之微，对本人却像种子植于心田，兀自生根发芽长苗抽穗了，成为莘莘大者。

1998年我调到省城报社工作，应该说实现了对杨老师的"追随"。一个是空间的追随，一个是文学事业的追随。尤其是后者，在文学评论方面我心摹手追，试图有所造就。我给杨老师写过两篇评论，一篇是关于他散文的评论《人生况味的反刍》，一篇是对他和赵吉琴老师合著的《文学的认知与阐释》的评论《理性规范与学术品格》，这两篇文章都被杨老师作为附录收入他的评论集。

这次，杨老师将出版两本书：《文论末编》和《孙犁散论》，让我在书前写一篇序言，也是基于我对他的了解和理解。尽管绠短汲深，但不妨聊备一格。杨老师一生的志业就是文学评论，写和编相得益彰，在文坛广有影响。他的评论与当下的文学态势、走向密切相关，省内许多作家在刚崭露头角时都得到他的热情鼓励和剀切分析，包括铁凝、阿宁、何玉茹等人。他的评论不空泛，不妄言，不虚饰，注重文本和细读，是以治学的态度做评论，既有"往后站"的大视野，又有"往前站"的细致和严谨，具有很高的学术品格，让人服气。作为一个文学评论写作者，我常常对两种说法十分反感：一是，将评论称之为"吹"，视评论家为吹鼓手和轿夫，常遇到的情形是有人出了书找到我说，你是评论家，写篇文章给吹吹呗；二是，有人对我搞评论表示遗憾，说光评论别人了，自己写呗。——这也是刺激我后来主写散文的原因之一。想必杨老师对此也会感同身受。作为文学的一种门类，文学评论的重要性不必赘言，应当说，杨老师多年的写作研究与实践，维护了评论的独立品格，捍卫了评论的自身尊严。对于流行的被拔高的文学现象，杨老师不认可的决不著文揄扬、盲目跟风，宁可保持沉默，付之阙如。对于文学评论，他说过，"从本质上说，文学批评的终极目的不是对文本的阐释与判断，而是通过对文本的分析与判断，从这一特定的精神领域传达人们对这个世界的看法"。在他看来,理性、哲学、思想是文学批评最宝贵的品质。这些,体现了杨振喜作为一个评论家具有完整系统的批评观念和批评方法,以他的写作实践向世人证明,文学评论不是创作的附庸,而是具有独立性、学术性和思想性,不容小觑。

杨老师除了文学评论,还把许多精力和时间付与孙犁研究上,已出版《孙犁评传》《孙犁论稿》两部专著,还参与编辑十卷本《孙犁读本》大型丛书,是国内有名的孙犁研究专家之一。孙犁,是河北这块土地孕育出的文学大师,但凡已成名或尚未成名的写作者,都曾受到他的文学的辐照与影响,影响所及,还形成一个"荷花淀"文学流派。"月亮升起来了,院子里凉爽得很,干净得很,白天破好的苇眉子潮润润的,正好编席。女人坐在小院中,手指上缠绕着柔滑修长的苇眉子。苇眉子又薄又细,在她怀里跳跃着。"这是《荷花淀》开头的一段,这种诗性的优美的语言被许多文学写作者奉为模本。在一般人们的印象中,孙犁的作品就是清新明丽,就是散淡雅致。杨振喜从大学时代就喜欢孙犁的小说,不止读过一两遍,有些精彩的段落都能够背诵,从此也埋下了一生研究孙犁的种子。1984年杨振喜去天津出差,在郑法清(时任百花文艺出版社总编)的引荐下拜会了孙犁先生,清癯、高瘦的大师潜在地引领出一位追随他一生的研究者。除了《孙犁评传》《孙犁论稿》,这次又有了第三本专著《孙犁散论》。这些"散论",既有宏观的论述,比如孙犁与鲁迅、孙犁与柳宗元、孙犁与赵树理等系统和比较研究,另外,还有论孙犁的文学贡献、论孙犁的大众文学观、论孙犁的创作心理等宏观的或专题的研究。此外，也有一些微观分析，如对《芸斋小说》《耕堂读书随笔》等孙犁晚年十本小书的评论。在这些文章里，可以看出他的孙犁研究是深入的、剀切的、全面的，纠正了世人的如前所述的某种"偏见"，孙犁不仅是语言优美的作家，还是前瞻明睿的思想家与理论家。在思想上，他是一名战士，直面现实的勇气和胆识直追鲁迅；在理论上，他卓有建树，关于小说，关于散文，关于现实主义，等等，他都有精到的论述。比如散文是一种"老年文体"，在文学界广有影响。孙犁还是一位卓越的文体家，之所以能形成一个流派（尽管他本人对此并不认同），说明其作品在风格上戛戛独造，特色鲜明，打造了别具一格的"孙记"标识。读杨振喜的孙犁研究文章，能够让我们认识一个多面的丰富的立体的孙犁。

《文论末编》和《孙犁散论》，虽然多是杨老师以前的文字，未曾收入已出版过的集子，属于遗落在大地上的麦穗，今番捡拾，却依然有一种沉甸甸的收获感，那番沁人心脾的麦香依然袭人。对于文学评论和研究来说，有的是明日黄花，时过境迁，属于"速朽"品，有的却是时间越久越能显示其独特的价值和存在，杨老师的著述显然属于后者，是能够禁得住时间汰洗和考验的。

杨老师已年过古稀，对他而言，有一种"日月忽其不淹兮，春与秋其代序"的急迫感。不过，依我看来，杨老师这些年反而新作频频，老树著新花，文思如泉涌。我希望并相信，杨老师的文学之树会长青不衰，华枝春满，天心月圆。

雪润大地了无痕

十六岁那年我考入河北师大,稚气未退,睁着一双懵懂、好奇的眼睛。从县城到省城,从中学到大学,这个跨度不只是几百里的距离。四年就读,伴着"我们是八十年代新一辈"的歌声,完成了人生一次重要的蜕变,眼中无知的鳞片纷纷脱落,未来世界一片明媚。这其中除了读书,一个最重要的环节是听老师讲课。讲堂上老师们操着不同口音,或幽默,或板正,或豪放,或婉约,形貌有别,情态殊异,却如春风化雨,如燕子衔泥。如今,倏忽已去几十年,当年的情景与细节,栩栩然如在眼前。

中文系主任是冯健男先生,现在已没有多少人知道这个名字了,当时在全国文学评论界却是大名鼎鼎。开课之前,大家已在底下悄悄议论,说他是现代作家废名(冯文炳)的亲侄子,他在国内老有名了,要不人家咋当系主任呢?这让同学们肃然起敬,一想到名列现代文学史的作家,他的亲人给我们上课,距离感倏忽间被压扁了,感到神秘而有趣。

当年,冯健男先生教文学理论课,他四十七八岁,正值盛年。至今还清楚记得他第一次出现在讲台上的样子，中等个，白净脸，微胖，穿着白色衬衣，脸上总是挂着微笑，给人的感觉他是一个性情温和的人。课余在阅览室翻阅报刊，竟然发现冯健男这个名字不断打眼，不仅报纸杂志频繁刊登他的文章，而且他二十世纪五六十年代的论文还经常出现在其他学者的论文注释里。冯先生对孙犁及"荷花淀派"与梁斌的研究最有影响。孙犁对他评价很高，说他"识见醇正""时见精彩"，行文"具笔削之功""得剪裁之当"。冯健男先生是湖北人，1949年毕业于北京大学西语系，后随解放军南下，曾当过《战友报》《解放军文艺》编辑，最终落脚河北，先在省文联工作，后到河北师大任教。

尽管冯先生名气大、成就高，为公众所仰慕，但真心讲，他讲课却算不得精彩，远不如他的文章写得精妙。一是他拙于言辞，不擅长表达，加上湖北口音太重，听起来就有些费劲。可见文才与口才常常是不一致的，这种情形在一些文学名家身上也并不鲜见。周作人的学生回忆说，老师在北大讲堂上讲课，声音像蚊子嘤嘤，只有前两排的同学听得见。还有，闻一多在青岛讲课，因习惯带"呵"口头语，遭到学生写打油诗取笑。记得当时在《人民日报》上读到冯先生的一篇散文，文采斐然，滔滔无碍，与讲课形如轩轾。

另一位印象深刻的是外国文学老师严金华先生。他和冯先生风格迥异，不苟言笑，面无表情。严先生是福建人，口音也很重。他讲课一个突出的特点，眼睛上翻，似乎对天花板有不倦的兴致，从来不看学生，仿佛堂吉诃德大战风车如入无人之阵。与学生也不交流，下了课就夹起讲义走人。他的烟瘾极大，只用一根火柴，也就是说一支烟接着一支烟，用烟屁股接续。但他从来不在教室抽。在教室他只喝水，滋润一下被烟熏坏了的嗓子。对他的课同学们个个伸出大拇指，佩服得紧。严先生讲课每次都带着讲义，却从来不看，一切都在脑子里装着。刚给我们上课时，大家一看这老师怪模怪样，眼睛只瞅天花板，不免哧哧发笑，后来就没人笑，只有佩服了。每个作家的生卒年代、名作的写作时间、马恩列斯的评论原话以及出自哪一卷哪一页，都烂熟于心，张口就来，一点儿磕巴都不打。天啊，这记忆力该是多么惊人！

　　学校还外请一些名人来搞讲座，记忆最深的一次是萧军先生。当文学史上的人物真容现身，其效应可用"轰动"二字来形容。萧军是鲁迅帮助、扶持成长起来的作家，他的小说《八月的乡村》是由鲁迅修改、写序并推荐出版的。鲁迅葬礼上，在十万人送行的队伍中，萧军和胡风、巴金等共同组成十六个抬棺人队伍。此外，萧军和作家萧红曾经甜蜜，又终仳离，二人的关系充满传奇色彩，是现代文学的一大谈资。

　　"来了，来了！"当萧军先生的身影在众人的簇拥中出现时，座无虚席的大教室一阵骚动。这位传奇的东北硬汉已是七十余岁的老人了，矮个子，粗壮结实，脸膛黑黝黝的。他讲了啥我都记不得了，只记得他的开场白："你们不是要见萧军吗？跟你们没啥不一样，也是一个鼻子两只眼睛。"还自我调侃是"出土文物"，现场哄堂大笑，但笑声里隐含着几多无奈几多心酸啊。

　　木心的《文学回忆录》，是他去世后由学生陈丹青整理的听课笔记，这是听课听出来的最卓越的成果，从此世人认识了一位优雅绅士的作家。我看过木心的散文和小说，觉得都没有这本书好，这应归功于陈丹青。显然，陈丹青是用心用情的。听课，不仅是长知识、增学问，更多的是把先生的风度、气质、精神与人格潜移默化。听课与读书的不同之处，在于它是有温度、有气息的，亲承謦欬，耳提面命，即使授课者讷于言，或效果欠佳，但总会有一个东西不经意间影响了你，或巨或微。一如大雪融化之后，了无痕迹，终归是滋润了大地。

毛笔西施

刚入夏，太阳就放射着灼热的光芒，热气扑面袭来。石家庄市棉一立交桥古玩市场，熙熙攘攘，人语喧哗，我刚转了一圈，额头就沁出了汗珠。在市场临近马路的边缘地带，我看到了毛笔西施的摊位。

说是摊位，其实也就两张摊开的报纸那么大，上面摆着各式各样的毛笔。毛笔西施坐在小凳子上，正在热情地给顾客介绍毛笔。她六十多岁，一头染成微黄的波浪卷的头发，上穿藕紫色外衣，脖子上戴着一条项链，下着黑色方格的裤子，脚蹬一双跟上衣一样颜色的鞋子，挺时髦的一位老太太，怪不得人们称她为"毛笔西施"。只是她脸上的皮肤如核桃皮，皱纹密布，写满了人生的沧桑和辛劳。

毛笔西施本名徐银花，江西进贤人，她的老家被称作华夏笔都，人人都会做毛笔。二十年前，她和丈夫来河北做毛笔生意，先在衡水开了一个店面，生意不太好，七年前丈夫回了老家，她则投奔在石家庄打工的女儿，从此在石家庄安营扎寨，摆摊卖毛笔。丈夫在江西老家负责制笔，把货发过来，由她来卖。一年前女儿也回江西打工了，如今只剩下她一个人。她把租的两间房子又转租一间，可以节省一点儿开支。

我蹲在摊位前和她攀谈起来，她很健谈，虽带着些江西口音，但普通话说得还不错。不时有人过来看毛笔，她根据顾客的情况，推荐给他们适合的毛笔，什么狼毫、羊毫、兼毫、猪毫，什么行、楷、篆、隶，门儿清。她的毛笔有五块钱一支的，也有一百块钱一支的，顾客尽可以讨价还价。有的笔杆是天然的竹竿，淡淡的绿色，散发出植物清新的气息。在比较精致的笔杆上，还雕刻着她丈夫的名字，她说那是听了一位书法家的建议，给自产的毛笔打品牌。她很实在，也很精明，笑靥如花，给人以信任感。她说，有一次一个书法家来买毛笔，问好使不好使，她说你拿走几支试试，不用给钱，如果不好使你把笔退给我就行。几天后，那位书法家又来了，还带着十来个人，高兴地对她说，买支好使的笔，比找个好老婆都难，你的毛笔太好用了！这些人一下子买了一万块钱的毛笔。徐银花说，石家庄的文化人多、人好，一年能挣个两三万元，所以，我舍不得离开。当然，挣钱也很辛苦。每天只要不是极端恶劣天气、或者生病，徐银花都会出摊。有时骑自行车，有时坐公交车，石家庄市凡是古玩市场都留下了她的身影，许多人都认识她。她不仅摆摊，有时还到各个大学尤其是老年大学兜售毛笔。中午饭常常自己带着，放在保温壶里，有时在市场买几个馒头凑合一顿。

我有点儿不太明白，丈夫、女儿都回老家了，徐银花年逾花甲何必一人独自在异乡苦苦打拼？徐银花对我讲述了她惨痛的受骗经历。十几年来，她辛辛苦苦积攒了三十来万元，本想在石家庄买一套房子，她老头儿不同意，说，家里那么多房子，干吗还要在外地买房子？当时买房还差个十来万，就想着除了更勤快地卖毛笔挣钱，还得理财，让钱生钱。没想到，陷入了一个骗局！徐银花说："刚开始，给的利息确实很高，那家公司还组织去新马泰旅游了一趟，我也算出了一趟国，觉得挺划算，就加大投入，后来把三十万元全投进去了。谁知，那家公司再也找不到了，被骗了个精光！那时，我死的心都有啊！天天哭，吃不下饭，睡不着觉，一下子瘦了十几斤，几天工夫头发全白了！我实在想不通，自己每天这么辛苦，从来没害过人、坑过人，靠诚实劳动过生活，怎么老天这么不长眼，让我这么倒霉，所有积蓄一下子全打了水漂！过了几天，我从床上爬起来又出来摆摊，人们说，出了这么大的事，还有心思摆摊啊。我说，日子还要继续过下去，不摆摊又能咋样？"徐银花在讲这段经历的时候，语气平静，好像在讲别人的故事。徐银花是一个坚强的女人，她没有不停地懊悔和咀嚼痛苦，没有沉湎在忧伤中不能自拔，没有在被骗的门槛绊倒后就爬不起来了。徐银花迈过了那道门槛，她不服输，一切从头再来！用更勤劳的努力，给未来铺展一条通往希望的幸福之路。

徐银花笑着说："那是三年前的事了，如今我又攒了五六万元了。我虽然倒霉遇到了坏人，可还是很幸运地遇到了更多的好人，给了我继续生活下去的勇气。他们得知我被骗个精光，都替我难过，安慰我说，钱没了再挣，还有我们呢！有个书法家叫潘海波，经常来买我的毛笔，一买就是上千块，给我起了个绰号'毛笔西施'，还把我的故事发到了网上，后来，来买我毛笔的人就更多了。我初中毕业，文化程度不高，但我知道西施是古代一位美女，怎么能和人家比啊，我知道大家这么叫我，是在帮我。我到大学去卖毛笔，学生们见了我也喊'毛笔西施'。"说到此，徐银花笑得像一朵绽开的菊花。

我油然从心底生出对徐银花的敬重和钦佩，她那看似瘦弱的身体里边竟蕴藏着如此强大的能量，坚韧、顽强、勤劳，不惮风雨，不怕苦难，跌倒了，拍拍身上的泥土，继续前行。

眼见要到中午了，我让徐银花给我挑几支毛笔。虽然我从小练过毛笔字，但那点儿功夫早就消失得无影无踪了。我一直想重新练笔，却一直畏葸不前。那么今天，就从毛笔西施的毛笔开始吧。

乱 云 飞

　　和马小改约好九点在滏漳书院见面，已经过了十分钟了，她还没来。我站在窗前望着大门口，不免有些嘀咕，唱戏的最应该守时的，咋会迟到了呢？

　　秋末的树叶金黄灿灿，偶有一片打着卷落下来，寂静无声，马路上一辆辆车疾驶而过。马小改的身影终于出现了，骑着一辆电动自行车进入院中。

　　我赶紧迎了出去。马小改风风火火上了楼，大步流星，哪像个古稀之人？一见我，连连道歉，对不起对不起，嗨，刚才差点儿跟人撞了车！——声音还是那么清脆嘹亮，眼眸还是那么顾盼有神。待坐定后，她讲了刚发生的事。

　　就在前面那个十字路口，她推着车子拐到人行道，一个六十来岁的老汉骑着电动车快速冲过来，发现有人过马路，急忙刹车，结果连人带车在地上摔出老远，膝盖磕破了一层皮，渗出血来。不过，也没大碍。老汉不让她走，马小改说，要不这样，我先给你一百块钱，给你留个电话，我是唱戏的马小改，有了事你找我，沾呗？老汉一听，眯了眼睛打量一番，说，你就是唱戏的马小改？嗨，啥也要说了，也不怨你，俺不要你钱，你走吧。马小改还是把钱硬塞到老汉兜里了。

我听完，拍了一下掌，笑道，名角就是不同凡响，跟你见个面都这么有戏剧性！一屋子人都笑了起来。

一

马小改，其实大名叫马俊改，但不知咋回事，大家都叫她马小改，久而久之她也自称马小改。

在平乡，在邢台，在冀南，在河北，马小改可是响当当的名角，人称"南路丝弦一枝花"。她八岁坐科，师从关新斗等著名艺人，主攻刀马旦和青衣，十几岁便成为剧团台柱子。俗话说，拉车的膀子，唱戏的嗓子。马小改天生一副好嗓子，宽、高、甜、亮，加上一张俊美的脸蛋，尤其是那双水灵灵、顾盼神飞的眼睛，能勾魂摄魄，不知迷倒了多少男人。

我也曾是马小改的"小迷弟"。那是二十世纪七十年代，县丝弦剧团改成了京剧团，演的都是样板戏。

我父亲在县文教局工作，有时候我从村里老家来县城住在他的宿舍里，闲着没事就去看电影看戏。人民街有一个大礼堂，县里开大会、放电影、演戏都在这里。就这样，我看到了马小改在《红灯记》中演的铁梅。那时她二十多岁，正是青春芳华时。舞台上的铁梅身穿红袄绿裤，梳着一条长过腰的粗黑油光的大辫子，鹅蛋脸，弯弯眉，眼睛大而明亮，手举红灯，款步轻移，真是迷死个人。我这个十岁左右的小男孩迷上了铁梅，只觉得心里痒痒的，一拱一拱的，有了不能示人的小秘密。我都不知道在县礼堂看了多少回《红灯记》，眼里像有一条绳子紧紧拴在铁梅身上，扯都扯不开。到了夜里，我大睁着眼睛，望着黑黑的天花板，小小年纪竟尝到了失眠的滋味。甚至，我竟深深懊悔自己为啥不是女的啊。那种迷乱的状态，颇类似于初恋。这个铁梅，不，是马小改，唤醒了我最初对女性朦胧的向往。

有一天，我又去礼堂看《红灯记》，发现铁梅换人了，是另一个女演员演的。虽然扮相、唱腔都不错，我却难以接受，产生一种巨大的挫败感，一个晚上都在怔忡不安，失魂落魄，不知怎么会这样。

二

说起铁梅换人，还真是有故事。

马小改演铁梅都不知演了多少场，有一天，正唱着呢，有一伙红卫兵跳上舞台，对她大喊，你爹是叛徒，你咋能演铁梅？下去！硬是把她赶下了台。一时秩序大乱。马小改气呼呼地找领导，说，俺爹一直都是老革命，咋就成了叛徒了？领导说，这样吧，这事到底咋回事，上级部门需要调查，你先停停，等调查清楚了再说。

那个年月调查一个人解放前的身份，哪是一天两天、一年两年的事，弄不好就一辈子搭进去了。

一锅沸水正咕嘟咕嘟冒泡呢，一瓢凉水浇了进去，霎时沉寂了。马小改被赶下舞台，正是这个样子。然而，人生的事永远都不知道下一步会发生什么，所谓祸兮福所倚，谁知这事这么一闹，马小改因祸得福收获了爱情。

剧团的曹大楼从天而降，横刀立马，充当了护花使者。

这个大楼，也是一个名演员，按传统戏曲行当来说，是典型的花脸。那时样板戏里的鸠山、胡传魁等角色都是他主演。大头方脸，粗壮敦实，有几分鲁莽，有几分豪放，颇像个江湖好汉。他的跟头翻得好，别人翻几个走个过场，他一翻就是十几个几十个，台下掌声哗哗不断。他和马小改平时也没啥交往，但他欣赏她，这时见红卫兵老找她别扭，倒生出一股路见不平拔刀相助的豪气。大楼有点儿像猛张飞，看着粗，却粗中有细，并不蛮干，他灵机一动，干脆自己挑头在剧团成立了红卫兵组织，把马小改置于自己的势力范围，如此算是保护了起来。

有人说，大楼凭啥保护小改，肯定是有所图，八成是看上人家姑娘了呗。其实不是，那段时间大楼心有所属，正和剧团的一个女演员谈着恋爱呢。有一天，马小改见大楼像霜打了的茄子秧，神经兮兮的，就问他怎么了，大楼说了事情的原委。大楼离过婚，带着一个八九岁的闺女，那女演员的父母坚决不同意他俩好，那女的就跟他吹了。马小改劝他不要难过，你这么好的人，还愁找不到媳妇？大楼就问，如果换成你，你愿意？马小改不假思索、脱口而出：愿意！

· 267 ·

两人就这样好了起来。马小改告诉爹娘要嫁给大楼,同样遭到二老坚决反对。大楼比马小改大八岁,且不说年龄、相貌不般配,二十二岁的马小改一结婚就要给一个年龄相差十多岁的孩子当后娘!

　　这事不仅马小改父母反对,全社会都不同意,一时议论纷纷,阿庆嫂怎么能嫁给胡传魁呢?这不是一朵鲜花插到牛粪上了?

　　马小改是个有主意的人,一旦认定的事八头牛都拉不回。两人领了证,单位给了一间小南屋,把铺盖卷搬到一起,就这么把婚结了,谁愿意说啥让他说去。

　　这中间,马小改唱戏的事也峰回路转,没有沉寂多久,重登舞台,又扮上了铁梅。原来,马小改唱铁梅已红了半边天,在观众眼里马小改就是铁梅,铁梅就是马小改,只认她不认别人。这种民间的情绪积攒着,终于有一天爆发出来。这天县里开"三干会",晚上安排看《红灯记》,看了半截,台下纷纷要求换马小改,剧团领导急得满头大汗,赶紧让马小改化装演了后半截的铁梅。结果一出戏俩铁梅!后来,这事还是县委书记拍了板,说,马小改父亲的事经过初步调查没有发现历史问题,调查可以继续,但马小改该唱还接着唱。

三

　　父亲的事,尽管县里有个初步调查结果,但没有最终下结论。这一直是马小改的心病。

马父早年参加革命,曾在邢台的浆水镇上过抗大,后来被组织委派打入敌人内部,成为特工人员。他穿着洋绸衫,骑着高头大马,挎着盒子枪,戴着墨镜,耀武扬威在城中出入,这个形象深深镌刻在人们脑海里。

那个时候,地下工作为保密,都是单线联系,如果上下线牺牲或失去联系,就像断了线的风筝,有可能永远失去了组织。

马小改为证明父亲的身份,不放过任何线索,南下北上,北到哈尔滨,南到广州,四处奔波。经过数年努力,功夫不负有心人,守得云开见月明,终于给父亲拿来了一枚证书,还了父亲一个革命者的清白。

马小改说,当时父亲已经不在了,但这事关系到父亲一生的名誉,绝不能稀里糊涂,是黑是白必须有个交代。

马小改兄弟姊妹八个,她排行老三,却有老大的担当。

她八岁被选入县剧团,也是为了减轻家里的负担,还指望着有一份薪水补贴家用。

十三岁那一年发生的一件事,给马小改留下深刻的记忆。

县剧团在邯郸岳城水库培训演出四个月,伙食每天有玉米饼子,马小改舍不得吃,结束前她攒了四十来个,用饭票买了,用包袱包了,请假回了一趟家。她坐车到邢台,到平乡的最后一班车错过了,她就买了到巨鹿的票。巨鹿县城离她家有二十五里,下了车天已擦黑了。马小改归心似箭,等不得第二天了,连夜往家奔。天真是黑呀,只有满天的星星,路上一个行人都没有。路过一片坟地，一个个坟丘，一棵棵树木，在夜里黑影憧憧，夜猫子呱呱地叫，瘆人得慌，头发丝直竖。马小改胆子大，大声唱，给自己壮胆。过了坟地，走到一个村庄，实在太累了，脚上都起了泡，她就走到一家门楼里坐下歇息，觉得委屈，忍不住呜呜咽咽哭了起来，哭完了就睡着了。醒来天也亮了，离家也不远了，继续赶路。等回到家，解开包袱，四十个金灿灿的玉米饼子亮在家人面前，弟弟妹妹们一拥而上，抢着往嘴里送，狼吞虎咽。那时，正是三年困难时期，野菜树叶都是腹中物，玉米饼子比金子都珍贵。

四

我十岁左右，跟随母亲搬到县城，与父亲一块儿居住。这样很快就认识了舞台下的马小改。

我父亲是文教局局长，剧团归他管。但父亲是个古板无趣之人，从没有带着我去剧团看戏或玩。

我认识马小改是因为我二哥。二哥打小爱唱，十五岁被招入县剧团。二哥长着一张明星脸，跟当时的电影明星王心刚、达式常有一拼，是我们姊妹六个长得最好看的一个。他后来嗓子倒仓，唱不了了，只能跑龙套。印象最深刻的一个角色是《杜鹃山》里的瞎子，打土豪后分粮食，他被女儿搀扶走上来，翻白着眼，双手摸索着从篓里捧出白哗哗的大米，张嘴呵呵笑。至今我们仍然以此打趣他。几年后他离开剧团，上了一个中专学校。二嫂也在剧团，那时他们搞对象曾遇到家庭阻力，但还是坚定走到了一起。二嫂也是名角，演老旦，后来在剧团解散之前她调到了文化馆。

有一天，家里包饺子，母亲命我去剧团叫二哥回家吃饭。剧团在县城西部，离家不近，得有三四里地。我屁颠屁颠地走去，心里想着，马小改是不是也在那里呢？说不定还能见着她呢。

剧团有几排平房，办公住宿一体化，小演员们住大屋通铺，结婚了的分配一间宿舍。我进了大门，正巧，有人走了过来，穿着碎花连衣裙，是个年轻的漂亮女人。我问她："俺二哥在哪儿？"女人一怔，上下打量了我一番，问："谁是你二哥呀？"我说："兰彬。"女人眼睛亮了一下，眉梢弯了起来："呵呵，你是老三吧？"这女人居然知道我，可我不认识她呀，不由得偷偷看了她一眼，感觉有点儿面熟，忽然我的心跳加速，脸烫着了，这，这，这不是那铁……马小改吗？马小改似乎看透了我的心思，笑着说："我是马小改，跟你二哥是同事，也是你爸爸的兵。"她告诉了二哥的房间号，并用手指了指方向，袅袅婷婷地走出大门。

真是巧啊，我居然就这么轻易地见到了心中的偶像，那个曾让我神魂颠倒的铁梅。我一时有些恍惚，不知台上的铁梅和台下的马小改哪个更真实。马小改走了，像一阵风，她长得啥样好像一点儿也不记得了，刚刚发生的一切仿佛一个梦，只有空气中还残留着一丝香气。

后来，我经常去剧团玩儿，有时候马小改因有事找父亲，也会来我们家，渐渐地和马小改就熟了。我母亲也成了她的忠实戏迷，天天小改小改不离口，好像马小改是她的一个女儿。

五

"文革"结束后，县剧团由京剧又改回丝弦。

平乡县丝弦剧团最早成立于1956年，它的雏形来自于九曲村弦子腔班社，1947年被县民主政府认可并接管。九曲村，当地都叫湾子，正是我的村庄。写此文之前，我一直不知道我们这个毫不起眼的小村居然还有如此深厚的文艺渊源。机缘巧合，冥冥中它在等着我写上这一笔。

丝弦，也叫弦子腔，弦索腔，是河北地方戏的一个主要剧种，真声吐字，假声行腔，别有韵味。据史载，丝弦起源于明代万历年间，至清代已有较大发展，因地域和风格逐步形成了东西南北中五路丝弦，仿佛一朵花的五个花瓣，各自散发出怡人的清香。邢台、邯郸一带即称南路丝弦。

马小改靠京剧出名，丝弦再度使其声名鹊起，并成为南路丝弦的标志性人物。我看过她主演的《杨门女将》《小刀会》《三凤求凰》等，虽然那个时候我对这些"老戏"缺乏兴致，但不能不说，马小改依然是盛开在舞台上的那朵最绚丽的花。尤为难得的是，马小改虽然文化程度不高，但很聪明，她觉得丝弦唱腔中女声真假嗓不和谐，就大胆改革，将京剧气口、河北梆子高亢悲壮、评剧疙瘩腔与丝弦糅为一体，创出了一个新流派。从京剧到丝弦，马小改梅开二度，中国唱片社灌制的唱片全国发行，"南路丝弦一枝花"的名声不胫而走。

事物有兴衰，人生有起伏，似乎是一个铁律，非人力可以改变。新时代的大潮席卷而下，多元化的文化生态精彩纷呈，文学失却轰动效应，慢节奏的"咿咿呀呀"的"老戏"更是像失宠的旧妇日益落寞，剧场逐渐变得空旷辽阔。剧团团长马小改感觉到一股股寒风吹彻，眼瞅着树上的绿叶变黄又纷纷飘落，咬断银牙、流尽珠泪都无可奈何了。

"难啊！"直到如今，说起那时的日子，马小改还是慨叹连连。"宁领一营兵，不领一台戏"，"要作难，去剧团"，"要生气，领班戏"……

1992年，县剧团解体。县里给一线演员都做了安置，不少人去了纺织厂、铁工厂等国营单位。马小改被安排到了文联。文联原来只有主席一个光杆司令。马小改成了一个闲人，镇日无所事事，到点上下班，日复一日。站在舞台中央的光彩照人、响遏行云，充盈剧场的鲜花掌声、繁华热闹，似乎都成了遥远的往事，一个梦。

戏是马小改的魂，没戏唱的马小改，失魂落魄。无数个日子，她坐在窗前望着天空悠悠的白云发呆，舞台上的一幕一幕令她无比怀恋。她在想，当年总政文工团、石家庄丝弦剧团要调她，那时走了又会咋样？她在想，这辈子还有戏唱吗？……

终于有一天，唱戏的马小改又出现在人们的视野，却是以一种出人意料的方式，一个让人难以接受的场合——在乡村，死人的灵前。一个老头一生都是马小改的忠粉，死后，其老伴儿心念一动，如果能把马小改请来，在老头灵前唱上一段，将是对老头的最大告慰。可是，马小改那么大的名角，让人在死人灵前唱，岂不是辱没人嘛，人家怎肯答应？没想到，托人一说，马小改欣然应允。

马小改说，只要是人们喜欢听我唱，在哪儿唱都是唱，只要唱，我就浑身来劲，只要唱，我就觉得我还活着。

自此以后，找马小改"挡事"（红白事）的越来越多。村庄田野成了马小改更广阔的舞台。

2009年我母亲去世，踌躇再三我给马小改打了电话，说按照乡俗想请她来村里唱几段。马小改爽快地说，你家老太太是我的戏迷，和我好了一辈子，我必须送她一程。她来后，先在街里搭的灵棚给母亲三鞠躬，然后在临时搭的场地放开喉咙清唱了几段丝弦，如泣如诉，如怨如慕，令我泪流满面。村里乡亲闻讯赶来，嘴里喊喊喳喳，指指点点，嘿，马小改，马小改！竟乌泱泱围了半街筒子人。马小改清亮圆润的声音在村庄上空飞扬，我想，母亲一定是听到了。

六

和马小改在滏漳书院见面，是因为院长王孟保是新编丝弦戏《黄牛县令》的编剧，他也是我多年的老友。

《黄牛县令》这部戏让马小改的艺术人生在晚年又重焕光彩。

《黄牛县令》原名《时苗留犊》，讲的是西汉时期平乡籍的时苗在安徽寿春当县令，上任时一头黄牛相伴，离职时却多了一只牛犊，时苗认为它属于寿春，于是将牛犊留下。这是一个清官戏，其时代意义是显而易见的。这出戏，把平乡丝弦剧团已呈散兵游勇的老戏骨重新拢到一起，抖擞精神，再展风采，咔嚓一声，时光接续，似乎不曾断过。《黄牛县令》大获成功。

马小改在戏中扮演孟阿婆，是一个老旦的角色，可谓为她量身定做。此戏主角虽是时苗，可平乡丝弦戏怎少得了马小改呢？

《黄牛县令》在石家庄参加五路展演的时候，王孟保电话邀请我去看，可惜我值夜班，没能看成。

那次虽然没见到马小改，但我知道，其实，马小改一天都没有离开过丝弦。退休后她的生命节拍完全是随着丝弦跳动，她收了徒弟，张罗着办戏校，成了非物质文化遗产传承人……

有一年，我听说她应石家庄丝弦剧团邀请，给他们办的戏校当老师，我和妻子请她吃饭。我开车在文化宫门口等她，她出来后告诉我，吃住和教学都在这里，条件虽然简陋，也离开了家乡，但她很高兴，很满足，因为自己还是一个有用的人，做着有意义的事。

这次采访马小改，我二哥也在场。闲聊的过程中，马小改一再说，兰彬你一定要给云霞（我二嫂）解释清楚，那天我在电话里听她有点儿着急。二哥说，放心吧，知道是个误会，云霞早就没事了。

我在他们的言谈中听出了一个大概。原来，这些年，国家特别重视乡村文化，送文化下乡活动如火如荼，凡演出人员都给予补助。二嫂成立了双馨艺术团，任团长，马小改任名誉团长，二人都曾是专业演员，自然是这个团响当当的招牌。他们的演出有快板、相声、小品、小戏、歌舞等，特受村民欢迎。县里还有一个团，两个团就为争取更多的演出机会形成了竞争关系。一次，那个团把马小改"借"走了，说他们要去的村子有人点名要听马小改唱。正好那天马小改没事，就去了。她原想着，这事不说也就过去了。谁知，有人录了视频，发到网上，一时引发点击潮。二嫂看见了，自然有些不悦，你咋给竞争对手站台去了？

马小改说，嗨，你不知道，只要一听说叫俺唱，俺就啥也不顾了。

马小改的舞台再次安放在广阔的田野村庄，只不过和以前的"挡事"不同，不再是为一人一家而唱，而是堂堂正正为众乡亲而唱。

眼瞅着到了饭点了，我说，马老师，好多年不听你唱了，你给来一段柯湘的《乱云飞》咋样？

马小改也不推辞，说，行！只是好久不唱京剧了，你凑合着听吧。说罢，站起身来，稍酝酿了一下情绪，便神完气足唱起来:"乱云飞,松涛吼,群山奔涌……"

如花美眷,似水流年,时钟仿佛一下倒拨了四十年,年轻貌美的马小改站在舞台中央,聚光灯下,嗓音珠圆玉润,穿云裂帛,叫人如痴如醉,一颦一笑、一招一式令人如梦如幻。

好一个"乱云飞"!这岂不是马小改大半生的真实写照吗?而乱云飞过,峥嵘依旧,旧时月色,清辉难掩。然而,我也知道,功成名就的马小改内心深处其实尚存一丝隐忧,南路丝弦这枝花该如何传下去……

指　　痕

　　母亲在我这儿仅住了两个月,就回了老家。

　　父亲过世后,八旬老母像一只失去伴儿的孤雁,哀戚异常。很长一段时间,她的精神很差,经常当着我们的面哭泣,更多的时候是眼神空茫茫地坐在那儿发呆。父母两人其实算不得佳偶,从年龄、性格到文化程度等各方面都存在着诸般的不协调,拌嘴争吵几乎伴随了一生,我小时候就时常在睡梦中被他们的争执聒醒。进入黄昏岁月之后,父母虽然也马勺碰锅沿叮叮当当,无非都是些絮絮叨叨婆婆妈妈的琐碎事,但两人的感情却前所未有地笃厚,两棵生命老树已经长到了一处,互依互存。父亲宽厚,母亲卞急,大事小事都是父亲让着母亲,已经成为习惯。母亲对父亲的依赖和依恋肉眼可见。父亲走得猝不及防,从发病到去世只有一周时间,对母亲的打击可谓灾难性的,母亲的世界一下子被抽空了。

　　我们做儿女的唯一能做的,就是对母亲不间断地抚慰和陪护,尽管丧父之痛亦痛彻心扉,但心里清楚,如果痛苦也分等级的话,那母亲丧偶的痛苦可谓最高级,无可取代。

由此，我明白了一个世俗的道理，人世间最重要的关系是夫妻关系，在家庭中虽然夫妻没有血缘，却是轴心，父母儿女、代代衍续都是因夫妻而产生。正如晚明思想家李贽所言："夫妇，人之始也。有夫妇然后有父子，有父子然后有兄弟，有兄弟然后有上下。"

待母亲的情绪稍有平复之后，我接她到石家庄我的新居来住，但也勉勉强强只住了两个月。其实她已有了轻微的阿尔茨海默病。

母亲走后，我在餐后擦拭客厅的茶几时，蓦然发现玻璃的背面清晰地印着母亲的指痕——八个手指肚泛白的手印。我的鼻子一酸，眼泪扑簌簌地淌下来。我对妻子说，这是母亲留下的手印，就这么待着，不要擦啊。

我知道那指痕是怎么留下的。母亲住在我这儿那阵，习惯坐在茶几旁的小凳子上梳头，或者喝水什么的，年岁大了，她往出站的时候需要双手抠住茶几玻璃借力，拇指在上，四指在下，这样玻璃上就留下了指痕，但我一直未曾留意。

母亲初来乍到之时很新鲜很高兴，还有儿子孝顺的心理满足，但很快就陷入了人地两生的落寞孤寂。白天我和妻子上班，家里只剩下母亲一人，寂寞的时光对她不啻一种煎熬。到了点，我急匆匆往家赶，到了楼下，往二楼的窗户看去，只见母亲正站在落地窗前眼巴巴地向楼下瞧，就像急迫想见到家长的孩子。这种情景在开始的几日几乎天天上演，我心里甚感酸楚，但又无可奈何，我总不能不上班在家里陪伴。

过了些天，待不住的母亲开始扩大她行动的半径，先在小区里边转，后走出了大门，去菜市场买菜。这又引起我另外的担心，马路上车来车往碰了咋办？地方不熟迷失了咋办？我像叮嘱孩子一样叮嘱母亲，尽量不要出小区，出门一定要注意车辆。我在她的衣兜里放了一张我的名片，如果找不到家就求助路人打我的电话。

我的担忧还是变成了现实。有一天我和妻子下班回到家里，母亲却不在，以为她在小区院里，等了一会儿还没回，我慌了神，两人赶紧下楼在小区四处找，了无踪影。她身上没有手机，我无法联系到她，这可如何是好？我急得冷汗涔涔，不住地四下张望。正在手足无措之际，甬路上出现了母亲的身影，一个小伙子扶着她走了过来。原来是母亲去买菜迷路了，幸好没走太远，幸好她虽然忘了拿出衣兜里我的名片，但还记得小区名字和门牌号，知道找人求助。我对小伙子千恩万谢，一颗心终于回到肚子里。

我和妻子都在家的时候，是母亲最快乐的时候，如果遇到周末上大学的孙子从另外一个城市回来，那简直就是她的节日了。看到她渐已淡化了丧偶的伤痛，脸上有了笑容，我由衷感到宽慰。晚上我们坐在沙发上看央视的戏曲频道，边看边给她讲解里边的人物情节，她看得津津有味，不断评价着戏里的善恶美丑。有一次看京剧《沙家浜》，她突然像见到熟人一样惊喜地说，咦，这不是"哈庆嫂"吗？她一直将阿庆嫂叫作"哈庆嫂"，叫了多少年都改不掉，我们也就随她去了，但每一次都博我们一笑。她喜欢戏里的闺女媳妇，不喜欢大老爷们儿，尤其是大花脸，她说，哟喂，你看这人，把脸抹刮得恁丑。

母亲每天起得早，我看到的第一个情景就是她坐在茶几旁的小凳子上梳头。她神情专注，无喜无悲，右手持梳子，弯起胳膊，从上到下一下一下梳着，缓慢，仔细，那一刻时间被拉长，画面被凝固。她的头发是花白的，但以八十岁的年纪犹黑色居多。她梳完头，将脱落的碎发归拢了放进一旁的垃圾桶里，双手抠住茶几玻璃慢慢站起。这场景像一组慢镜头每天早晨都反复播放。

那时我还不知道玻璃上还能留下她的指痕。

八个手印，仔细看去还能清晰分辨出指纹，那是母亲独有的生命识别印记。有如一帧版画、木刻，母亲把她的作品留在我的玻璃板上面，仿佛一股汹涌的潮水冲击着我的心灵堤坝，我的感情防线瞬间陷落。

我给母亲剪过指甲，她的手指颀长纤巧，可惜生在农家，只是用来缝补浆洗、纺花织布、稼穑弄炊，与弹琴鼓瑟无缘。就是这样一双瘦弱的手，撑起了偌大一个家，把六个儿女养大成人。十根手指，就是十根擎天柱啊。母亲的指痕就是我生命的印痕。犹记得，小时候家里穷，白面稀缺，母亲偏向我这个幼子，做饭时和一小块白面疙瘩，用一根木棍串起杵到灶火里烧，给我解馋。这种面食我至今只知道发音"补剂"而不知究竟是哪两个字。母亲烧熟了"补剂"，还烫着，两手倒腾

・281・

着，递给我，以怜爱的眼神悄悄说，快吃吧！而今我用"补剂"二字觉得没有比其更准确更传神的了，它分明就是母亲对我生命的补剂！犹记得，一年夏天晌午我偷偷跳到村西大坑里洗身子，回到家，母亲审视着我问，干啥去了？我支支吾吾说，玩去了。母亲用手指在我身上划了一下，立刻出现了一道白印，她怒喝，看吧，明明是洗身子去了，还敢说瞎话！抄起一把笤帚就打，我马上撒丫子落荒而逃。犹记得，寒冬里母亲的手皴裂出口子，食指红肿得胡萝卜似的，大瓮腌菜，盐水一渍疼得呲呲哈哈，但她笑着拍着瓮沿说，疼，叫你疼！犹记得……记忆中的事如恒河沙子，哪里数得清呢。

  母亲在我这儿仅住了两个月，以后再也没有来过。如今十多年光阴倏忽而逝，母亲墓木已拱，茶几玻璃上的指痕仅留存了几天即随空气漫漶消散了，但对一个儿子来讲，母亲的指痕无处不在，那是生命的印痕深深镌刻在记忆深处，永不磨灭，直至终老。

母亲的蒲扇

盛夏来临,电扇、空调等清凉消暑用品开始派上用场。在我的家里却常年放置着一把蒲扇,虽然跟室内现代化用品有点儿不搭,但非常轻便好用。

夏天用蒲扇,是我母亲留下的传统。

蒲扇对于母亲来说,就像是诸葛孔明的鹅毛羽扇,在夏天是不离须臾的。

夏天的日头很毒,能把人晒脱一层皮。村里的男人们习惯戴草帽,女人们除了下地干活儿一般不戴草帽。不记得母亲戴过草帽,只记得她有蒲扇。母亲在阳光下行走,用一把蒲扇遮在额前,抵住了日光的毒辣,给脸部留下一片阴凉。

母亲走得累了,走到树荫下休息。这时,阴凉下有微风习习,蒲扇便成了坐垫。歇够了,起来,拿起蒲扇在树身上拍两下,抖去尘埃,走进阳光里,蒲扇又遮在额前。我们有时候在烈日下"手搭凉棚",巴掌大的清凉也很管用,何况蒲扇面积比手大多了。

到了晚上,繁星点点,或月亮光光,母亲和邻人们坐在场院东家长西家短聊天。蒲扇在母亲手中缓缓摇动，一阵阵清风凭空生起，暑热尽散。一些蚊虫伺机往人身上袭扰，都被蒲扇驱跑，难以降落成功。有时，主人一时疏忽，蚊虫刚叮在腿上，还没来得及作案，就被主人的蒲扇啪啪拍落。在蚊虫眼里，这把蒲扇是一件可怕的武器。

母亲的蒲扇拍蚊蝇，也拍人。我的后背和屁股便是被拍的地方。不过，我并不害怕，比起别人的家长用鞋底子拍，母亲用蒲扇拍，简直就是挠痒痒一般了。拍的时候，看似用力，实际上空气成了阻力，蒲扇挟着一阵风过来的时候，落到屁股上已成强弩之末。

七八月的夜晚最是难熬，常常被热醒，一身汗水，洇湿了褥子或凉席，我在似梦似醒中身子来回蠕动。这时，忽有一阵凉风习习拂来，清爽惬意，慢慢地汗消热退，重回梦乡。当然，我知道这是母亲摇动了她的蒲扇，为儿子拂去溽热，送来清凉。北方的夏天很长，这样的情景在漫长的夜晚反复出现。

俗话说，立秋把扇儿丢。意思是天凉了，不再用扇子了。可对于母亲来说，蒲扇还是不能丢，尤其是做饭、煎药还需要用蒲扇"煽风点火"呢。《西游记》里孙悟空向铁扇公主三借芭蕉扇，这芭蕉扇既能把火扇灭，也能把火扇旺，一把扇子，神通广大。民间的蒲扇虽然普通，价格很便宜，但也是一件家用的宝贝。

蒲扇，是用南方的蒲葵叶子做成，天然的绿色用品，拿在手里很轻，有一股好闻的植物的气息。中国历来有雅人用纸扇、俗人用蒲扇、贵人用绢扇的传统，不同的扇子体现不同人的身份和地位，《红楼梦》中晴雯撕扇，这扇子断不会是蒲扇。我虽然忝列文人，却喜欢蒲扇。因为蒲扇来自原野，接地气，纯天然，清新拙朴，扇起来风大过瘾；还因为蒲扇是母亲的扇，拿在手中一摇，便摇起那一串串馨香的回忆。

向前，向上

祁淑英老师要出版她的第二本诗词集，特嘱我作序，我婉拒再三，敬谢不敏。因为以我的声望和地位没有资格给这位前辈写序，何况她还是首届全国优秀传记文学作家，国内知名。但祁老师恳切地说，喜欢我的文字，如果我没有给她的作品留下一些纪念，她会感到是一种遗憾。话说到这个份儿上，我再不应允就是不识抬举了。

因为祁老师给我的时间比较宽裕，加上工作繁忙，便没有急于动笔，中间接到过祁老师的电话，她也并没有催我，这样就延宕了下来。有一天，祁老师又打来电话，说，经常看你的微信，不是转发你们媒体的作品，就是转发关于媒体的思考文章，知道你很忙，担子很重，真不应该在这个时候给你增添麻烦，所以，那个序就不让你写了，我另找他人吧。祁老师的态度很真诚，如此善解人意，着实让我松了一口气，如释重负。

但过了没几天，我的轻松感却被不安所替代，俗话说，闭口容易开口难，一位八十多岁的老人，请你写篇文章，怎么能忍心拒绝呢？序文不写，就写写祁老师这个人吧。

我和祁淑英老师认识是在 1999 年秋天。那年，河北青年报举行成立五十周年庆典，特邀请了著名作家浩然先生。浩然来到石家庄，自然吸引了各个媒体采访。报社领导说年轻记者缺乏对历史及浩然的了解，特命我亲自出马。那时我刚从学校调到报社一年多，好在我原来是研究现当代文学的老师，对那一段历史和浩然都不陌生，心中自然有底气，能亲自和浩然交谈也是我所热望的一件事情。领导为帮助我顺利采访，还介绍了浩然的老朋友、河北日报的老记者祁淑英从中穿针引线。浩然和祁淑英曾是河北日报的老同事，也算是我的新闻前辈。这样，我和祁淑英因此结缘认识了，开始了长达近二十年的"革命友谊"，祁老师长我三十一岁，地地道道的忘年交。那次在祁老师的帮助下，浩然只接受了我们一家媒体的独家采访，我写出了长篇访谈录《浩然笑谈往事纷争》，引起了较大反响。

那时，祁老师刚退休，正在酝酿她的人生第二春。她给人的第一印象就是虽然个子不高，却生命力强劲，热情、开朗，磊磊大方，气场强大，对人有一种莫名的吸引力。和她接触，能明显感觉到她身上那股劲，一种干劲、冲劲、不达目的誓不罢休的韧劲。后来读到她的老伴魏根发老师在给十卷本《祁淑英文集》写的序言中讲了一个她当年当记者的故事，典型地体现了她的性格。1961 年，祁淑英与同事一起去张家口采访，连夜写出了一篇报道《大牲畜分户喂养的调查报告》，从农村赶回张家口市时，已没有了去省会天津的火车，当时也没有其他的通信手段,而新闻贵在新,若等到第二天有了车再走,新闻就成了旧闻了。祁淑英急火火地找车站站长,要求坐货车也行,但站长说货车也没有,祁淑英请求站长想想办法,站长一筹莫展,说实在没办法。同事见状就拉祁淑英离开,说只好等第二天了,不好强人所难啊。祁淑英却坚持说,站长一定会有办法。站长被缠得没法,急中生智,突然说,我可以让火车头专程送你们一趟。这样,祁淑英和同事就坐上了只有一个车头的"专列",坐在煤堆旁,一边看司炉师傅一锹一锹往炉子里添煤,一边和司炉师傅聊天,结果到了天津后,两人都成了"煤黑子"。稿件及时发出,祁淑英一"黑"成名。

正是靠了这股劲,祁淑英在退休后,没有像一般人那样含饴弄孙、颐养天年,过上优哉游哉的退休生活,而是选择了一个人生大目标,为科学家立传。个中缘由,一是祁淑英要圆她的"科学梦";二是这位传统的老报人认为,科学家相比那些明星、歌星,对社会对国家的贡献更大,更应该受到年轻一代及全社会的尊崇,她有责任让那些科学家成为青年人的偶像。使命感、责任感驱使老太太瘦小的身躯爆发出巨大的能量,十五年间写出了《钱学森传》《钱伟长传》《钱三强传》《袁隆平传》《邓稼先传》《何泽慧传》《中国三钱》《原子世界的科学伴侣》等八部科学家传记文学作品,达二百多万字。从而在晚年将人生推向辉煌的顶峰,获评中国当代优秀传记文学作家称号,获得中国图书奖、中国青少年读物一等奖等。写人物传记不同于写小说,可以面壁虚构,而是必须有扎实的采访和翔实的资料，要绝对真实客观。那时还没有电脑，翻检资料需手工操作，须下笨功夫、硬功夫。至于采访，祁淑英更是拿出了当记者的看家本领。查阅资料，采访人物，一趟一趟跑北京。新闻界有一句行话叫"脚底板下出新闻"，写传记文学下得是同样的功夫。功夫不负有心人，祁淑英获得了巨大的成功，古稀之年完成了人生华丽的转身，璀璨而耀眼。钱学森夫人蒋英看完《钱学森传》后，将祁淑英老两口儿约到家里做客，对他们说，她连夜一口气读完了这本书，读着，读着，哭了，当读完书，竟然哭湿了两条毛巾。相对于获奖，传主家人的这种评价无疑更难得，更让人欣慰。

说到祁淑英的成功，她的老伴魏根发老师不可缺失。因为祁淑英的科学家传记，大多是两人合作完成。通常是祁淑英写完第一稿，魏根发誊抄并加以润色修改。夫妻作坊，流水作业，妇唱夫随，珠联璧合。著名作家蒋子龙评价说："美满人写美满人，收获美满。"我多次与祁、魏二位老人一起吃饭，一般是祁老师坐主座，魏老师在旁陪坐，祁老师侃侃而谈，魏老师默默倾听。有一次，一干朋友受邀去祁老师家里做客，席间祁老师对社会、对文坛上一些不正常的现象大加挞伐，慷慨陈词，魏老师谨慎，便加以制止，祁老师爽朗笑曰，怕什么，在座的又不是外人！他们两人的性格差别是很明显的，祁老师却常常不加掩饰地在我们面前夸她的老伴，还说，都说鸡狗不到头，我属鸡他属狗，我们家从来不鸡飞狗跳的，我们都七老八十了，还算不到头？其实，魏老师也是一位大才子，曾任河北省电台文艺部主任，写得一手好字、好书法，只不过他深爱并欣赏自己的妻子，甘愿做护侍红花的绿叶，默默地支持、陪护、付出。有夫如此，也是祁老师莫大的福分。

在我与祁老师近二十年的交往中，深感她是一位善良、热情、正直的女人，一位执着、坚韧、有理想有抱负的才女，一位善作善成、不低头不服输、敢于挑战命运的奇女子。或许她那一代人的基因里面，有一种理想主义和英雄主义情结，激情燃烧，火热投入，像《钢铁是怎样炼成的》中保尔说的那样不肯庸庸碌碌虚度年华。这种时代所铸就的性格或许是我们今天所需要补充的精神特质，向前，向上，充满正能量。

阴云，而后春霖

　　正值春夏交替的时节，这天一改昨日的阳光明媚、暖意融融，天空阴云密布，仿佛一重铅灰色厚实的棉被，无风也凉意袭人。我和妻子驱车一百六十多公里，专程前往河北肃宁县探访魏忠贤和刘春霖的故里。

　　魏忠贤，明末大太监；刘春霖，清末最后一个状元。一邪一正，一奸一忠，在中国历史上两人都是符号性极强的人物。

　　这次踏访过程，颇有些言外之意，值得让人回味。

　　跟着导航系统，我驾车先来到大张家庄村。在阴天里开车，特别是一个陌生的地方，转来转去，我已不辨东西南北。

　　在街上停好车，我们看见的第一个人，是一位年约七旬的老汉，背微驼，黑黝黝的脸膛爬满皱纹，典型的北方农民模样。他独自一人倚墙而立，眼神空茫，不悲不喜。我熟悉的老一代农民，没事都喜欢在街上站着，街上是一个流动的风景，有热闹可瞧，或扎堆一起谈古论今。我走过去，问道，大叔，魏忠贤是这个村的吗？因为我从有关资料上看，有的说大张家庄是魏忠贤的老家，有的说实际上是他姥姥家，他是卫家庄人。

老汉看着我,面无表情,答道,是。

我说,不是说大张家庄是他姥姥家吗?

老汉说,也就是那么一说,现在说不清了。

我说,听说有一个福田寺,在哪里啊?

老汉用手指了指方位,说,就在那边,现在是一个学校。老汉一边说一边慢慢往出走,眼睛也不再瞅我们,明显是不愿谈下去了。我们也只好识趣地离开。等走远了,回头看,那老汉又回到原位倚墙而立。

走到一个穿街公路,见有一户人家大门口停着一辆越野车,一对父子正往车上装东西。那个小伙子健谈,跟我们介绍说,他家东邻就是那个学校,其实是幼儿园。以前这一片都是福田寺所在,大得很。他们家当初在此盖房,还挖出了一尊佛像。

据我了解,福田寺的前身是魏忠贤祠堂。魏忠贤原本是此地一个小混混,娶过妻,生过女,整天游手好闲,喝酒赌博。一次又与一帮无赖耍钱,输大发了,"恚而自宫",万历年间被选入宫做了太监。此人虽然大字不识,却狡狯好谀,脑瓜儿灵,会来事,一步一步爬升,最后竟然将太监做到了极致,时人呼之"九千岁",甚至到了朝廷上下只知忠贤不知皇上的地步,全国九省建了魏忠贤生祠七十多所。说魏忠贤是中国史上第一太监,当不为过。他的身体被阉割,人性也被阉割了,残暴狠毒,滥杀忠良,恶贯满盈,大明的天空阴云笼罩,暗无天日。随着那个一心痴迷木工活儿的颠顸皇帝天启驾崩,这个巨奸大蠹被少年天子崇祯干掉。祠堂变成寺庙也是情理中事了。本地人称福田寺为大寺,一个"大"字,可以想见其规模建制之宏富。一位八十来岁的老太太说,她当年嫁到这村时,大寺还有一些破砖烂瓦,人们在那儿往家里捡砖头。

一个胡同里有一人家或许办什么事,小轿车一字排开,停了长长一溜。从那家门口经过,闻到了浓郁的饭菜的香气。有人统计,历史上十大太监有五个出自河北,一个男人何以净身做了太监?固然原因种种,恐怕穷,是其根本。眼望目下富足的村庄,实在想象不出魏忠贤时代大张家庄凋敝破败的样子。

卫家庄距大张家庄很近。据说卫家庄应是魏家庄,魏忠贤倒台后,魏家人怕受牵连,将魏改为卫。我们在街上遇到的第一个人,是一个中年妇女,待她走近,我问,知道魏忠贤吗?她说,知道啊。我心里说,果真是魏忠贤老家啊,妇孺皆知。讵料她接着说,他在东南地里干活儿呢,你们找他?我一听,差点儿笑出声来,敢情村里而今还有人叫魏忠贤的?

这时,有一个中年男人从门口踱出来,见我们问魏忠贤的事,便主动说起来。他承认魏忠贤就是这个村的,家谱上有。卫家庄主要有三姓:卫、朱、赵,卫和朱是一家,都本姓魏。我说,据说一个魏家人逃避官家追捕,躲到猪圈里,谎称姓朱,是这样吗?话一出口,我即失悔,万一此人姓朱,岂不有失敬之唐突?他果然姓朱,不过他不以为忤,笑着说,那是糟贬人呢,怎么可能?

· 293 ·

在和这位中年男人的交谈中，我明显感觉到了他的感情倾向，对魏忠贤多少是有些回护之意的。他说，魏忠贤是一个大本事的人，当时皇帝小，他算是摄政吧，执掌一个国家不容易啊。那时，魏忠贤在老家开挖了一条河，和大运河相通，北京的货品能直接水运到老家来。他又说，历史都是人写的，魏忠贤到底咋样，谁能说得清呢。他这一句话说得倒蛮有意思。尽管已过去了近四百年，尽管血管里的血已稀释了，但毕竟还是浓于水。在魏忠贤的故里听到这样的话，我没有感觉意外。历史是复杂的，人性是复杂的，多一些辩证和思考，或许有助于我们拨开重重迷雾，厘清真相。

中午，我们在小镇一家饭馆匆匆扒了几口饭，赶到刘春霖老家北石宝村时，浓厚的云层化作了一场大雨，汽车雨刷左右摆动，忙个不停。

这天是春天最后的尾巴梢，这大雨还算是春雨、春霖，在这样的天气来到刘春霖的故里，这巧合里或许也是一种天意？

刘春霖生在北石宝村，三岁丧母，父亲在保定府当衙役，将其托付给大爷叔叔抚养。稍长，父亲将他带到保定著名的莲池书院读书。1904年科举考试一举夺魁，因次年清政府废除了千余年的科举制，故，刘春霖成为中国历史上最后一个状元。据说，刘春霖本来考取的是第二名，第一名叫朱汝珍，最终的名次由老佛爷慈禧太后钦定，朱汝珍的名字令她眉头一皱，想起了被她害死的珍妃，朱的籍贯广东也让她想起康有为、梁启超、孙文这些维新派、革命党，大为不悦。翻到刘春霖卷子，这名字令其眼前一亮，久旱逢春霖，吉兆啊，再一看籍贯肃宁，肃静、安宁，好好好，而今洋人闹，国人闹，乌烟瘴气，正需要肃静、安宁。朱笔一圈，状元就是他了！

　　刘春霖的名声不只是"最后一个状元"，他还是书法大家，尤擅小楷，时有"大楷学颜（真卿），小楷学刘（春霖）"之说。我有一个师弟曾送我一匣木制的刘春霖小楷书法，圆允平整，娟秀端正，果然不同凡俗。抗日时期，日本人拉拢他出任"北平市长"等伪职，他坚辞不就，保持了民族气节，为人称颂。

　　雨下得这么大，想在街上和人聊天怕是不可能了。将车停在村委会路边，却见五六个初中生模样的男孩在廊檐下杂坐，有的闲聊，有的低头玩手机。

　　我们打伞走过去，问道，你们知道刘春霖吗？

　　一个男孩打量了我们一眼，一边低头玩手机，一边回答，当然知道了，我们村的状元！自豪之情溢于言表。这是我应该想到的，本地教育肯定是把刘春霖当成励志典范的，身边现成的活教材嘛。男孩还告诉我们，村里还有刘春霖的后人呢。这些让我觉得与魏忠贤大为不同，魏忠贤更好像是在纸页上、传说里，而刘春霖仿佛就在这群孩子们中间，可以依稀看到他的面容，他的神情。

　　在雨中离开北石宝的时候，我霍然有思，深感今日之行颇堪玩味。在魏忠贤的家乡，我首先遇到的人，是一位肃穆寡言的老者，而且天空阴郁得像锅底，给人以压抑窒息之感；在刘春霖的家乡，我却遇到的是一群生气勃勃的少年，而且，天降甘霖，这是一场欢畅的喜雨。春霖，滋润了万物，也滋润了少年的心田。

历史虽然是已经远去的风云，但从来不是虚空的，克罗齐说："一切真历史都是当代史。"雅斯贝尔斯说："把历史变为我们自己的，我们遂从历史进入永恒。"其实，凡存在过的，都还活着，以各种各样的形式，隐喻或呈现。

与行公结缘

一直想写写张中行先生,与同好共同品啜先生精神的奶酪,但苦于编务繁忙,脑袋里像长了一丛乱草,肘生荆棘,文思结网,一时梳理不清,不知如何下笔。近读韩小蕙女士写季羡林先生的文章,竟意外如一石击水,心中久竖的琴弦发出轰然的鸣响,一派清爽从天而降。

我与张中行先生结缘始于二十世纪九十年代中期,但真正产生文字过从是我做了副刊编辑之后。1998年岁末,我给张中行先生写了一封约稿函,并附寄了几张副刊样报,想请先生拨冗惠赐大作。先生在当时文坛名高望众,为人亲善,素有"行公"的美誉。他的文章更是有哲人的深邃,作家的情采,语言学家的严谨。我曾在一篇文章中表达过这样的感受:"读张中行先生的文章,如松下听古琴,负暄听闲话,荒江听雨声,月夜听洞箫,每每遁入一种静穆古雅飘然出尘之境。无缘亲炙先生謦欬,只见过照片,笑眯眯的,淡泊而安详,一副蔼然智者的神态。看庭前花开花落,天边云卷云舒,目送归鸿,手挥五弦,读了一辈子书已入耄耋之年的中行老人已抵达哲人的人生化境。"恐怕与我有同感的人所在多有。自然而然，先生的文字成为众多报刊文学编辑千方百计索要的目标。俗语有云，客大欺店，又云，小庙供不了大菩萨，先生的文章多发在《读书》《随笔》《光明日报》一类的大报名刊，而我供职的只是一家省级报纸，先生能肯青眼惠顾吗？信发出后，我一直惴惴不安，因为我先前曾向几位本省籍的名作家约稿，恂恂如奉若神明，希望其能念"桑梓之情，鲈莼之思"，结果却是碰扁了鼻子，担雪填井，水中捞盐，一场徒劳。所以，尽管行公也是本省籍河北香河人，但我心中实在没底。

然而很快，1999年元旦甫过，新春的燕子便衔来行公的尺素，一看到信封上的地址和字迹，我的心就怦怦跳起来，仰天长叹，额手称庆。我小心地将信纸展开，九十岁老人的字迹依然遒劲有力：

江滨先生：

  寄下样报及手教拜收。承约稿，至谢。此前读评介拙文大作，奖掖太过，实不敢当。不才年事已高，而冗务不少，写文不多，如有，当呈上请正。

  匆匆，颂编安。

张中行拜复
99年元旦

虽然没有得到先生的稿子，一时有些怅然，但我仍然心情愉快。想想吧，一位九十岁的文化耆宿、泰山北斗，镇日文债如山，冗务如网，还能惦记着给一个小编辑复信，即使不给你写稿，光这种平等待人的谦谦君子风范，就足以让我侪小辈感动不已了。

先生信中所言"评介拙文大作"，是指我的《知性的美文》一文，即是我与行公结缘的开始。那时我还在高校任教，受散文家韩小蕙大姐之约，为她主编的《张中行精品欣赏》（2007年7月再版改名为《张中行名作欣赏》）一书撰稿，鉴赏文撰稿人有季羡林、周汝昌、阎纲、牛汉、毛志成等人，皆是学界名家，我忝列其中，至为荣幸。分给我的篇目是行公《我与读书》欣赏，此文我早已熟读过，且那几年我正在大量撰写读书一类的文字，因此写起来得心应手，按时交卷。尽管绠短汲深，不免浅尝辄止，未能深味先生浩渊博大的精神世界，更无法与季羡林等学界前辈、斫轮老手比肩相垺，但能写出一份属于自己的独到见解和体会，尤其对于自己所热爱的作家，也算了却了一桩心愿。况且此前先生有一书《顺生论》签名赐赠，书的第一篇文章（代序）就是《我与读书》！

二十世纪九十年代初，我曾撰文《文坛刮起老旋风》，评析了一种有趣的文化现象，即一批文化老人重登文苑，老树新葩，次第争发，且才情焕然，圆润丰沛，如同一抹绚烂的晚晴。他们腹笥充盈，学识渊博，大手笔写小文章，如烹小鲜，举重若轻。他们是根深叶茂的大树，是洋洋汤汤的大河，他们的群体出现,一下子将散文热推向了一个新境界。在这些老作家中,我最为推崇和心仪的是京沪二老:张中行与柯灵,而且巧了,二老同庚,都是1909年生人。我与柯灵老多有文字交往,写过数篇激赏其散文的文章《最是文字迷人》《文字因缘书作伐》《柯灵的尺牍》等,柯灵老的散文集《天意怜幽草》还将他致我的信收入。我能从讲堂转入报馆,潜意识中或许跟柯灵老当过报人的经历有些关联。而认识行公即源于他这股强劲的"老旋风"。在这批老作家中,行公似乎是发稿量最大的一个,其勤奋与多产令青年人也望尘莫及,甘拜下风,以至他自我调侃道:"这新冒出来的一位是怎么回事啊?"人戏称"文坛新秀"。一次我去北京,与几位文友雅集,其中一位神秘地问我:"你知道张中行是谁吗?"见我懵懂,他笑道:"《青春之歌》中余永泽的原型。"那时大家有些避讳行公与杨沫的关系,后来,行公在《流年碎影》中将此公开披露了。我听后有些感慨,本是一棵文化老树,却成了"文坛新秀",本是一条漭漭苍苍的长河,却被荒漠湮没了半个世纪,才重又冒出地面。"文坛新秀"一语所包含的无限辛酸与时代苍凉让人有沦肌浃髓之痛。我买行公的书是从《负暄续话》开始的,后来到处搜求《负暄琐话》,终未得,一直引为憾事。但书架上也有数种行公的著作,一些选本多少弥补了心中的缺憾。那时绝不会想到有一天还能给行公做编辑,充当他的第一读者,这是一件多么幸运的事。

仅过了十几天,行公的稿子来了——《题砚诗》,手写稿，端端正正，整洁清楚，不知端的的人根本不会看出这手字竟出自一位九秩老人之手。最引人注目的是稿纸上端空白处写着："请勿改动。"我一看到这几个字，非但没有不爽，反而会心一笑。我看过行公写的一篇文章，对某些薄学寡识又想当然地随意乱改其文的编辑不客气地指斥批评，并声明以后绝不再给这样的编辑稿子。比如，有一篇文章，行公谈某名家的法书，编辑以为"法书"乃"书法"的误植，便朱笔一挥，擅自改了过来。岂不知"法书"是指"有高度艺术性的可以作为书法典范的字"。编辑自以为是，佛头着粪，不仅损害了行公的文质，而且也给人留下笑柄。你说，哪个作家肯把心爱之作交给如此"文盲"去糟蹋？或许有人认为先生太牛，谁能保证文稿中不出现一次笔误？我以前也对此有一种神秘感和荧感，但亲自为行公做编辑，才真正感到什么叫一丝不苟，什么叫滴水不漏，什么叫规行矩步，什么叫不刊之论！

为了避免在校对中出现疏漏而导致舛误，我将行公的原稿复印出来，在排出清样之后，对照原稿逐字逐句予以校雠。此时我才真正理解了"校雠"的本来含义，搞了一辈子汉字的行公视舛误为寇仇！文章发表之后，我给行公寄去样报，踟蹰不安地附信请他审视有无错字。我深知，如果出现错舛，将永远失去行公再次赐稿的机会。

3月的一天，我又一次收到行公的来信，并附有一篇长文《各打五十板》。信是这样写的：

江滨先生：

　　外出月余，返京始复大札，至歉。刊拙作无一错字，足见关照之诚。阅赠报，知众愤胡万林事。此前曾写一文，兼愤受骗者之无知，怜而变为动肝火，未发，寄上请审，如有挂碍，掷还可也。

　　匆匆，颂编安。

张中行拜
99．3．24

　　一个"无一错字"，又一篇稿件的惠赐，我觉得这是行公对我做编辑的最高奖赏。此后，行公每隔一段时间便有一篇新的稿子寄来，且都有"未发"字样，老人对我的信任及行事的自律由此可见。及夏，行公寄来一文，并附信曰：

江滨先生：

　　多牢骚之文，承与一席地，谢谢。六月南行一月，返京感冒，幸大热过，渐愈。检存稿，尚有一篇未发，寄上请审正。

　　匆匆，颂编安。

张中行拜
99．7．11

　　"多牢骚之文"一语，是行公文章的新特征，正如一文所言:"张中行的文章开始更多地倾向于评议时事,显示了老北大的'科学民主'精神。"从篱下负暄、袖笼怀旧,到关怀现实、臧否时事,作为行公的第一读者,我的确感受到了他的这种细微变化。这使我想起了冰心老人晚年文章,也是关心民瘼,慷慨大声,体现了经受过五四洗礼的一代文化人共有的精神传统。所以,有人以"太阳下的清供"为题批评行公只能写些前尘影事,真是鼠目寸光,殿堂遗矢,迎风唾溺,可笑至极!行公经常自谦地说:"我这辈子学问太浅,让高明人笑话。"如果哪位信以为真把自己看成"高明人",那真是万劫不复的蠢材。行公人称"布衣学者",朴素天然,不加矫饰,是高僧只说家常话,不以"术语"唬人,不以"话语"蒙事,但他的思想比那些看似新锐而脑后其实拖着一条大辫子的人不知新鲜多少倍。

因了编行公的稿子,我跑书店,翻辞书,查引文,懂得了学海无涯,懂得了做学问该如何坐实,认识了一位大学者的风骨与胸襟,这种人生的幸运恐一般人所不能拥有。人人慨叹编辑为人作嫁苦,埋于文山稿海而寂寂无闻,殊不知那种近水楼台先得月、做优秀作品第一读者的幸福感不足为外人道也。季羡林先生曾撰文称:"中行先生是高人、逸人、至人、超人。淡泊宁静,不慕荣利,淳朴无华,待人以诚。"又说,"在现代作家中,也不过几个人。鲁迅是一个,沈从文是一个,中行先生也是其中之一。"我忽然想起《论语》里颜回对孔子的一段喟然而叹:"仰之弥高,钻之弥坚,瞻之在前,忽焉在后。"

张中行先生不是圣人，却是允称一代纯粹的知识分子，是我们这个世界极有个性的思想者。一个时代没有这样的作家和学者就会黯然失色，有了行公的存在，这个世界就会因此显得多彩与丰富，就有了重量。

韩羽的真趣

八十八岁的韩羽先生走路拿着一根拐棍,之所以说"拿"而不说"拄",是因为他走起路来步履矫健,步伐很快,这根拐棍就纯粹是一摆设,好像假洋鬼子手中的文明棍。我说,韩先生您拿着这棍儿没啥用啊,他呵呵一乐,用他那浓重的山东口音说,有用,打狗!

韩羽先生是一个趣人、妙人,面孔黝黑,前额凸出,天生异趣。跟他在一起聊天,只听他机趣横生,妙趣百出,室内的空气都飘着有趣儿!韩先生善谈,一开口即似江河决堤,滔滔不绝,你若有所疑问或有所获得插上一句话,他会来一句口头禅:"你听我说啊。"每一次从他寓所出来,真是如进宝山,满载而归,带着愉悦,带着思考,带着满足。我戏称,韩羽先生是河北文艺界的超级老宝贝,其实何止河北。身边有这么一位文化耆宿,听他谈艺术,聊文学,说掌故,品人物,仿佛一条岁月的大河在面前浩浩汤汤地流过,这是一件多么幸运的事情。

趣,在中国古代美学里边占有极高的位置,明人李贽甚至称"天下文章以'趣'为第一"。趣,是指快意于心的快乐之情、陶然之美,我们日常说"有趣"就是指有意思,生动,活泼,不死巴,不僵化。苏东坡云"反常合道为趣","反常"即异乎寻常,"合道"即合乎规律,就是说出乎意外又在情理之中就叫作"趣"。而"趣"和多种元素结合构成各种各样的审美样式,如兴趣、意趣、情趣、理趣、机趣、野趣、生趣、异趣、奇趣、灵趣等。在古代文人里,为什么苏东坡特别为历代人们所激赏,就是因为他是一个有趣的人,诗文也充满妙趣,让人觉得不是那么严肃板正,而是可亲可爱。话说一次苏东坡饭后,摸着肚皮问家人里边所装何物,有的说都是文章,有的说满腹智慧,侍妾朝云却说是一肚子不合时宜,东坡捧腹大笑,引为知己。

韩羽先生的趣,是人有趣,画有趣,文亦有趣。

听韩羽先生讲他的一件趣事。二十世纪八十年代,韩羽被任命为河北美术出版社总编辑。上任伊始的一天傍晚,组织大家去看演出,大巴来了,韩羽率先上车踅摸了一个好座位,即两个车轮中间的位置,不颠且安全。天已黄昏,影影绰绰,加上他初来乍到,大家纷纷上车也没人注意到他。到了开车时间了,车还不走,说是下面小轿车等一个领导还没来。韩羽不免腹诽:哪个领导这么大架子,摆什么谱,让一车人等。这时车内灯亮了,工作人员忽然发现了韩羽,说:"韩总,您怎么在这里?小轿车就等您呢!"韩羽这才意识到,哦,自己当官了!三十多年过去了,韩先生还清楚记得当时的情景,呵呵笑着说:"我哪习惯当官啊,所以干了三个月总编辑,就挂冠而去也。"

另一件趣事,是铁凝讲的。"韩羽和我是邻居,我管韩羽叫伯伯。我们住在城市的边缘,墙外有农民的菜园,有河坡闲地。晚秋的黄昏,常见韩羽在旷野散步。蹲在闲地上点火玩儿,他眼前的火苗快乐地舔尽漫坡的荒草。我在房子里,遥望窗外,看见哪儿有火堆,便知哪儿就有韩羽。日子久了,便也相信,一个六十开外还喜欢蹲在野地里玩火儿的人,肯定还会让年轻人妒忌。"(《我画你写》)二十世纪九十年代末,我去韩羽原来河北画院的家,他告诉我,铁凝就住对门。那个时候,画院的南边还是一片荒地。铁凝的描写,让我会心一笑,这老头儿真有一颗童心啊。

韩羽先生的画即富有童趣。巴蜀鬼才魏明伦说韩羽"状如老农貌,画如孩儿体",一点儿不错。他的画,无论是漫画还是戏画,都拙、朴,含着一份天然的稚气,与儿童的涂鸦意趣趋近。使他暴得大名、获得国际奖的动画片《三个和尚》就充满童稚之趣,要不孩子们怎么都喜欢看动画片呢。韩羽在美术方面没有走常人惯走的寻常路,而是独辟蹊径,他没往"熟"上走,偏走"生",没往"巧"上奔,偏弄"拙",不着意"工",偏嗜"意",反常合道,妙趣生焉。即使在戏画上,前有关良、高马得,他也机杼自出,别有洞天。他说,关良戏画"着重于纯视觉的绘画性",马得戏画"着重于戏曲中的精彩情节","我画戏画,兴趣所在是借戏曲表达思想认识"。所以，韩羽是画在此而意在彼，不重再现而重表现，以奇思妙想胜，以趣味胜，甚至不惜扭曲夸张，以伸其旨。譬如，韩羽画《韩信月下追萧何》，是对《萧何月下追韩信》这出名戏的一次反转，韩信被诛后举着自己的脑袋追萧何索命。因为萧何是韩信的伯乐，也是杀之的元凶。这幅画构思大胆，构图荒诞，意旨奇警，耐人玩味。美学家王朝闻赞之曰："越出戏曲《萧何月下追韩信》的题目和情节，越看越觉得有新颖的画外之意的含蓄美。"再譬如，韩羽画《雾》，这张画很奇特，纸上只画了一个边框，画面中是空白，边框外题字"漫天大雾，什么也瞧不见"。瞧不见了还怎么画，干脆不画。韩先生对此很得意，说"这是不画之画，这是无为之为。不画，正好'画'出了'什么都瞧不见'"。你瞧，多么好玩儿。

明代公安派作家袁宏道尝谓："世人所难得者唯趣。趣如山上之色，水中之味，花中之光，女中之态。"可见，趣在文艺中简直就是目中之睛了。韩羽的趣，在画中可能有人不大懂，不识趣，而文中之趣，稍有会心便会破颜解颐。韩羽先生只念过小学，却好读书，有大学问，读他的文章满纸书卷气。但他不肯循规蹈矩，人云亦云，总是旁逸斜出，弄出花样来，如黄苗子先生说："他能把一肚子学问横串竖串，打个比方：关羽跟苏东坡下棋，杨贵妃跟西门庆鬼混。"他的许多文章还是与戏有关，如《曹操羞见曹操》《闲话〈盗御马〉》《题〈女起解〉》等，戏画、戏文趣味如一，都是借题发挥，借船出海，新瓶装旧酒。1997年，我给《韩羽杂文自选集》写了一篇评论投给《羊城晚报》，题目叫《趣眼瞅韩羽》，很快收到编辑来信，让提供一两幅韩羽的漫画配发，最后配发的是韩先生的《无法表态》，是画狗的。韩羽先生有一文《逗狗·画狗》，他的文字功夫实在了得："狗的某些表情，譬如奴颜婢膝，简直令人作呕。一个小伙子从路的右方走来（大概是狗的主人），一只狗从路的左前方斜穿马路相迎。不是走，也不像爬，是肚皮、四肢、下巴紧贴着地，浑身酥软得像是没了骨头，急剧地扭动着蹭了过去。尤其画龙点睛的是不能自禁地一路淅淅沥沥撒出尿来。"不愧是大画家啊，这画面感多强，真是入木三分了。光生动形象还不是韩羽，耐人玩味才是韩羽，"古语说：'画虎不成反类犬'是否成了画犬不成反类人？"这本书后来获得了第一届鲁迅文学奖，也是实至名归。

袁宏道这样说童趣："面无端容，目无定睛，口喃喃而欲语，足跳跃而不定，人生之至乐，真无逾于此时者。孟子所谓不失赤子，老子所谓能婴儿，盖指此也。趣之正等正觉最上乘也。"（《叙陈正甫会心集》）何也？因为童趣最纯真，最自然，最朴拙，故，最美。韩羽先生一生好玩儿，顽皮如童，历经岁月沧桑，也磨蚀不掉那颗赤子之心，他把这颗童心外化为"孩儿体"的艺术表现方式和审美趣味，戛戛独造，形成了极易辨识的韩羽风格。和童趣一样，韩羽之趣，是真趣。